ROBERT LÖHR

KOLLISIONSKURS

Für Klaudia,

weil sie daran geglaubt hat.

Danksagung:

Besonderer Dank geht an:
Silke und Babsi, ohne deren geduldiges Zuhören und Antreiben die erste Version dieses Buches wahrscheinlich niemals entstanden wäre.
Ulli, der mich über die Existenz von Books on Demand informiert hat,
Rainer, der mir ein Engelchen und ein Teufelchen für den Umschlag gezeichnet hat.
Torsten, der mir hilfreiche Tipps zur Erstellung der Druckformatvorlagen gab.
Lichi, für Unterstützung im Kampf mit Computern.
Till, für sein kritisches Lektorat, dem ich leider nicht in allen Punkten folgen konnte. Aber vielleicht gibt es ja ein nächstes Mal.
Danken möchte ich aber auch all jenen Menschen, die mir von kleinen und großen Erlebnisse berichteten, die ich skrupellos als Episodenmaterial für 'Kollisionskurs' verwendet habe, ebenso wie denjenigen, die sich immer wieder nach meinem Vorwärtskommen beim Überarbeiten dieses Skriptes erkundigt haben.

1

Die Ärzte sagten, so viel Glück könne ein Mensch gar nicht haben, die meisten meiner Freunde hingegen meinten, ein Verrückter wie ich hätte so viel Glück gar nicht verdient. Mit Glück hat das allerdings nichts zu tun, denn, was keiner weiß, ich habe einen Schutzengel, so einen, der ständig hinter mir steht, mit zwei riesigen weißen Flügeln, die er in jeder Gefahr ausbreiten und schützend um mich legen kann. Der arme Kerl... So oft, wie ich ihn in Anspruch nehme, müssen seine Schwingen inzwischen eine traurige Gestalt angenommen haben; auf der Außenseite ein paar abgeknickte Federn, ansonsten nur noch kleine Stummel und die Innenseite wahrscheinlich vollkommen verklebt von seinen eigenen, salzigen Tränen. Manchmal kann ich ihn direkt sehen, hinter mir stehend, verkrampft lächelnd, denn Schutzengel müssen immer lächeln, und jedesmal, wenn ich am Anfang einer Dummheit stehe, die Hände gen Himmel reckend, flehend:
- Herr, laß diesen Kelch an mir vorübergehen.
Aber kein Pardon für Schutzengel. Wenn ich etwas mache, dann gründlich. Vielleicht war ich dabei in letzter Zeit zu oft zu gründlich? Dieses Mal hatte auch er mich nicht vor einer Gehirnerschütterung bewahren können (wollen?).

Eigentlich ist so ein Krankenhaus ein Platz zum Sterben. Wer will schon in klinisch weißen Zimmern ohne bunte Bilder leben, am besten zusammen mit einem Bettnachbar, der sich jeden Tag 'Unter der Sonne Kaliforniens', 'Dallas' und 'Falcon Crest' reinzieht, bei der Tagesschau, genialen Megaflops wie 'Water' oder 'Ishtar – Das blinde Kamel' und alten Monumentalschinken von 'Ben Hur' bis 'Spartacus' hingegen abschaltet.
Aber darüber sollte ich eigentlich nicht jammern, denn richtig bitter wird es ja erst, wenn dann das Essen gebracht wird...
Wie soll man gesund werden, wenn man tagtäglich mit ansehen muß, welchen Mißhandlungen wehrlose Nahrungsmittel in einer Klinik ausgesetzt sind? Gibt es etwas besseres

als in Knoblauchbutter gedünstete Champignons? Warum muß man noch eine widerliche Rahmsoße darüberschütten? Wie kann man nur Broccoli so lange kochen, daß er in seine Moleküle zerfällt? Wie schwarz muß die Seele eines Kochs sein, daß er sich dazu herabläßt, schmackhafte Tortellini mit kaltem, klumpigem, Käsesoße genanntem Tran zu überschütten?

Zum Glück für die ganze Klinik wagte man es nicht, mir in der Zeit meiner Bettlägrigkeit ein Chili vorzusetzen, denn wenn es neben Cola-Bier eine Todsünde gibt, so ist das ein verdorbenes Chili.

Welche Gründe gibt es noch, in einem Krankenhaus zu sterben?

Einsamkeit! Diese gottgefällige Isolation von allem, was außerhalb der Klinikmauern vor sich geht. Wenn man erst einmal drinnen ist, schlägt ein unbarmherziges Gesetz zu, daß allen Bekannten und Verwandten und Freunden vorschreibt, zu dieser Zeit Ausflüge zu unternehmen, Partys zu feiern oder sich einfach nur mehrere Tage hintereinander hemmungslos unter den Tisch zu trinken.

Zwei Wochen Krankenhaus! Das war die eigentliche Strafe für meinen Leichtsinn. Gehirnerschütterung... Pah! Bänderanriß... Ach was! Schürfwunden... Na und!

Zwei Wochen seelische Folter, keine laute Musik, Nachtruhe, Denver Clan, unglaublich schlechtes Essen. Das alles zermürbte sehr viel mehr als jede Krankheit, und wenn Gefängnisse einem die Gesetzesbrecherei verleiden sollen, so scheint der eigentliche Sinn von Krankenhäusern das Austreiben von Dummheiten zu sein, denen unweigerlich Unfälle folgen.

Selbst das Lesen, für das ich sonst immer zu wenig Zeit hatte, gestaltete sich hier als unerträglich. Neben meinem Bett stapelten sich die Bücher, deren erste vier Seiten ich gelesen hatte, um sie dann, ein Bier und Musik im Sinn, beiseite zu legen. Umberto Ecos 'Foucaultsches Pendel' konnte mich nicht reizen (Hat das irgendjemanden gereizt?), genauso wenig wie Dürrenmatts 'Justiz' oder der neue Philippe Djian. Einzig 'Pembrokes Katze' riß mich für einige wenige Stunden aus meiner Lethargie, weil es eines der seltenen Beispiele dafür war, daß auch Mathematiker Prosa schreiben können. (Es blieb also noch Hoffnung für mich.)

Wenigstens über Besuchermangel konnte ich mich nicht beklagen. Jasmine kam täglich vorbei, Mark und Pierre bombardierten mich mit dummen Sprüchen, und wenn jemand da war, der die Geschichte meines Sturzes nicht schon dreimal erzählt bekommen hatte, dann beschrieben sie noch einmal detailgenau meinen 'Kurzflug' und schlugen sich abschließend auf die Schenkel vor Schadenfreude. Perdita ließ sich des öfteren sehen, Julia brachte mir ständig Kekse, Nick... Aber hier ist nicht der Platz, um alle zu erwähnen. Es sei nur noch kurz angemerkt, daß auch Dim kurz vorbeischaute, sich nochmal für unsere Hilfe bedankte und lakonisch brummte:

- Na, wir hätten geklaut besser die blöden Fenster!

Irgendwie hatte er recht.

Und trotzdem, es konnten sich noch so viele Leute um mich kümmern, wenn sie wieder gingen, wurde die Langeweile nur um so schlimmer. Ich bin nun mal ein Herdentier. Wieviel lieber hätte ich mit Pierre zusammen Platten eingekauft, mit Jasmine die Nacht durchgezecht, um sie dann morgens, selbst kaum noch fähig zu gehen, auf ihr Zimmer zu schleppen, mit Mark ewige Spaziergänge gemacht, dabei Pizza und Bier in unappetitlichen Mengen verschlungen, oder mit Perdita zweiundsiebzig Stunden am Stück erzählt und gelacht, um danach für zwei Tage mit Kreislaufkollaps darniederzuliegen. – Es gibt so viele geniale Möglichkeiten, das Leben zu genießen, ein Krankenhausaufenthalt gehört mit Sicherheit nicht dazu.

2

Wenige Tage nachdem ich das Bett wieder verlassen durfte, brach der Krieg aus.

Ich war in der Stadt, weiß Gott wo, und trug, ohne mich darüber zu wundern, ein Handy im Rucksack. Es war erst wenige Stunden her, daß der Kriegszustand ausgerufen worden war, und das Straßenbild war geprägt von panikverzerrten Gesichtern; vor den Lebensmittelläden hatten sich lange Schlangen gebildet, und obwohl die Regierung von Hamster-käufen abriet, lud jeder seine Taschen so voll er nur konnte. Wie die Tiere... Als ob das noch einen großen Sinn gemacht hätte. Wer wird das ganze Zeug essen, wenn ihr tot seid?

Ich wußte nicht mehr, wann ich erfahren hatte, daß Krieg war, aber erst jetzt wurde mir klar, mit absoluter Sicherheit klar, daß ich heute sterben würde. Einmal hatte es so weit kommen müssen, das einzig Verwunderliche daran war, daß es überhaupt so lange gedauert hatte. Schon oft, vor allen Dingen als ich noch zur Schule ging, hatte ich darüber nachgedacht, wie ich auf eine solche Situation reagieren könnte. Ganz zu Anfang hatte ich mir in kindlichen Phantasien vorgestellt, daß ich mich dann in eine Art Supermann verwandeln könnte, der, wenn schon nicht die Erde, so doch seinen geliebten Hund retten und mit ihm zu einem entfernten Planeten mit blühenden Gärten fliehen würde. Irgendwann war ich realistischer geworden, hatte nur noch auf Rettung durch irgendwelche Außerirdischen im letzten Moment gehofft. Aber auch diese Phantasie war schließlich der brutalen Realität gewichen, und dann wollte ich nur noch eines, wenn es denn so weit kommen sollte, in den letzten Augenblicken denjenigen im Arm halten, der mir dann der liebste aller Menschen sein würde. Und genau das war auch jetzt mein Gedanke.

Ohne Sinn und Zweck rannten gesichtslose Menschen Treppen rauf und runter. Sie bedeuteten mir nichts, und ich wollte ihnen nichts bedeuten. Irgendwann telefonierte ich, versuchte Corinna zu erreichen, ich mußte wissen, ob sie zu Hause war. Irgendwie würde es mir gelingen, zu ihr zu kommen. – Die Leitung – tot. Keine Verbindung. Ich

versuchte einen anderen Anschluß. Auch hier – Stille. Noch einmal ihre Nummer. Nichts. Noch mal...
- Nein!
Ich reihte mich in den Strom der Treppabrasenden ein, ließ mich stoßen und stieß um mich.

Am Bahnhof. Auf den Bus warten... Einfach zu ihr fahren. Sie würde bestimmt zu Hause sein. Es konnte nicht sein, daß ich sterben mußte, ohne sie ein einziges Mal umarmt zu haben. Der Bus ließ auf sich warten; niemand wußte, ob überhaupt noch einer fahren würde.

Dann, ohne Vorwarnung, aber doch irgendwie erwartet, ein unterschwelliges Brummen in der Luft und gleich darauf gänsehauterzeugendes Heulen. Sekundenlange Stille über der Stadt, nur das grausige Jubilieren der Sirenen, ansonsten absolutes Schweigen, absolutes Erstarren, Warten auf das Absolute. Und... der Aufschrei der Masse, das Stürmen zum Schutzbunker eine Straße weiter. – Nur wenige bleiben am Bahnhof zurück, starren gleich mir in den wolken-verhangenen Himmel, bewegungslos. Das Brummen, zuerst vom Gejaule der Sirenen verschluckt, wird wieder hörbar, gewinnt an Intensität. Flugzeuge? Sie müssen direkt über uns sein. Infernalischer Lärm bricht los, Blitze zucken aus den Wolken herab. Wo bleibt der Rauchpilz? Wo bleibt die Hitze? Mir ist eiskalt in meinen schweißdurchtränkten Kleidern. Wie lange würde er uns noch geben, der gütige, liebevolle Gott? Ein Schatten fällt aus den Wolken, brennend. Ein schwarzes Flugzeug, es trudelt, schießt über unsere Köpfe hinweg und zergeht in einer Feuerwolke. Da, ein zweites, ebenfalls in Flammen! Es zerschellt an einer Hauswand. Die Trümmer fliegen bis zu uns, und plötzlich kommt Leben in die erstarrten Gestalten, deren ich eine bin, und wir rennen, nach Deckung suchend, ziellos umher. Eine dritte und eine vierte Maschine stürzen ab. Die letzte ist von der Lufthansa, riesig, sie überschlägt sich drei-, viermal, zieht noch einmal nach oben wie ein Ertrinkender der noch ein letztes Mal die Wasseroberfläche zerteilen will, erreicht den Saum der Wolken und fällt erneut, schwingt wie ein Papierflieger dem Boden entgegen und verschwindet hinter den Häusern. Eine Explosion zersprengt alle Scheiben im Umkreis und ein Rauchpilz steigt zum Himmel....

Endlich wachte ich auf.

Ich lag in meinem Schweiß, wie in einer Pfütze. Wer schon ähnliche Träume gehabt hat, weiß wie schmutzig man sich in solchen Momenten fühlt. Als hätte man sich wochenlang nicht gewaschen, die Bettdecke klebt am Körper fest, und wenn man eine von diesen widerlichen, grün schillernden Mücken im Zimmer hat, die sich bevorzugt über Scheißhaufen hermachen, kann man sicher sein, daß sie gleich einer Stuka sofort auf einen herabsirren wird.

Ich dankte meinem Glück, daß sich kein derartiges Vieh blicken ließ, auch so war mir schon schlecht genug.

Es war eine ganze Weile her, daß ich einen Traum von solch realer Intensität gehabt hatte. Der letzte lag Jahre zurück und hatte noch dazu den unschätzbaren Vorteil gehabt, kein Alptraum zu sein.

Ich kramte neben dem Bett, bis ich zwischen den leeren Chipstüten, mehr oder weniger schmutzigen Tellern und Gläsern die umgestürzte Wasserflasche fand. Es schmeckte schal und abgestanden, aber langsam wich die Starre aus mir, und ein Gefühl machte sich breit, als hätte ich wochenlang gehungert und nun plötzlich eine heiße Pizza zwischen die Zähne bekommen. Zuerst wollte ich endlich Corinna anrufen, dem immer noch vorhandenen Drängen aus dem Traum nachgeben, aber da es gerade erst halb sechs morgens war und mein noch müdes Gehirn mir mitteilte, daß ich ihre Telefonnummer nur aus Träumen kannte, besann ich mich eines Besseren.

- Na gut. Erst einmal einen ruhigen Kopf bekommen.

Nachdem der Schweiß getrocknet war, und ich mich so einigermaßen an meinen klebrigen Zustand gewöhnt hatte, drehte ich mich auf die Seite, knetete das Kopfkissen wieder zurecht, und als ich erneut und friedlich einschlummerte, drangen gerade die ersten, empörten Sonnenstrahlen durch die Jalousie in mein Zimmer.

Als die Temperatur unerträglich wurde, stand ich auf, schlurfte ein wenig durch die Wohnung, bis ich den Kühlschrank fand und schenkte mir erst einmal eine Milch ein. Dann riß ich mir ein Stück Käse ab, nahm das restliche Brot aus dem Korb und humpelte knabbernd auf den Balkon. Die Sonne zersägte mir den Schädel und ich ließ mich auf einen der beiden Korbsessel sinken, legte den noch nicht ganz verheilten linken Fuß auf den zweiten und genoß die Ruhe.

Der Balkon ging zum Garten des Hauses, in dem zwei große Kastanienbäume, eine Birke und ein Nußbaum friedlich zwischen welkenden Blumen standen. Die Blätter zitterten unhörbar in der Hitze, und der Wald, der direkt hinter dem Garten begann, war nur verschwommen erkennbar. Es war ein unmenschlich heißer Tag. Ähnliche Bilder sah man sonst nur im Fernsehen, oder im Kino, wenn gerade 'Die Wüste lebt' lief. Aber trotz der angenehmen Stille, der Tatsache, daß ich heute weder für die Uni lernen noch für die nächste Füllung meines Kühlschrankes arbeiten mußte, wollte sich keine innere Ruhe einstellen. Der verfluchte Traum ging mir nicht aus dem Kopf. Weshalb jetzt so ein Traum? Der Putsch in Rußland war schon einige Wochen vorüber und der Bürgerkrieg in Jugoslawien war noch nicht mit voller Härte ausgebrochen, aber es hatte schon die ersten Gemetzel gegeben, und möglicherweise waren es diese, in den Nachrichten oft gezeigten, blutrünstigen Bilder, die mich beschäftigten. Vielleicht waren es aber noch viel mehr die Interviews mit Angehörigen der verschiedenen Volksgruppen, bei denen es einem fast jedesmal schlecht werden mußte, angesichts von so viel Arroganz und Dummheit. In der Schule hatte ich noch gelernt, daß die Zeit der Nationalstaaten und damit der Bürgerkriege in Europa für immer vorbei wäre. Vielleicht hätte jemand die Völker in Osteuropa davon verständigen sollen. – Auf das Wohl eurer neuen Staaten, auf das Wohl eurer alten Staaten! – Als ob das alles nicht so verflucht egal wäre!

Es bedrückte mich, daß die Menschen, und damit auch ich, immer dumm bleiben würden. Dieser Konflikt, in dem sich die hochgelobte menschliche Intelligenz einmal mehr der Lächerlichkeit preisgab, beschäftigte mich sehr viel mehr als vor einigen Monaten der Golfkrieg, und genauso, wie ich damals die plötzliche Aufregung, ja Panik, bei so vielen Leuten nicht verstanden hatte, vermißte ich jetzt jegliche Reaktion. War Jugoslawien unbedeutender als der Irak und Kuwait? Oder lag es daran, daß man dort keine Giftgase oder Atomwaffen erwartete, die auch uns gefährlich werden konnten?

Oder weil es dort keine Ölquellen gab, die brennen und unser schönes Wetter vielleicht negativ beeinflussen könnten? – Ohne Scheiß, nach dem Golfkrieg, Anfang Mai oder so, als man zu einer Zeit, zu der normalerweise die Sonne scheint, wochenlange Regenfälle und Kälteeinbrüche hatte über sich ergehen lassen müssen, las ich in einer Statistik, daß über sechzig Prozent der Deutschen die brennenden Ölquellen für das schlechte Wetter verantwortlich machten. – Na ja, wenn man mich fragen würde, das vereinigte Deutschland steht am Abgrund der Dummheit.

- Viel Spaß beim nächsten Schritt. Vielleicht bin ich dann gerade gut gelaunt und komme mit.

Ich erhob mich, duschte schnell, holte dann ein Bier aus dem Kühlschrank und warf einen Blick auf die Uhr. Noch Zeit. – Verena wollte heute morgen aus München zu Besuch kommen; es war ein schöner Tag, um ins Feld zu gehen, Obst klauen.

Warum wohl hatte sich mein Traum so intensiv um Corinna gedreht. Ich hatte sie doch nun so lange nicht gesehen? Wieso konnte ich sie und ihr Lächeln nicht erfolgreich verdrängen und letztendlich vergessen? Ich setzte mich wieder in die Sonne und versuchte gedanklich zu jenen Tagen zurückzukehren, an denen ich zielsicher Kurs auf all die Probleme genommen hatte, die zur Zeit mein Leben und Denken bestimmten. War das nicht gewesen, als ich Corinna wiedergetroffen hatte und in dieser mißglückten Beziehung mit Maria gesteckt hatte? Eigentlich noch früher. Als ich mit Maria zusammen gekommen war! Wie es der Zufall will, war das natürlich kurz vor Ausbruch des Golfkriegs gewesen. (Und die Welt ist auf die ein oder andere Art doch eine kreisrunde Scheibe.)

3

Die damals noch Golfkrise geheißene Situation hatte mich zuerst nur wenig bewegt, da ich mit meinen privaten Problemen so beschäftigt war, daß mich eine weitere Invasion, ein neuer Krieg, auf unserem von Unruhen geschüttelten Erdball nun wirklich nicht sonderlich beeindrucken konnte.

Meine letzte feste Beziehung lag eine lange Weile zurück, und ich hatte mich gerade mit einiger Mühe daran gewöhnt, daß Jasmine, Brennpunkt meines damaligen Interesses, nicht genauso für mich empfinden konnte, wie ich für sie. Mindestens zwanzigmal hatten wir gemeinsam beschlossen, 'nur' Freunde zu sein, um dann doch wieder in Zweifel zu verfallen. Der Mensch ist nun einmal schwerfällig und zaudernd. Was uns zu einer Beziehung gefehlt hat, wissen wir heute noch nicht; es zeigte sich nur, daß Jasmines fester Vorsatz, nichts mit einem Mann anzufangen, den sie als Freund betrachtet, doch nicht so unumstößlich war, wie von ihr behauptet, doch dazu später. Zur Zeit des Golfkonflikts, nach sechs Monaten beständiger 'Inkonsequenz', hatten wir es endlich so weit gebracht, klare Grenzen zu ziehen, wie weit wir mit unseren Zärtlichkeiten gehen durften, um uns nicht immer wieder gegenseitig in Ungewißheit und täuschende Gefühle zu stürzen. In den vielen Nächten, die wir zusammen verbracht hatten, waren wir niemals länger als für fünf oder zehn Minuten in Schlaf gesunken, um dann sofort wieder übereinander herzufallen, zu drücken und zu streicheln, als ob es unsere letzte Nacht wäre.

Doch, da war eine Nacht gewesen, eine einzige Nacht, in der wir friedlich nebeneinander eingeschlummert waren. Die Nacht der Einheit! Die deutsche Wiedervereinigung ging mir ziemlich am Arsch vorbei, Jasmine war sogar dagegen, weil sie, wie viele damals, neue deutsche Großmachtansprüche befürchtet hatte. An diesem, für jeden Deutschen so bedeutungsvollen Feiertag, an dem das Volk die Erlaubnis erhielt, Feuerwerkskörper abzubrennen – hätte man damals die Kosten der Einheit etwas objektiver beurteilt und die des Golfkrieges vorhergeahnt, wären sicherlich einige auf die

Idee gekommen, ihr Geld sinnvoller anzulegen als in Böllerschüssen – auf jeden Fall, an diesem Tag lagen wir um halb elf im Bett und verschliefen das wunderbare 'Freudenfeuer'.

Falls man nicht weiterhin so viel Mist baut, daß das Hakenkreuztragen wieder in Mode kommt, schlage ich vor, daß wir nach fünfundzwanzig Jahren nochmals die Erlaubnis für ein Feuerwerk erhalten. Dann können wir feiern, daß wir die Einheit so lange überlebt haben, und wenn ich mir unsere derzeitigen Politiker so anschaue, die noch nicht einmal ein vatikanisches Konzil brauchen, um sich in ihrer Unfehlbarkeit bestätigt zu fühlen, dann glaube ich, daß dies ein wirklicher Grund zum Feiern wäre. Für Ost und West. Wenn ich nicht gerade knausern muß, lasse ich auch eine kleine Rakete steigen.

Die Golfkrise hatte mich eigentlich nur ein einziges Mal kurze Zeit nachdenklich gemacht, als mir bewußt wurde, daß vielleicht die Bundeswehr eingesetzt werden könnte. Einige Freunde hatten Wehrdienst geleistet. Verdammt! Keiner von ihnen durfte in diesen Krieg geschickt werden, wenn er denn losbrechen sollte.

- Ich habe Angst. Nicht um mich, oder darum, daß der Krieg auf Mitteleuropa Auswirkungen haben könnte. Ich habe Angst, daß Freunde von mir dorthin geschickt werden.

Sebastian, der mit Jasmine zusammen wohnte, dachte eine ganze Weile nach, ehe er mir antwortete. Ich war daran gewöhnt, daß er seine Meinungen mit Nachdruck vertrat, und daß er alles andere als ein Opportunist war. Es gab kaum eine sinnvolle Demonstration, auf der er fehlte und er gehörte zu jenen, Bewunderung verdienenden, vom Verfassungsschutz deswegen registrierten Leuten, die mutig und friedlich vor Gorleben protestiert hatten.

Ich war auf harsche Kritik von ihm gefaßt, aber als er dann loslegte, blieb mir doch zunächst einmal der Mund offen stehen. Er war der Ansicht, daß dieser Krieg nur zu nötig war und äußerte eine gewisse Vorfreude darauf, daß sich der ganze Konflikt auch ein wenig in unsere Richtung bewegen könnte. Das, so meinte er, wäre der einzige Weg, um Waffenhändlern und deren heimlicher Lobby endlich klarzumachen, daß sie durch ihre Geschäfte auch sich selbst gefährden könnten.

Auch wenn ich Sebastian nicht ganz zustimmen konnte, denn ich gehöre zu der Sorte Mensch, die oft an sich selbst zuerst denkt, so mußte ich seine Ansicht, die Logik, die dahinter steckte, und seine Offenheit, mit der er zu ihr stand, trotzdem bewundern.

Wenige Tage nach diesem Gespräch traf ich dann Maria. Obwohl sie und Jasmine nicht die geringste Gemeinsamkeit hatten, wurde Maria dank meiner Unüberlegtheit und dem Frust, den ich noch mit mir herumtrug, meine Freundin. Ein klein wenig mehr Aufmerksamkeit von mir, ein paar ehrliche Gedanken, und ich hätte ihr einige Schmerzen und mir ein schlechtes Gewissen erspart.

Als ich sie das erste Mal gesehen hatte, war ich gerade in einer beschissenen Stimmung gewesen, die mich für wirklich jede Form von Zuneigung anfällig machte. Ich hatte mich einige Tage in mein Zimmer eingeschlossen und gelernt. – Relative Krümmung, Taylor-Entwicklung, Hessesche Normalform – Nicht gerade die einfallsreichste Methode, um mich von Jasmine abzulenken, aber, da ich gerade einige Prüfungen vor mir hatte, mit Sicherheit die intelligenteste. Natürlich blieb es nicht aus, daß sich jeden Abend die große Unzufriedenheit in meinem Zimmer breit machte und sich faul und unwillkommen neben mich auf meinen Stuhl fläzte. Als ich dann einmal feststellen mußte, daß mir diese Gemütslage auch noch mein Bier leer getrunken hatte, verteilte ich meine ganzen Zettel im Raum, kratzte die letzten Markstücke aus meiner Lebkuchendose und trampte – der Käfer hatte mal wieder einen Schaden – in die Stadt.

Es war schweinekalt, aber man lernt ja, das Leben zu genießen, und so erschien mir der kühle, aber frische Wind, der mir unter die Klamotten kroch, als willkommene Abwechslung zur warmen Heizungsluft bei mir. Damals gab es zum Glück noch die alte Eberesche. Ich konnte mir sicher sein, in dieser Kneipe Bekannte, vielleicht sogar ein paar Freunde zu treffen, und brauchte nicht zu befürchten, mit meinem Bier alleine zu bleiben.

Das Leben meinte es gut mit mir. Ein ganzer Tisch von der Größe einer Tischtennisplatte war vollbesetzt mit gerngesehenen Gesichtern, unter ihnen auch Nick, den ich schon von der Schule her kannte und der ebenfalls Mathematik studierte.

Die meisten der anderen Leute kannte ich zwar nur flüchtig, aber sie waren alle zumindest für einen Small-Talk gut, und nach mehr verlangte mein Hirn gar nicht, um sich vom Lernen abzulenken. Aus dem einen Bier, das ich hatte trinken wollen, wurden dank des Mitleids der anderen mit einem ständig verschuldeten Studenten fünf oder sechs, und als Nick, der mir versprochen hatte, mich nach Hause zu fahren, endlich gehen wollte, hatte ich schon gewisse Schwierigkeiten, mich noch an die Dinge zu erinnern, die ich wenige Stunden zuvor gelernt hatte. So schnell befreit sich der Kopf von allem. Das nenne ich Evolution! Der Homo Superior wird der Mensch sein, der am schnellsten vergessen kann.

Zu meinem Unglück war mein Blick nicht so weit getrübt, daß ich nicht den aufmerksamen Augenaufschlag mitbekommen hätte, den mir eine Frau mit wirren Locken zuwarf. Ich drehte mich um, und sie schaute mir nach, lachte, als unsere Blicke aneinander kleben blieben. Na, was sollte ich tun?! Ich lachte zurück. Erst als wir aus der Eberesche draußen waren, schaltete sich jener Teil meines Hirns ein, in dem ich mein Einsamkeitssyndrom vermute.

Kacke! Da schaut dir eine Frau aus Fleisch und Blut nach, findet dich ganz offensichtlich interessant und du gehst weg, ohne zu wissen, ob du sie je wiedersiehst. Scheiße!

- Ich brauche zwei Minuten, Nick!

Als ich wieder aus der Eberesche herauskam, wußte ich nichts außer ihrem Namen, Maria, und daß sie wiederkommen wollte. Aber, verdammt, für jemanden, der unbedingt eine Freundin wollte, war das schon ganz schön viel, wenn sich nach mehreren halben und einigen ganzen Ewigkeiten des erfolglosen Werbens und Balzens plötzlich eine auf den ersten Blick für ihn interessierte.

Die nächsten Wochen zogen ereignislos vorüber. Die Prüfungen liefen solala und irgendwie fühlte ich mich sehr wohl. Nick verbrachte die meiste Zeit bei mir und die leeren Bierkästen stapelten sich in meiner Küche, da wir jedesmal, wenn wir Frischbier holten, zu faul waren, einen alten Kasten mitzunehmen. Die Papiermülltonne vor dem Haus hatte schwer zu schlucken an den vielen Pizzakartons. – Das Geld von meinem letzten Job als Briefträger war endlich auf meinem Konto eingetroffen, so konnte ich mir wieder alle Annehmlichkeiten des Lebens leisten.

Da das Semester sehr kurz war, standen die nächsten Prüfungen schon bevor, als Maria mir das nächste Mal begegnete.

Ich war wieder einmal in der Eberesche, allerdings diesmal nicht, weil ich vor irgendetwas flüchtete, schon gar nicht vor meinem Einsamkeitssyndrom, das ich, da es sich seit Wochen nicht gemeldet hatte, schon fast für abgestorben hielt. Der eigentliche Grund war, daß dies der letzte Tag sein sollte, an dem die Eberesche geöffnet hatte. Unwiderruflich sollte sie an diesem Abend ihre Pforten schließen, und da ich mich so oft abends hier mit Freunden getroffen, getanzt, geflirtet, geknutscht und geküßt hatte, betrachtete ich es als eine Frage des Anstands, ihr, der Eberesche, auch noch das Letzte Geleit zu geben. Als Maria dann plötzlich vor mir stand, freute ich mich zwar, aber ich muß gestehen, ich hatte in der vergangenen Zeit kaum an sie gedacht. Sie hingegen:

- Ich habe gefühlt, daß ich dich heute abend hier treffe. Ich war in letzter Zeit öfters hier und habe gedacht, vielleicht sehe ich dich wieder. Aber heute war ich sicher.

Eine ihrer ersten Fragen hätte mich stutzig machen sollen. Sie wollte mein Sternzeichen wissen und meinen Aszendenten. Letzteren kannte ich nicht, aber ich wußte meine Geburtszeit, und sie meinte, damit könnte sie später alles ausrechnen.

Wir verbrachten den ganzen Abend zusammen, unterhielten uns, und irgendwann war es dann passiert. Wir lagen uns in den Armen. Es war zu angenehm, festgehalten zu werden, zu küssen und geküßt zu werden, als daß ich mir Gedanken darüber gemacht hätte, ob ich sie wirklich lieben konnte, oder warum mir ihr Geruch nicht behagte. – Es steckt mehr als nur eine Redensart dahinter, wenn man sagt, daß man jemanden nicht riechen kann. Kurze Zeit, nachdem ich diese Lektion gelernt hatte, begann ich, mehr oder weniger auffällig an meinen Freunden und Bekannten herumzuschnuppern, und wenn ich jemand Neues kennenlernte, war eine meiner primären Interessen dem Geruch, den diese Person ausströmte, gewidmet. Viele beäugten mich ein wenig mißtrauisch, manchmal sprach man mich auch direkt darauf an, wenn ich mich jemandem vorsichtig, meist am Nacken, genähert hatte, um dann zu schnüffeln, wie es ein Hund am Hintern eines anderen tun würde, aber das grundsätzliche Verständnis, auf das ich nach einigen erklärenden Worten meist traf, bestärkte mich in meiner Ansicht, daß diese Theorie von Geruch und Sympathien viel zu wenig Beachtung findet. Eine der Feststellungen, die ich bei diesen Experimenten traf, war, daß ich niemanden mögen kann, der für meine Nase unangenehm riecht (Wobei hier nicht von dem Mief die Rede sein soll, den mangelhafte Waschgewohnheiten zur Folge haben.), aber es gibt genügend Leute mit angenehmem Geruch, die trotzdem so interessant wie ein Backstein oder so sympathisch wie Bauchweh sind. Letzten Endes kann ich mir also nur über eines sicher sein, nämlich, daß ich mich nie wieder mit einer Frau einlassen werde, deren Körperdüfte mich schon abstoßen.

Am nächsten Abend, es war Sonntag, und wir hatten uns wie immer bei mir zur Lindenstraße versammelt, rief Maria an. Die Sendung war schon vorbei, wir hatten Pizza bestellt und begannen gerade Junta zu spielen, als das Telefon klingelte. Da meine Freunde viel zu laut waren, zog ich mich mit dem Apparat aufs Klo zurück.

- Ja, ich bin's. Ich hatte mir abgewöhnt, mich mit Namen zu melden.

- Ben?

- Ja.

- Hier ist Maria. Ich arbeite gerade. Bedienen. Und ich wollte dich nur anrufen, um dir zu sagen, daß ich jetzt weiß, welchen Aszendenten du hast. Es ist ganz grauenhaft!

- So... Was bin ich denn? Noch hielt ich das ganze für einen Scherz.

- Du bist Schütze! Stier mit Aszendent Schütze! Schlimmer geht es gar nicht!

Das klang jetzt wirklich etwas zu ernst, um mich zu erheitern.

- Und um mir das zu sagen, rufst du mich an? Ich meine, ich freue mich, daß du anrufst, aber kannst du mir nicht vielleicht etwas Nettes sagen, oder erzählen, was du so den Tag getrieben hast?

- Es ist ja nur...

- Was ist denn so grauenhaft an dieser Kombination! Ich bin kein Stier, und ich habe auch keinen Aszendenten! Ich bin ich, und soweit das der Rest der Menschheit zuläßt, bin ich ganz genau, was ich sein will.

- Aber die Sterne bestimmen wirklich viel in unserem Leben.

- Nicht in meinem. Mag sein, daß sie einen Einfluß auf meinen Charakter haben, aber niemand bekommt sein Leben vorherbestimmt. Jeder kann das Beste daraus machen.

- Aber es gibt so viel in unserer Welt, was uns beeinflußt, nicht nur die Sterne. Überall sind Kräfte...

- Wenn es in der Welt wirklich unentdeckte Kräfte gibt, dann nur welche, die wir beherrschen und lernen können, so wie beim Tai-Chi oder ähnlichen Dingen, aber niemals welche, die uns beeinflussen.

- Ja. Irgendwie hast du schon recht. Es ist halt eine schöne Vorstellung. Du, ich muß jetzt weiter arbeiten. Wir sehen uns nächstes Wochenende.

Ich ging zurück ins Zimmer, und Gespräche, Bier und Spiel nahmen mich wieder so gefangen, daß ich schnell den bitteren Beigeschmack dieses Gesprächs und seinen plötzlichen, unbefriedigenden Abbruch vergessen hatte.

Ach, vergessen habe ich auch jetzt schon wieder etwas, nämlich zu erwähnen, daß Maria einen Freund in Frankreich hatte, ein gemeiner Zufall, war doch Jasmine, als ich sie kennengelernt hatte, mit einem Engländer zusammengewesen.

Anderthalb Wochen nach diesem Telefongespräch sollte dieser Freund für eine Woche zu Besuch kommen. Ob zwischen ihm und ihr noch etwas laufen würde, darüber machte ich mir keine Gedanken. Es war mir mehr als klar, daß sie mit ihm Schluß machen würde, da hatte ich ein überheblich sicheres Gefühl. Sie vergötterte mich, wahrscheinlich, weil ich mit meinen beiden wackligen Beinen und meiner großen Klappe fest auf dem Boden zu stehen schien, und alle Freude, die ich zum Leben brauchte, aus meinen Freunden und mir selbst ziehen konnte, während sie immer eine zwiegespaltene Person sein wollte, deren eine Seite jedoch die Existenz der anderen ausschloß. Sie wollte eine Hexe sein, aber gleichzeitig verlangte sie, daß man auch die liebevolle Fee in ihr sehen sollte. Sie wollte reif sein, und konnte doch nicht von ihrer Naivität lassen. Sie wollte schick sein, sich jedoch nicht von Alternativen in Schlabberklamotten abgrenzen. Das Ergebnis ihrer einander widerstrebenden Wünsche waren ihre Unsicherheit, Unzufriedenheit und wahrscheinlich auch der Hang zum Mystischen, denn verwunschene Prinzessinnen gibt es eben wirklich nur in magischen Welten.

Warum mich das alles nicht von Anfang an abstieß?

Ich genoß es, von ihr angehimmelt zu werden, war sie auch noch so schwach. Ich hatte plötzlich Macht in meinem Selbstvertrauen entdeckt und war auf dem besten Weg, diese tyrannisch auszunutzen.

Einen Nachmittag, Marias Freund hatte, nachdem sie ihm von mir erzählt hatte, den Weg über die Grenze zurück genommen, saßen wir zusammen vor dem Haus. Ich drückte sie an mich, dachte dabei über eine Geschichte nach, die mir gerade in den Sinn gekommen war und atmete tief ein. Die Luft war rein und kalt. Eigentlich hätten wir reingehen sollen, um uns nicht zu erkälten, aber irgendwie schmeckte der selbstgebraute Glühwein, der dampfend in zwei Tassen vor uns stand nur, wenn einem wirklich scheiße kalt war.

- Ich habe Angst. sagte sie plötzlich. Das Ultimatum läuft bald ab.

- Du meinst Kuwait? Wovor hast du Angst? Wenn es Krieg gibt, dann wird dieser vielleicht drei oder vier Monate dauern. Danach werden wir einen neuen Libanon haben.

- Aber die bakteriologischen Kampfstoffe. Sie könnten auf uns übergreifen.

- Das glaube ich kaum. Aber wenn es wirklich passieren sollte, dann möchte ich wenigstens bis zum letzten Augenblick gelebt haben. Der Krieg da unten ist jetzt so gut wie unvermeidlich. Die Amis haben schon zuviel investiert, um unverrichteter Dinge wieder abzuziehen, und Saddam Hussein hat keine Möglichkeit, sich zurückzuziehen, ohne sein Gesicht vor seinem Volk zu verlieren. Also werde ich das Bestmögliche daraus machen und hoffen, daß es nicht zu lange dauert.

- Wir gehen morgen mit der Ausbildungsklasse zu einer Demo. Geschlossen.

- Warum gehst du da mit. Das ist doch nur wieder genauso eine blöde, antiamerikanische Panikmache wie die Demos, die man gestern im Fernsehen gesehen hat. Sicher sind die Amis nicht ganz unschuldig an der Eskalation der Ereignisse, aber deswegen kann man sie nicht alleine verdammen. Die Franzosen sind genauso mit von der Partie, die Engländer, und Saddam ist alles andere als ein Unschuldslamm, nur weil ihm überlegene Kräfte entgegengetreten sind.

Ich habe nichts gegen die Leute, die jetzt demonstrieren, die, denen es wirklich gegen den Krieg und nicht nur um das eigene Überleben geht, bewundere ich, aber sie sollen bitte auch meinen Standpunkt akzeptieren, meine Meinung, daß Demonstrationen zum gegebenen Zeitpunkt keinen, aber auch nicht den geringsten Zweck haben. Die Alliierten kann man damit genauso wenig beeindrucken, wie den Irak.

- Sicher, du hast ja recht. Ich mag ja auch gar nicht hingehen. Aber es gehen doch alle hin.

- Ja. Es ist plötzlich modern geworden, zu demonstrieren. Wer nicht mitläuft, läuft gegen die Mode und ist außerdem ein Kriegstreiber. Ein Grund mehr für mich, nicht hinzugehen.

Sie umfaßte mich mit ihren Armen, und ich drückte sie fest an mich.

- Du tust mir weh.

- Wieso? Ich lockerte meinen Griff.

- Nein, nicht so. Du nimmst mir so viel Kraft.

- Dann nimm sie dir zurück! lachte ich.

- Es tut so weh.

Ich lachte noch einmal und legte ihr, ohne mir bewußt zu sein, was ich damit anrichtete, meine Rechte auf den Solar Plexus.

- Hier hast du sie wieder, deine Kraft.

- Ja. Jetzt geht es schon besser. Ich fühle mich so leer und ausgesaugt, wenn du mir soviel nimmst.

Ich zog die Hand zurück und versank in Schweigen. Das erste Mal machte ich mir Gedanken darüber, ob wir wirklich zueinander passten.

Es ist schon eine ziemlich blöde Situation, wenn du zum Spaß den kräfteübertragenden Magier spielst, und dein 'Opfer' glaubt auch noch, etwas zu spüren. Vielleicht hätte ich mit dieser Nummer reich werden können. Um meine Schande noch zu vergrößern, entschied ich mich zu schweigen, anstatt mit ihr darüber zu reden. Klar, ich hätte ehrlicher sein sollen, aber das war schwer, zumal die ersten Tage immer sie es gewesen war, die gezweifelt hatte und ich mich bemüht hatte, ihre Bedenken mit einem 'Das ist nicht so wichtig.' zu zerstreuen. Ich verdrängte die unangenehme Nachdenklichkeit und überlegte, was ich am Abend mit Nick und Mark machen könnte. Ich war zu dieser Zeit gerade davon überzeugt, daß mir nie wieder eine Frau auch nur annähernd so viel bedeuten dürfte wie meine Freunde, und nur dieser Umstand kann es entschuldigen, daß mir nicht auffiel, daß irgendetwas an unserer Beziehung falsch sein mußte, wenn ich mich mehr auf die Zeiten freute, in denen Maria nicht da war. Als sie wieder nach Hause fuhr, schlug ich drei Kreuze, denn sie wohnte anderthalb Stunden von mir entfernt, und wenn sie übers Wochenende kam, dann blieb sie achtundvierzig Stunden. Eine Ewigkeit, die nicht leicht zu ertragen ist mit jemandem, der einem nichts bedeutet. Da kann man sich noch so oft das Gegenteil einreden wollen.

In der Nacht, in der das Ultimatum für den Rückzug der Iraker aus Kuwait auslief, kamen Mark, Nick und Thomas zu mir. Das war seit Monaten so verabredet. Wir schleppten einen Kasten Bier in meine Wohnung, Chipstüten und Salzstangen ohne Ende und machten es uns auf dem Boden gemütlich. (Ich hasse Tische von jeher.) Gegen halb elf holte ich den Karton vom Schrank und wir verteilten die Spielsteine und Auftragskarten. Wir spielten Risiko. Was sollte man auch sonst in solch einer Nacht tun? Nervös vor dem Radio warten ob oder bis endlich was passiert? Ich habe wenig Leute kennengelernt, die unser Verhalten nicht als asozial abstempelten, aber allen die das tun versichere ich, und ich glaube, ich kann dabei auch für meine Freunde sprechen, wir würden es wieder tun. Ganz ehrlich gesagt, wir hatten selten soviel (zynischen?) Spaß beim Risiko wie in dieser Nacht.

Wir spielten bis in den frühen Morgen und überlegten dann, ob wir nicht je ein Szenario des Spielablaufs an Bush und an Hussein schicken sollten, um ihnen deutlich zu zeigen, daß der mittlere Osten schneller wieder verlorengeht, als man ihn erobern kann.

Die Nacht verstrich, wie man weiß, ohne daß etwas geschah. Nur Maria rief an, fragte wie das Spiel lief und wünschte uns viel Spaß. Auch sie konnte nicht verstehen, wie wir jetzt spielen konnten, noch dazu Risiko, aber sie fragte nicht. Sie fragte ohnehin nie allzuviel.

Ich schlief bis zum späten Nachmittag, dann kämpfte ich mich aus den Federn und bereitete mir in aller Ruhe ein Frühstück. Kakao, Butter, Nutella, Pflaumenmus, Käse, aufgebackene Brötchen, Kaffee, Eier. Ich muß sagen, es ging mir nicht schlecht zu dieser Zeit.

Da ich auch noch Telefongespräche mit Pierre in München und Jasmine führte, zog sich das Frühstück in die Länge, und als ich endlich Zeit gehabt hätte, in die Uni zu gehen, mußte ich feststellen, daß alle Vorlesungen schon vorüber waren. Also griff ich wieder zum Telefon. Früher hatte ich telefonieren gehaßt. Es war mir immer tierisch auf den Sack gegangen, wenn Leute stundenlang telefonieren mußten, vor allen Dingen, wenn ich sie in dieser Zeit zu erreichen versuchte. Auch hatte ich nie verstanden, was man sich am Telefon so lange erzählen konnte. Aber seit ich bei meinen Eltern ausgezogen war, hatte ich mich vom militanten Nichttelefonierer zum Kabelfetischisten ent- wickelt. Seitdem war ich es, der angepöbelt wurde, weil meine Leitung oft stundenlang besetzt war. Und meist war es die Telefonrechnung, die mich gegen Mitte eines jeden Monats verfrüht in den finanziellen Abgrund stürzte. Mein Vater hätte mich mit Sicherheit in Ketten legen und auf eine Galeere verfrachten lassen, wenn er geahnt hätte, wie ich mit dem Geld umging, das er mir ab und an zuschoß. Er war nämlich immer in großer Panik, wenn es sich um diese kleinen Papierzettel mit aufgedruckten Zahlen drehte, die der Präsident der Bundesbank unterschreibt.

Ich rief Mark an, den einzigen Menschen in meinem Bekanntenkreis, der noch weniger Ahnung hatte als ich, wie seine Zukunft aussehen würde. Seit er von der Schule gegangen war, hatte er unzählige Jobs durchlaufen, vom Möbelpacker über Brezelverkäufer bis hin zum Pizzabäcker. Wobei wir, seine selbstlos wohlmeinenden Freunde, ihm geraten hatten, letzten Job zu behalten, denn damals blieben für einige Wochen unsere Geldbeutel trotz erhöhten Pizzakonsums prall gefüllt.

In diesen Tagen war Mark gerade wieder arbeitslos. Nicht etwa, weil er gefeuert worden war, nein, er hatte schlicht und einfach mal wieder genug Geld zusammengespart, um sich einige Monate Pause zu gönnen, jeden Abend in die Stadt zu gehen, dort 'zu trinken und zu rauchen und Frauen kennenzulernen'. Mark war ein wenig schizophren, denn seine geliebte Unstetigkeit, die Unsicherheit, wie er zu Geld kommen konnte, die ständig wechselnden Jobs und sein variantenreicher Tag-Nacht-Rhythmus standen in krassem Gegensatz zu seiner ehernen Beständigkeit, immer in derselben Kneipe, nämlich in der Eberesche herumzuhängen. Deshalb war Mark auch einer der am stärksten Betroffenen gewesen, als diese Kneipe dichtgemacht hatte. Gleich den anderen ehemaligen Stammgästen zog er die nächsten Tage jeden Abend wie ein Ausgebombter durch die Straßen der Stadt, um eine neue Bleibe zu finden. Aber noch gehörte er zu den Heimatlosen, und entsprechend erfreut war er immer, wenn man ihm einen neuen Vorschlag machte, wohin man gehen könnte, um sein Bier zu trinken und seine Zigaretten zu rauchen und noch fremde Frauen kennenzulernen.

Wir landeten in einer Heavy-Metal-Disco, in der die ewigen Metal-Fans headbangten, vorne kurze, hinten lange Haare, mit nietenbesetzten Gürteln und Armbändern. Ein wenig errötend muß ich gestehen, daß ich vor einigen Jahren noch selbst zu solch einer Clique gehörte, jedoch bin ich mehr oder weniger freiwillig ausgeschieden, als ich merkte, daß die meisten dieser hochgelobten Cliquenfreundschaften nicht sehr viel mehr zählen als das freundliche Lächeln eines Vertreters, während er dir den Familien-Original-Benutzer aufschwatzen will. In dem Moment, in dem ich freiwillig mein Iron-Maiden-T-Shirt ausgezogen hatte, anfing, Reggae zu hören und mir die Haare auf Millimeterlänge zurückschneiden ließ, weil ich fand daß die beiden Taucher in 'The Big Blue' damit so gut aussahen, war ich von der Gemeinschaft ausgeschlossen worden. ('Crossover' hielt man zu dieser Zeit noch für eine Zahnbrücke.) Bei solchen Gelegenheiten entpuppt sich die oft so hochgepriesene Toleranz gewisser Leute (Dabei schaue ich nicht nur in die Heavy-Metal-Ecke.) als die Spießigkeit der Hitlerjugend im Gewand der Anarchie versteckt.

Nun, ich war nie sehr traurig über diese verlorenen 'Freundschaften', und ich konnte es richtig genießen, in dieser Disco jene wahrscheinlich nie erwachsen werdenden Leute zu beobachten. (Wie man weiß, liegen Pauschalurteile immer ein wenig daneben, und ich bitte alle, denen ich jetzt unrecht getan habe, um Verzeihung. Es können nicht allzuviele sein.)

Neben der Tanzfläche und drei Theken gab es in dieser Diskothek einen Videoraum, ein Schnellrestaurant, mehrere Flipper und Tischkicker sowie einen Billardraum. Letzterer war unsere Rückzugsbastion wenn wir gar nicht mehr lachen konnten über die ganzen Angeber und Schönlinge, die den Schuppen bevölkerten.

Nicht daß wir sonderlich begnadete Billardspieler gewesen wären, aber wir hatten einen irren Spaß daran, zu planen, wie die Kugeln laufen sollten, um uns dann von der Wirklichkeit zum Narren machen zu lassen. Der Abend verstrich langsam, aber die blinkenden Lichter, die dröhnende Musik, die klickenden Karambolagen der bunten Kugeln lenkten ab von der Welt draußen, und auch das kalte Bier und die fettigen Pommes aus der Schnellküche, die nur englisch, also mit viel Essig drüber, zu genießen waren, taten ihr Eigenes, um uns ein heimeliges Gefühl zu verschaffen.

Als ich nach Hause kam, war der Krieg ausgebrochen. Der Reporter von CNN berichtete live aus Bagdad von Christbäumen, die am Himmel standen und Feuerwerk, das aus der Erde schoß. Eine Flugzeugstaffel nach der anderen, ein Angriff nach dem anderen, pausenlos.

Ich saß vor dem Fernseher, wie bei einem Spielfilm, und wartete auf das Happy-End. Als ich endlich begriff, daß es in dieser Nacht kein Ende geben würde, schaltete ich ab. Wenige Minuten später rief Maria an...

Sie war vollkommen aufgelöst, und ich wollte nur schlafen, hatte soviel Lust, mir ihre Sorgen anzuhören wie einen Dokumentarfilm über das Balzverhalten der Goldfische anzusehen. So viele Kriege auf unserer kleinen Welt. Warum erwartete sie von mir, daß mich dieser eine besonders berührte. Ganz ehrlich, ich war auch erschüttert, aber wäre ich das genauso gewesen, wenn die Medien nicht solch einen Riesenrummel gemacht hätten?

4

Am nächsten Morgen hatte man wirklich keine Mühe, sich die Laune verderben zu lassen. Es herrschte allgemeines Lachverbot in Deutschland.

Der Tag begann wie jeder andere, abgesehen davon, daß ich kurz die Nachrichten einschaltete, um zu erfahren, daß die Bombardements ausgesetzt hatten. Dann schleppte ich mich ins Bad, grinste der verpennten Fresse im Spiegel entgegen und bemühte mich, die Paste auf die Zahnbürste zu bekommen und nicht auf die Zehen. Duschen war trotz eines leichten Geruchs, den ich schlaftrunken wahrnehmen konnte, nicht angesagt, da ich ohnehin schon verschlafen hatte und die heutige Vorlesung unter keinen Umständen verpassen wollte. Das Frühstück bestand, wie jeden Morgen, den ich früh aufstehe, nur aus einer Tasse Milch und einem Apfel, also steckte ich ein wenig Geld ein, um dann später in der Universitätscafeteria mehr und ungesünder zu essen. Ein paar Zettel und Stifte fanden sich auf meinem Schreibtisch und wanderten in meine Tasche, dann nahm ich noch die Batterien aus dem Akku und lud sie in den Walkman. Eine Kassette heraussuchen, das Fahrrad schnappen und los. Das alles gehörte während des Semesters zu meinem morgendlichen Ritual wie das Amen in der Kirche (Immer vorausgesetzt, ich kam aus dem Bett.).

Zu den Dingen, die gute Laune machen müssen, gehört Musik. Schwermütige Liedermacher und schwarze Gruftbands überlasse ich gerne meinen suizid-gefährdeten Mitbürgern. 'Ma-Ma-Ma-Mano Negra...' begann die Kassette, und dann folgte jene Wahnsinnsmischung aus verschiedenen Musikstilen, für die diese Gruppe von Eingeweihten so hoch geschätzt wurde. Ich vergaß den Rest der Welt, tanzte im Takt mit meinem Fahrrad über Gullideckel und Bordsteinkanten, und als ich in der Uni ankam, war ich bester Laune.

Oh Gott, welches Verbrechen! Die Betroffenheitsverordnung war in Kraft getreten. Mundwinkel nach unten vorgeschrieben. Ein fröhliches Gesicht war an diesem Tag so selten wie eine zweischwänzige Ziege. Ich fühlte mich wie ein

Trauzeuge, der bei der Frage: 'Willst du,.....bis daß der Tod euch scheidet?' in schallendes Gelächter ausgebrochen war. Die Blicke, die man mir zuwarf, hätte man besser nach Bagdad und Washington geschickt. Saddam Hussein und George Bush wären in Tränen der Verzweiflung ausgebrochen und hätten sich die Hand zum Frieden gereicht, nur um nicht mehr solcher Verachtung ausgesetzt zu sein.

Ich bereute bitter, daß ich meinen inneren Schweinehund besiegt und mich aus meinem Bett herausgekämpft hatte. Alle Vorlesungen fielen aus. In der Hoffnung, jemanden zu finden, der Lust auf ein ausgedehntes Frühstück hatte, landete ich in der Fachschaft, wo man seit zwei Stunden darüber diskutierte, wie man auf den Krieg reagieren sollte. Ich lauschte ein wenig (ungläubig), ich lachte ein wenig (natürlich nur innerlich), als in aller Ernsthaftigkeit der Vorschlag diskutiert wurde, am nächsten Tag die Uni zu boykottieren. Ich konnte mir ziemlich gut vorstellen, welch beeindruckende Betroffenheit sich bei allen Beteiligen des Golfkrieges breit machen würde, wenn sie von dieser ungeheuerlichen Maßnahme deutscher Studenten hören würden.

- Ich glaube nicht, denn das hat sowieso keinen Sinn.

Als sich mir alle Blicke zuwandten, begriff ich, daß ich soeben die falsche Antwort auf die Frage, ob ich mit zur Demo kommen würde, gegeben hatte. Fünfzig Augenpaare starrten mich an, um sich mein Gesicht für immer und ewig als das Gesicht eines Kriegstreibers einzuprägen. Ich konnte ihre Gedanken förmlich hören.

'Seht euch nur die zusammengewachsenen Augenbrauen an.'

'Und erst die Haarlänge. Bestimmt ein ehemaliger Skinhead.'

Zum Glück vergißt das Volk so schnell, wie Politiker das erwarten. Aber leider nicht nur Gesichter, sondern auch Ideale. Wenige Wochen später erinnerte sich niemand mehr an meinen Faux Pas, und genauso wenig fand sich dann noch jemand bereit, gegen die Abschlachtung der Kurden zu demonstrieren. (Nur CNN berichtete immer noch live.)

Aber noch sind wir beim Golfkrieg, und auf wunderbare Weise schaffte ich es, nach Hause zurückzukommen, ohne zusammengeschlagen zu werden. Ich rief Mark an, um mit einem vernünftigen Menschen zu reden, und nachdem er meinen halb belustigten, halb schmerzlichen Zorn auf die Welt etwas beruhigt hatte, legte ich mich wieder schlafen, verdrängte den ganzen Mist, bis Maria plötzlich vor der Tür stand.

- Was machst du denn hier?
- Eine innere Stimme hat mir gesagt, daß ich zu dir gehen soll. Freust du dich denn nicht?
- Doch. Für eine Lüge kam mir das verdammt leicht über die Lippen.

Wir hielten uns fest, und ich überlegte, wie der Abend noch zu retten sei.

Die Vorhersehung führte Perdita und Mark an diesem Abend zu mir. Wir schauten die Nachrichten, erst 'heute' dann die 'Tagesschau', schalteten die Glotze dann ab, und nachdem noch ein paar Worte über den Krieg gefallen waren, wandten wir uns anderen Themen zu und beschlossen schließlich, noch in die Stadt zu fahren, um mit ein paar Bier alles Denken dorthin zurückzuspülen, wo es am wenigsten störte.

Wir ließen den Käfer bei mir zurück, denn Perdita hatte am Vortag ihr erstes eigenes Auto, einen halb zerfallenen Golf gekauft, und deshalb gaben wir diesem Wagen den Vorzug, zumal ich dann nicht fahren mußte, also ausgiebig trinken konnte.

Perdita hatte zwar schon einige Jahre ihren Führerschein, aber kaum Fahrpraxis, und die Gerüchte, die über ihre wenigen Fahrten kursierten, konnten Bände füllen. Einmal war ich selbst Zeuge gewesen, wie sie an einer Tankstelle nicht darauf verzichten wollte, nach dem Tanken die Zapfsäule noch umzufahren. Nur ihrem beherzt ins Steuer greifenden Beifahrer war es zu verdanken gewesen, daß sie ihr Ziel verfehlte; eine andere Geschichte, die Perditas Widerspruch zum Trotz immer wieder auflebte, erzählte man sich davon, daß sie innerhalb von eineinhalb Wochen zwei Wagen ihrer Schwester an ein und demselben Baum zersägt hatte. So stiegen Mark und ich mit gemischten Gefühlen in den Golf, während Maria mit Sicherheit nicht auf das Folgende gefaßt war, was ihre spätere Erregung aber kaum rechtfertigte. Die Fahrt in die Stadt dauerte ewig, aber wir kamen in keine haarsträubenden Situationen. Ich tauschte mit Mark anerkennende Blicke aus, denn Perdita war kaum noch eine Unsicherheit anzumerken. Nun hat aber jeder Mensch seine natürlichen Feinde, so wie ich zum Beispiel Schlüssel, die sich ihm immer wieder entgegen stellen. Bei Perdita waren es Parklücken. Oder vielmehr, da sie nur selten in Herden auftritt, die gemeine Parklücke an sich. An diesem Abend hatten wir sogar das Glück, gleich zwei nebeneinander zu finden, also eigentlich kein Problem, weder vorwärts, noch rückwärts. Aber das konnte ich nur denken, weil ich noch nie zuvor Perditas Einparkkünste beobachtet hatte.

- Ohh Gott, komme ich da rein?
- Mit Sicherheit. Zweimal.

Sie fuhr an der Parklücke vorbei, bremste und legte den Rückwärtsgang ein. Dann lenkte sie munter in die falsche Richtung, und wunderte sich trotzdem nicht wenig, als das Auto plötzlich quer auf der Straße stand, statt halb in der Parklücke. Der zweite Versuch brachte sie immerhin schon näher an den Bordstein, aber als dann das Hinterrad den Bordstein berührte, wußte sie nicht mehr weiter. Während Mark rührende Versuche unternahm, Perdita ins Lenkrad zu greifen, und ich glucksende Lachanfälle herunterschluckte, saß Maria mit eisigem Schweigen neben mir.

- In welche Richtung muß ich denn jetzt lenken?

Schließlich stieg ein nervliches und körperliches Wrack namens Perdita aus, und Mark übernahm das Steuer. Ich bemerkte, daß in Maria etwas brodelte, konnte mir aber nicht vorstellen, was es sein mochte. Erst als Perditas Gegner von einem tapferen Mark seiner Bestimmung zugeführt worden war und wir die heiße, laute, überfüllte Kneipe betraten, zog ich sie von den anderen weg in eine Ecke.

- Was ist denn los?
- Ich kann das nicht haben. Das ist grauenhaft.
- Was?
- Diese Frau!
- Perdita? Wieso? Weil sie nicht einparken kann? Meine Güte, hab dich doch nicht so! Man kann schließlich nicht erwarten, daß jeder gleich super Auto fährt. Sie wird das schon noch lernen. Du hättest sie mal früher sehen sollen. Wie kannst du dich über so etwas nur aufregen?

- Es ist ja auch nicht ihre Unfähigkeit, Auto zu fahren, sondern, wie sie das zu ihrem Vorteil ausschlachtet. Ich kenne genügend Frauen, die das naive Dummchen spielen, um Männern zu gefallen.

- Wie kommst du denn auf so eine gequirlte Kacke. Ich kenne Perdita schon lange genug, um zu wissen, daß das nicht gespielt ist. Sie ist eben ein wenig schusselig.

- Für mich ist das die Anbiederei pur. Sie ist bestimmt ein Krebs. Krebsfrauen machen so etwas oft.

Es war, glaube ich, das erste und einzige Mal, daß sie nicht 'Ja, du hast schon recht.' sagte, und das ausgerechnet in einer Situation, in der ich es erwartet hätte, denn ich beanspruchte für mich das Recht, Perdita gut genug zu kennen, und wenn ich gegen etwas eine Allergie habe, dann sind es vorschnelle Urteile, die ich nicht selbst gefällt habe.

- Erstens ist das keine Anbiederei, Perdita ist ein total liebenswerter Mensch, ich muß sie wohl besser kennen als du, und...

- Du bist ein Mann, du merkst das nicht...

- Laß mich bitte ausreden! Zweitens ist sie kein Krebs sondern,... Moment..., sie ist Zwilling.

- Nun, zu einer Zwillingsfrau paßt das genausogut, und außerdem muß ich ja wohl nicht alle deine Freunde mögen.

Scheiße, ich hätte kotzen können. (So richtig dicke, grüne Brocken.)

- Nein, du mußt sie nicht alle mögen, aber es gibt keinen Grund, so ein Gesicht zu ziehen und miese Laune zu verbreiten, nur weil du jemanden nicht leiden kannst, noch dazu aus solch lächerlichen Gründen.

- Das sind keine lächerlichen Gründe. Für mich ist das sehr ernst.

- Ich würde dir vorschlagen, erst einmal erwachsen zu werden.

Wenn mir etwas ganz tierisch die Galle nach oben treibt, werde ich halt unsachlich und damit war der Streit für mich beendet. Aber ich hatte noch immer eine Stinkwut im Bauch, und mehr als nur Erleichterung erfüllte mich, als Perdita, Mark und ich wenig später weiterfuhren, während Maria in der Kneipe zurückblieb, um noch auf ein paar Bekannte zu warten.

Etwas rastlos zog ich den Rest des Abends durch die Stadt und kühlte meinen Zorn mit einigen Bier. Wieder brodelten Zweifel in mir, ob unsere Beziehung eine Zukunft haben könnte. Als wir Maria später wiedertrafen, hatte ich mich noch immer nicht ganz beruhigt, aber meine Bereitschaft, Konsequenzen aus diesem sichtlichen gegenseitigen Unverständnis zu ziehen, war wieder auf Null gerutscht. Und sie hatte offensichtlich nicht genügend Aufmerksamkeit in das Studium meines Sternzeichens verwandt, denn sie kam nicht einmal im Ansatz auf die Idee, daß ich über so etwas nachgedacht haben könnte.

- So, das war also unser erster Zoff.
- Wahrscheinlich nicht der letzte.
- Ich finde es Scheiße, daß du mich alleine in der Kneipe gelassen hast.
- Du hättest ja mitkommen können.
- Du weißt genau, daß ich verabredet war.
- Okay, es tut mir leid.

Für diesen Abend hatte ich genug von sinnlosen Diskussionen; wahrscheinlich hätten wir uns trotzdem noch einmal gestritten, wären wir nicht zu Perditas Golf gekommen, um festzustellen, daß der Kühlerschlauch geplatzt war. Maria regte sich zum Glück nicht wieder auf, denn selbst sie sah ein, daß es diesmal nicht Perditas Schuld war, und wir ließen den Wagen stehen, fuhren mit einem Taxi nach Hause.

Doch der Abend hielt noch weitere unangenehme Überraschungen bereit. Als wir zu Hause im Bett gelandet waren, mußte ich erfahren, warum Maria eigentlich gekommen war.

Dazu sollte ich vorher noch bemerken, daß ich, wie schon erwähnt, lange Zeit keine feste Beziehung gehabt hatte und mir die Schmuseeinheiten, die ich unbedingt benötige, auf diversen Parties und bei den Frauen, in die ich verliebt gewesen war, ohne auf volle Erwiderung zu treffen, geholt hatte. Dabei waren meine Hände aber nur selten tiefer in die duftigen Gefilde unterhalb der Gürtellinie vorgestoßen, und wie oft ich in dieser Zeit mit einer Frau geschlafen hatte, ließ sich sogar an der rechten Hand der meisten Sägewerkarbeiter abzählen. Letzteres lag natürlich nicht daran, daß ich keine Lust gehabt hätte, nein, es war dieser berühmte Teufelskreis, den jeder auch von Chips her kennt: Wenn man Lust hat, welche zu essen, sind die Schränke leer, es ist zwölf Uhr nachts und sämtliche Läden haben geschlossen. Wenn man welche im Schrank hat, sind es die Faden von 'Die Weißen' oder man hat viel mehr Lust auf Erdnüsse.

In irgendeiner Zeitschrift für pubertierende, picklige Jugendliche hatte ich einmal gelesen, daß je länger man nicht mit einer Frau schlafen würde, desto mehr würde schließlich die Lust abnehmen, es überhaupt noch zu tun. Leider (oder zum Glück?) konnte ich diese Hypothese nicht bestätigen. Im Gegenteil, je weiter es zurücklag, desto intensiver stieg mir die Vorstellung davon in den Kopf, wie es gewesen war, sich zu jemanden zu legen, den man lieb hat und ein kleines bißchen zärtlich zu bumsen. Und es gab für mich kaum eine schönere Vorstellung, als endlich wieder einmal das Zucken in meinen Füßen zu spüren, das immer meine letzten, unkontrollierten Bewegungen nach dem Orgasmus dargestellt hatte, und mich dann, wenn es sich beruhigt hatte, an den verschwitzten Körper meines Mädchens, meiner Frau zu klammern, um jede Linie dieses Körpers genau und unvergeßlich in Erinnerung zu behalten.

Um das Ganze nicht zu weit auszubreiten, was ich eigentlich sagen wollte ist, daß ich geil war, wie ein Karnickel, das schon über Meerschweine herfällt.

Trotzdem schlief ich nie mit Maria.

Warum?

- Es gab ganz einfach ein Problem mit der Verhütung.

Kondome bekommt man überall! Also muß ich mir eine andere Ausrede suchen.

- Ich hatte nie Lust.

Das ist glatt gelogen! In der Zeit, in der ich mit ihr zusammen war, holte ich mir Schwielen an den Händen vom Wichsen.

Bleibt mir nur noch eine Erklärung. Ich wollte es einfach nicht. Da der Körpergeruch eines Menschen sich beim Sex intensiviert, hatte ich vielleicht Angst vor einer Verstärkung von Marias Geruch, den ich im Normalzustand schon nicht leiden konnte.

Klingt das zu weit hergeholt?

Ich glaube nicht. Jeder, der schon einmal mit einer Frau geschlafen hat, mit der er Jahre vorher zusammen gewesen war, kann sich bestimmt entsinnen, welch ein wundervolles Gefühl es ist, währenddessen plötzlich diesen angenehm vertrauten Geruch wahrzunehmen. (Allerdings soll es ja auch Leute geben, die Körpergerüche nicht ausstehen können, die müssen jetzt einfach mal ihre Phantasie ein wenig anstrengen.)

Zurück zu Maria.

(Mit Sicherheit ist schon aufgefallen, daß ich ein wenig chaotisch bin, aber das ist das Leben auch.)

- Weißt du, warum ich eigentlich hier bin?

- Keine Ahnung.

- Ich habe Angst, daß alles zu Ende geht.

- Nicht schon wieder! Ich fühlte mich müde und nicht in der Lage ihr schon wieder klarzumachen, daß selbst wenn die Welt in diesem Moment untergehen sollte, es keinen Sinn gemacht hätte sich deswegen Sorgen zu machen.

- Ich bin mir sicher, daß es eine tiefere Bedeutung hat, daß wir uns ausgerechnet jetzt gefunden haben.

- Welche denn?

Ich werde es nie lernen, keine Fragen zu stellen, wenn ich keine Antworten hören will.

- Nun, dieser Krieg. Vielleicht werden wir alle sterben, ich denke, wir haben uns getroffen, damit wir uns in dieser Zeit Kraft geben können. Und...und ich möchte mit dir schlafen, bevor es zu spät ist.

Einen Augenblick fragte ich mich, ob ich noch normal sei, denn nie im Leben hatte ich weniger Lust verspürt, mit ihr zu schlafen.

- Ich habe Kondome dabei.

Ich hatte keine Lust darüber zu reden. Ich wollte meine Ruhe, dann mit ihr schlafen, wenn uns beiden danach zumute war, und mit Sicherheit nicht deshalb, weil sie befürchtete, daß die Welt zugrunde gehen könnte.

- Findest du deine Angst vor diesem Krieg nicht ein wenig lächerlich?

- Ich weiß, du glaubst, das sei Panikmache, aber in den Nachrichten hieß es wieder, daß die Auswirkungen eines bakteriologischen Krieges ganz Europa erfassen könnten.

Und dann ist auch immer noch die Gefahr einer neuen Eiszeit gegeben, wenn alle Ölquellen brennen.

Wir hatten schon mehrfach über diese Themen diskutiert, und ich war es leid.

- Denk nicht mehr darüber nach. Wenn ich dir so viel bedeute, dann halt dich an mir fest und schlaf. Ich bin jedenfalls müde.

Das war es dann für diese Nacht. Sie brachte keinerlei Verständnis für mein Unverständnis auf. Sie meckerte mich an, ich pöbelte zurück. Ein Wort gab sich das andere, über die Tatsache, daß ich sie noch nie besucht hatte, kamen wir dazu, daß meine Freunde mir viel mehr bedeuteten und unsere Sternzeichen ohnehin inkompatibel waren; dann brachte ich mein Studium ein, für das ich längst nicht genug Zeit aufbrachte, und schließlich endeten wir bei den Sonntagen, die ich sonst immer zum Jobben verwandt hatte, aber jetzt mit ihr verbrachte. Ich kam nicht mehr zu meinem Schlaf, den ich mir wohl auch nicht verdient hatte, so einseitig wie unsere Beziehung verlief.

Das Frühstück am nächsten Morgen kostete Überwindung, um nicht wieder von vorne zu beginnen, und als sie endlich wegfuhr, schnappte ich mir meinen Glenfiddich, den ich vor Schnorrern versteckt zwischen meinen Strümpfen aufbewahrte und schenkte mir ein schönes großes Glas ein. Das war genau das Richtige, schottisch, teuer und gut (Zumindest damals noch, da er noch nicht in den Massen hergestellt wurde wie heute.). So eine Flasche halt, die man sich nur selten selbst kauft, sondern eher auf einem der wenigen Besuche bei den Eltern aus Vaters Spirituosenkiste mitgehen läßt.

Draußen war es kalt, und ich öffnete das Fenster, legte die Beine auf die Heizung und genoß die unterschiedlichen Gefühle, die mich dann durchströmten, warme Füße, kalte Nase und das heiße Brennen des Whiskeys im Hals.

Ich dachte an Mark, der auch so gerne Single Malt Whiskeys trank und immer einen sympathischen Schreianfall bekam, wenn jemand dieses edle Gesöff mit Cola mixte, und dann freute ich mich plötzlich auf das nächste Wochenende. Nicht nur, weil Maria nicht kommen würde,

sondern vielmehr, weil Andrea, Pierres Freundin, aus München zu Besuch kommen wollte.

Ich prostete dem Winter zu und leerte das Glas.

Aber, da leere Gläser ein schrecklicher Anblick sind,
schenkte ich gleich nach.

5

Das Telefon klingelte, wie immer wenn ich gerade unter der Dusche stehe, und ich fluchte, denn ich gehöre zu jenen unheilbar dummen Menschen, die so etwas nicht einfach überhören können und sich dann das halbe Zimmer naß machen, um herauszufinden, daß mal wieder jemand eine falsche Nummer gewählt hat.

- Ja. schnaufte ich in den Hörer, als ich ihn endlich unter den herumliegenden Klamotten und Büchern entdeckt hatte.

- Ben? Es war Marks Stimme.

- Ich bin am Bahnhof, Andrea abholen.

- Wieso das? Sie kommt doch erst viel später.

- Es hat sich wohl etwas geändert. Ich weiß leider auch nicht genau, wann sie kommt. Hat sie nicht noch mal bei dir angerufen?

Ich wickelte mir das Handtuch fester um und ging in die Knie.

- Nein, hat sie nicht. Woher weißt du, daß sie...?

- Das ist ja gerade das Problem. Sie hat bei mir angerufen...

Mark wohnte mit seinem Bruder, einem ewig besoffenen Wrack zusammen und ausgerechnet der hatte bei Andreas Anruf den Hörer abgenommen. Mehr durch einen Zufall war er wohl später auf die Idee gekommen, Mark ein wenig davon zu erzählen, aber da konnte er sich schon nicht mehr genau erinnern, welche Ankunftszeit ihm Andrea genannt hatte. 'Es war irgendetwas mit siebzehn Uhr.' Da es schon fast siebzehn Uhr gewesen war, hatte Mark nicht mehr viel Zeit darauf verschwendet, seinen Bruder zusammenzustauchen, sondern erst bei mir angerufen, wo gerade besetzt gewesen war, und sich dann in den nächsten Bus geworfen, der zum Bahnhof fuhr. Ein Zug aus München war im Moment durchgefahren, hatte aber keine Andrea abgesetzt. Der nächste sollte in einer halben Stunde kommen.

Ich duschte mir noch schnell den Schaum aus den Achselhöhlen, dann versuchte ich Andrea oder Pierre in München zu erreichen, aber niemand nahm ab. Schließlich schwang ich mich in den Käfer und fuhr zum Bahnhof. Da

Mark sich schon fast die Beine in den Bauch gefroren hatte, kauften wir zuerst mal eine Tüte heiße Maronen, von denen wie üblich die Hälfte verschimmelt war. Es schien nicht gerade ein für uns bestimmter Tag zu sein.

Der nächste Zug aus München rollte ein. Wir liefen die Abteile ab. Mark nach vorne, ich Richtung Zugende. Schulterzucken von uns beiden. Keine Andrea.

Mark beschloß, seinen Bruder anzurufen, und während er ihn am Telefon anbrüllte und hoffte, so aus dessen verkaterten Hirn noch eine Information herauszudestillieren, entwickelte ich die Befürchtung, daß Andrea noch früher gekommen sein könnte. Sie besaß nur meine Adresse und war auch noch nie zuvor in unserer Stadt gewesen. Ich ließ Mark wieder alleine und fuhr nach Hause zurück. Aber auch hier, keine Andrea, keine Nachricht, nichts. Die Herumtelefoniererei ging weiter.

Gegen halb acht, ich hatte gerade den Fernseher eingeschaltet, um mich von den Muppets etwas ablenken zu lassen, kam die Erlösung.

- Hallo Ben. Marks erleichterte Stimme informierte mich schneller, als er selbst es mit Worten gekonnt hätte. Andrea war eingetroffen.

- Klasse. Mit welchem Zug ist sie denn jetzt gekommen?

- Siebzehn war schon richtig. Neunzehn Uhr siebzehn. Ich werde meinen Bruder noch heute nacht umbringen.

Also wieder zum Bahnhof. Der Käfer kannte den Weg schon von alleine, und verdammt noch mal, ich freute mich. Andrea hätte ich, genauso wie Pierre, gerne sehr viel öfter gesehen als das entfernungsbedingt möglich war.

Ich stürmte in die Bahnhofsvorhalle, und da standen sie und Mark, einen riesigen Koffer zwischen sich, und als sie mich entdeckte, entblößte sie eines jener Lächeln, die sie mir in dem Moment, in dem Pierre sie mir vorgestellt hatte, schon sympathisch gemacht hatten, und lief mit ausgebreiteten Armen auf mich zu. Ich packte sie, drückte sie an mich, schmatzte ihr einen dicken Kuß auf die Wange, dann schob sie mich auf Armeslänge von sich, blickte kritisch und vorwurfsvoll an mir rauf und runter und fragte:

- Wo sind die Blumen?

Wie sie den Koffer in München zum Bahnhof und schließlich in den Zug gebracht hatte, wird wohl für immer ihr Geheimnis bleiben; ich konnte ihn jedenfalls kaum heben. Nur gemeinsam waren Mark und ich in der Lage, dieses schwere Teil in meine Wohnung zu transportieren. Darauf benötigten wir beide ein Bier so dringend wie einen Stuhl, und während wir uns diese beiden Annehmlichkeiten gönnten, begann Andrea auszupacken. Mit ungläubigen Augen mußten wir mit ansehen, daß in einem solchen Koffer ein halber Hausstand Platz hatte. Wenigstens lieferte der ganze Krempel eine Erklärung für das ungeheure Gewicht.

Eine Stunde später wirkte meine Bude, als ob ich verheiratet wäre. Ich genoß es wie den Frühlingsanfang. Überall stieß man auf Anzeichen der Anwesenheit einer Frau. Am liebsten wäre ich in meinen Sessel gesunken und hätte die Füße hochgelegt, um diese Atmosphäre einige unbeschwerte Stunden lang genießen zu können, aber Andrea wollte die Stadt noch sehen.

Erst nach diesem nächtlichen Rundgang mit verschiedenen Kneipenpausen wurde es richtig gemütlich. Wir sanken, immer noch zu dritt, auf den Boden, öffneten weitere Flaschen Bier, und hier, ungestört, konnten wir ohne Unterlaß von den Monaten erzählen, die vergangen waren, seit wir uns das letzte Mal gemeinsam gesehen hatten. Die Nacht verstrich, und mit der Stimmung hoben sich auch unsere Ansprüche, so daß wir auf Wein umstiegen. Schließlich fühlte ich mich aber doch schläfrig, und auch Andrea ließ den Kopf immer wieder nach unten sinken, so daß ich mich gezwungen sah, Mark, der ein ungeheures Sitzfleisch sein eigen nannte, rauszuschmeißen. Dann rüttelte ich Andrea wach, und sie verschwand im Bad. Ich leerte noch mein Glas und lauschte dem musikalischen Klappern, das nur eine Frau mit Hilfe von Zahnbürsten und kleinen Fläschchen oder Dosen mit Cremes und Ölen erzeugen kann. Die Frage, warum ich mich jetzt so wohl fühlte, aber nie dergleichen empfand, wenn Maria zwischen meinen Sachen herumwühlte, kam mir gar nicht in den Sinn, obwohl ich genau wußte, daß wenn ich jetzt ins Bad gehen würde, nichts mehr an seinem ursprünglichen Platz stünde.

Und so war es auch. Ich griff nach meiner Zahnbürste, machte sie naß und drückte etwas Paste darauf, und während ich sie mit der einen Hand über meine Zähne schrubbte, glitt meine andere über all die kleinen Veränderungen, ohne daß ich auch nur das geringste Bedürfnis verspürt hätte, wieder Ordnung herzustellen.

Ich schlug Andrea vor, die zweite Matratze auszulegen, aber sie hatte nichts dagegen, mit mir in einem Bett zu schlafen. Ein Angebot, das ich nicht ablehnen konnte, auch wenn Pierre mein Freund war.

Nachdem wir endlich im Bett lagen, fühlte ich mich plötzlich viel zu wach zum Schlafen.

- Ich bin gar nicht mehr müde.
- Ich auch nicht.
- Wollen wir noch ein wenig dekadent sein?

Süweda und Gott seien gedankt für das Kabelfernsehen. Wie haben unsere Vorfahren das nur ausgehalten mit nur zwei bis vier Programmen, die noch dazu ab Mitternacht das (kultige?) Testbild sendeten? Vierundzwanzig Stunden am Tag Musikvideos, Spielfilme und Shows. Endlich sind auch jene Nächte gerettet, in denen man wirklich nichts anderes mehr fertigbringt, als die Fernbedienung zu malträtieren. Wir setzten uns im Bett auf, Andrea knipste die Kanäle rauf und runter, und ich fand noch eine Dose Erdnüsse, die ergänzt mit frischem kalten Bier eine herrliche Fernsehmahlzeit abgaben.

Wir landeten in einem alten Western auf einem englischsprachigen Programm. Böse Indianer wollten ihr Land nicht mit guten Weißen teilen, aber zum Glück gab es den tapferen, glattrasierten, schönen Ranger, der uns alle beschützte und mehr Indianer mit seinem vierundzwanzigschüssigen Colt aus dem Sattel schoß als Erdnüsse in der Dose waren. Wir waren natürlich ein klein wenig parteiisch für die Indianer, und nachdem auch der letzte von ihnen hatte ins Gras beißen müssen, trösteten wir uns damit, daß der Ranger jetzt jenes zwar hübsche, aber in komplizierten Situationen nur hysterisch kreischende Weibsbild heiraten mußte, das er aus den Fängen der Indianer befreit hatte.

Wir schalteten um, und befanden uns plötzlich mitten zwischen unverbesserlichen, aus dem Krieg übriggebliebenen, ostdeutschen Nazis, die vom 'Kobra-übernehmen-Sie'-Team erfolgreich hereingelegt wurden. Es versprach ein spaßiger Morgen zu werden.

- Wie geht es deinem Liebesleben? fragte Andrea unvermittelt und so unverbindlich, daß ein Nashorn gemerkt hätte, daß sie eigentlich über das ihrige reden wollte. Da ich immer noch nicht kapiert hatte, daß ich selbst mit einem Problem am Hals herumlief, ging ich ohne Umschweife darauf ein. Weder für meine Beziehungskiste noch für den Golfkrieg oder für meinen Sturz, der mich schließlich ins Krankenhaus bringen sollte, spielten Andreas Probleme mit Pierre eine große Rolle, deshalb möchte ich auch nicht weiter ausbreiten, was sie mir in dieser Nacht erzählte, während der Schwarze im Kobra-Team, unauffällig wie ein Neger in DDR-Uniform nun einmal ist, seine Kollegen aus der vorbereiteten Falle befreite. Etwas Werbung, dann folgte T.J.Hooker. Andrea erzählte weiter, und ich bemühte mich ihr zu folgen, was nicht immer leicht war, da sie selbst, durch Schüsse und dumme Sprüche abgelenkt, ständig den Faden verlor.

Kurz bevor die nächste Serie beginnen konnte, legten wir uns endlich schlafen. Andrea hatte sich alles von der Seele geredet und fühlte sich erschöpft. Ich war noch immer hellwach, aber da wir für morgen einen langen Ausflug in die Stadt geplant hatten, hielt ich es auch für intelligenter, die Augen zu schließen. Ich kuschelte mich an Andrea, schnüffelte kurz in ihrem Nacken und erschlug mit der tiefen Befriedigung, die ich dann fühlte, jeden anderen Gedanken, so daß ich doch sofort einschlafen konnte.

Den Morgen begannen wir mit frischen Brötchen. Der Verkäufer in der Bäckerei (Ich hatte immer das Gefühl, daß er schwul war und sich für mich interessierte.) musterte Andrea kritisch, wie er es immer tat, wenn ich morgens mit einer Frau auftauchte, zwinkerte mir dann zu und packte zwei Obstteilchen zusätzlich ein. Zumindest war er nicht eifersüchtig.

Auch die Frau an der Käsetheke in dem kleinen Lebensmittelladen nebenan registrierte meine neue morgendliche Begleitung mit einem Stirnrunzeln. Bei ihr hatte ich mit Sicherheit alles andere als einen guten Ruf. Andrea registrierte die vielen Augen, die auf sie gerichtet waren und packte ganz unverschämt zu Milch, Nutella und Äpfeln noch eine Riesenpackung Windeln und einen 50er-Pack Kondome in den Einkaufswagen und pöbelte dann lautstark über 'den Kleinen', der die ganze Nacht wieder gebrüllt hätte, und daß sie nie wieder auf mein 'Ich pass schon auf, daß nichts passiert.' vertrauen würde. (Es kann einen Riesenspaß machen, in einem kleinen Vorort zu wohnen.)

Mein letzter Pfennig verließ den dunklen untersten Zipfel meiner Hosentasche, wanderte in die Supermarkt-kasse, und ich mußte, obwohl mir Andrea die Kondome mit einem Augenzwinkern spendierte: 'Vielleicht brauchst du sie demnächst.', und sie die Windeln für ihre Schwester nach München mitnehmen würde, noch bei der Bank vorbeigehen.

Zum Glück hatte ich mir vor einigen Jahren, als ich gerade eine Ausbildung gemacht hatte und finanziell noch abgesichert war, eine Geldautomaten-Karte geben lassen, so mußte ich nie in die Bank gehen, um mir unter dem vorwurfsvollen Blick des Kassierers Geld auszahlen zu lassen, das auf dem Konto überhaupt nicht mehr vorhanden war. Hatte ich mir anfangs zusammen mit dem Geld immer noch ein schlechtes Gewissen am Automaten gezogen, war ich inzwischen so daran gewöhnt, mit Schulden zu leben, daß ich ein fast unangenehmes Gefühl bekam, wenn der Kontoauszug einmal kein 'S' hinter dem Betrag aufwies.

Nach dem Frühstück begannen wir mit unserem Stadtrundgang. Es war ein schöner Tag, der das baldige Ende des Winters verkündete. Wir fuhren mit der Tram in die Stadt, da tagsüber dort Parkplatzkrieg herrschte, und mußten so entsprechend lange Strecken zu Fuß gehen. Die Luft war sonnengeschwängert und wir liefen nebeneinander her, belangloses Zeug redend, genießend. Ein paar Demonstranten standen auf dem Marktplatz, verteilten Flugblätter, aber es waren schon deutlich weniger geworden als zu Anfang des Krieges. Ein Zeitungsausrufer stand mit einer Extraausgabe zwischen ihnen und verkündete die letzten Neuigkeiten. Seine zwanzig Pfennig teure Zeitung fand einen reißenderen Absatz als die kostenlosen Flugblätter.

Ich lebte seit meiner Geburt in dieser Stadt, und wie wenig ich sie eigentlich kannte, hatte ich das erste Mal bei einem Englandaufenthalt bemerkt, als ich in York in einer Ausstellung über die Wikingerzeit feststellte, daß fast die Hälfte aller Exponate Leihgaben des Landesmuseums Mainz waren. Genauso wenig, wie ich jemals einen Fuß in dieses Museum gesetzt hatte, hatte ich mir unseren Dom oder eine andere der Prachtkirchen jemals von innen angesehen, noch wußte ich, daß die Stadt von Gängen aus dem Mittelalter unterhöhlt war. Meine erste Führung, die ich Andrea versprochen hatte, stand also unter keinem guten Stern.

In so vielen Kirchen hatte ich schon gestanden, den Mund nicht mehr zubekommen, weil ich über die baumeisterlichen Fähigkeiten unserer Vorfahren staunen mußte, aber unser Dom konnte sich mit den meisten Bauwerken, die ich bewundert hatte, mit Leichtigkeit messen.

- Ich verstehe gar nicht, warum ich noch nie hier war. sagte ich zu Andrea, während wir uns den Lichthof ansahen, dessen Existenz ich nicht einmal geahnt hatte.

- Ich sollte mal mit einem Zelt ein paar Tage auf einen Campingplatz gehen und dann wie ein dummer Tourist hierher kommen, bei der Fremdenverkehrszentrale anfragen, was es alles zu sehen gibt und meine Stadt neu entdecken. Vielleicht würde ich dabei sogar ein paar nette Kneipen entdecken, die ich noch nicht kenne.

- Ich glaube, das geht vielen so. Ich habe auch keine Ahnung von München. – Gibt es hier eigentlich einen Aufgang in die Kuppel? Von da hat man bestimmt eine tolle Aussicht.

- Hmm, wie gesagt, ich kenne den Dom überhaupt noch nicht von innen. Aber wenn es so etwas gibt, mußt du alleine hoch. Ich hab ein wenig Höhenangst.
- Du hast Höhenangst? Du verarschst mich!
- Nein! Ehrlich! Wenn ich auf einen Stuhl steige, wird mir schon ganz mulmig. gestand ich verschämt.
- Das glaube ich nicht. Ich dachte immer, so etwas gäbe es gar nicht.

Aber Andrea gab sich mit meiner Erklärung dann doch zufrieden, und wir suchten nicht weiter nach einem Aufgang. Wir setzten unsere Stadtführung fort und marschierten durch die Altstadt. Andrea ließ sich bei Tageslicht die Orte zeigen, an denen wir nachts gewesen waren, und nach einer Weile landeten wir vor der Kirche St. Stefan, weltberühmt wegen ihrer Fenster von Marc Chagall. Obwohl ich früher neben dieser Kirche zur Schule gegangen war, hatte ich die Fenster noch nicht zu Gesicht bekommen, was allerdings auch daran gelegen haben kann, daß ich weder dieser Schule noch Chagall jemals etwas hatte abgewinnen können.

Nun standen wir also hier, über uns die berühmten Fenster.

- Schön bunt.

Das war alles, was mir zu dieser blau- und bonbonfarbenen Häßlichkeit einfiel. Andrea hingegen war ganz hingerissen. Na gut, meinetwegen, bin ich halt ein Kunstbanause, aber hätte ich geahnt, welche Arbeit mir diese Fenster noch bescheren würden, ich hätte bestimmt ein wenig mehr Ehrfurcht gehabt.

- Schau mal da!

Ich folgte Andreas Finger und mein Blick landete auf einem besonders bunten Fenster mit einer Paradiesdarstellung, Engel, Tiere und Eva und Adam, einen roten Apfel in der Hand.

- Sehr schön.

- Prolet.

- Ich habe eben Hunger. Ich würde jetzt lieber etwas zu Mittag essen.

- Du denkst wirklich nur an deinen Bauch.

- Aber nein. Du könntest mit Sicherheit auch etwas zu essen vertragen – denke ich.

Wir schlenderten aus der Kirche und gingen zu einem asiatischen Schnellrestaurant, das köstliche Gemüsepfannen anbot. Ich konnte das ganze Junk-Food, von dem ich mich eine Weile ernährt hatte, nicht mehr sehen und war in letzter Zeit mehr und mehr zur fleischlosen Kost übergegangen. Natürlich wurde ich nie ein Vollblutvegetarier; Pepperoniwurst auf einer Pizza gehörte zu den letzten Dingen, die mich gestört hätten und ein Chili ohne Fleisch ist nun mal kein Chili. Auch zählte ich mich nie zu jenen Fanatikern, die Milch und Eier und Käse ablehnten, aber wenn ich in dieser Zeit ein fett-triefendes Schnitzel oder etwas ähnliches sah, dann drehte sich mir der Magen um. Dabei stammt meine Mutter aus einer Metzgerfamilie.

Andrea konnte das nur schwer nachvollziehen, schließlich hatte man ihr in Bayern Weißwürste und Schweinehaxen in die Babymilch püriert. Wenn ich ganz ehrlich sein soll (Warum eigentlich nicht?), alle paar Monate übermannte mich meine Vergangenheit, und ich schlich mich heimlich nachts zu Kentucky (so wie junge sportliche Frauen zum Kühlschrank für einen Erdbeerschokoriegel), schob mir sechs oder zehn knusprig-scharfe Hähnchenteile rein und fiel danach mit Sodbrennen, aber glücklich, ins Bett.

Als es langsam dunkel wurde, fuhren wir nach Hause zurück, wo schon das nächste Essen auf uns wartete. Mark, dem ich meine Wohnungsschlüssel gegeben hatte, hatte Spaghetti Vongole vorbereitet und, da er etwas schneller fertig geworden war, meinen Computer eingeschaltet und Space Quest gestartet. Ich haßte Computerspiele und hatte mich auch jahrelang geweigert, irgendwelche zu laden, geschweige denn zu spielen, aber eines Nachts, als ich zu einem Dogs D'Amour-Konzert gefahren war und unvorsichtigerweise meine Wohnung Nick und Mark überlassen hatte, hatten diese beiden sich massenweise Disketten mit Spielen besorgt. Ich war damals sehr spät zurückgekommen, und schon auf der Straße hatte ich die Flüche aus meinem Zimmer vernehmen können und mich zuerst gefreut, da ich gar nicht in der Stimmung gewesen war, alleine zu sein, aber als ich eingetreten war, hatte sich meine Stimmung schlagartig geändert. Ich war von den beiden kaum registriert worden und hatte nur durch penetrantes Nachfragen erfahren können, was sie da überhaupt spielten. Es hatte sich um Space Quest II oder III gehandelt, ein Adventure-Spiel, bei dem man ein paar Dutzend sinnlose Gefahren überstehen mußte, um eine grauenvolle Invasion des Universums durch mutierte Versicherungsvertreter zu verhindern.

Die beiden, Nick und Mark, hatten schon seit zwei Stunden in einem Sumpf festgesteckt und bisher keine Möglichkeit gefunden, dem nur an aufsteigenden Luftblasen zu erkennenden Monster zu entkommen. Ich hatte mich gesetzt und etwa zehn Minuten gepöbelt, dann hatte auch mich das Spielfieber erfaßt.
- Probier mal nach rechts zu gehen!

- Wir gehen am besten noch einmal ganz zurück und schauen, ob wir etwas falsch gemacht haben.

- Seid ihr sicher, daß man nicht tauchen kann?

So war es dann die ganze Nacht gegangen und die folgenden Tage und weitere Wochen. Ich vermasselte mir damit ein komplettes Semester, weil ich für die Uni keinen Strich mehr tat. Es war ja so leicht gewesen, diesen blöden Computer anzustellen und zu spielen. Erst als es zu spät war, um noch etwas zu ändern, war mir plötzlich ein winziges Licht aufgegangen, und ich hatte den Computer abgeschaltet und unter dem Schreibtisch versteckt, wo er langsam verstaubt war, bis zu jenem Abend, an dem Mark kochen wollte.

Ich stand kurz vor einem Anfall, als ich den bunt blinkenden Bildschirm sah und die dazugehörigen dämlichen Fiep- und Pieplaute vernahm, konnte mich aber dann doch beherrschen, ließ Mark in dem Raumschiff zurück, dessen Sauerstoffversorgung ausgefallen war und zerrte Andrea mit in die Küche, bevor sie der Faszination des Spiels erliegen konnte. Wir schnupperten am Saucentopf, befanden den Geruch für gut, und ich stellte Wasser für die Nudeln auf. Dann zog Andrea aus ihrem Koffer eine Flasche Rotwein hervor, und ich zückte den Korkenzieher. Die zwei Gläser, groß wie Kuhglocken, waren schnell gefüllt und noch schneller geleert. Ich schenkte nach, und nachdem wir jetzt eingestimmt waren, konnten wir genießen. Andrea prostete mir zu, während Mark zum siebten Mal erstickte und lauthals fluchte. Der Wein nahm mich schnell gefangen. Alles wurde etwas schummrig, Andrea noch hübscher, meine Küche riesengroß, und ich verbrannte mir die Pfoten, als ich die Spaghetti in das kochende Wasser warf. Die Flasche war leer, ehe die Nudeln auch nur die geringsten Anzeichen von Weichheit zeigten. Zum Glück hatte ich einen kleinen Vorrat an Wein. Wir entkorkten die nächste Flasche. Und während Mark, noch immer stocknüchtern, auf der Suche nach einer Sauerstoffmaske auf der Tastatur herumhieb, mußte ich mich schon auf Andreas Schulter stützen, während ich die Sauce umrührte, und sie selbst lehnte gegen die Wand und versuchte mir unter keuchendem Lachen zu erklären, warum sie beim Anblick von Muscheln immer weinen mußte.

(Ich weiß bis heute nicht genau weshalb, aber ich glaube, es hatte etwas mit Alice im Wunderland zu tun.)

Als die Nudeln verkocht waren und die Sauce ihre ersten schwarzen Flecken aufwies, zerrten wir Mark mit Gewalt aus seinem Sessel, verteilten Geschirr und Besteck auf dem Boden und schöpften die Teller so voll, daß ein kleines Gebirge sich in der Mitte meines Zimmers entfaltete. Mark konnte anfangs gar nicht über das lachen, was wir mit seiner Sauce angestellt hatten, aber da wir sein Glas immer sofort nachfüllten, wenn er einen Schluck getrunken hatte, und er randvolle Gläser genauso haßte wie ich leere, hatte er uns bald eingeholt.

Wenig später lagen wir grölend vor dem Fernseher. Mark hatte entdeckt, daß es einen Kung-Fu-Film gab und einfach eingeschaltet. Handlung war nicht, aber wer benötigt so etwas schon. Dafür faszinierte uns eine mindestens fünfzehn Minuten lange Schwertkampfszene, in der die beiden Gegner, eher Kanarienvögeln als Menschen gleichend, ewig umeinander herum und übereinander hinweg sprangen, dabei manchmal in der Luft ihre Sprungrichtung änderten und somit die Physik ein für allemal ad absurdum führten, und das Ganze wurde begleitet von einer nicht enden wollenden Serie von 'Klings' und 'Klangs' und 'Klongs', wenn die beiden Schwerter funkenstiebend aufeinanderprallten. Es kann nur zu unserem Besten gewesen sein, daß wir mächtig betrunken waren, denn der Wahnsinn, der einen erfassen muß, wenn man so etwas nüchtern anschaut, vernichtet mehr Gehirnzellen als so ein kleiner Rausch.

In dieser Nacht konnte ich Mark nicht mehr rausschmeißen, er wäre mir in der Kälte sicher erfroren. So schliefen wir zu dritt in meinem Bett, und ich schnupperte erst in Marks Nacken, worauf er nach mir schlug wie nach einer Fliege, dann in Andreas, und mit dem Gedanken, daß es eine Schande sei, daß Andrea Pierres Freundin war, schlief ich ein.

Der Sonntag ging schnell vorüber. Zu schnell. Als wir Andrea zum Zug brachten, wußte ich, daß ich etwas schmerzlich vermissen würde. Zum ersten Mal seit langem mußte ich mir klar machen, daß das Leben manchmal nur dann Spaß machen kann, wenn man das auch mit jedem Quentchen seines Seins will. Mit einem Seufzer verließ ich den Bahnhof, gefolgt von Mark, der aussprach, was ich im Moment nicht denken wollte:

- Ja, die Andrea ist schon ein Klassekerl.

6

Einige Tage später machte ich mich auf Arbeitsuche. Nick war es zu verdanken, daß ich nicht lange brauchte: Er hatte vor kurzem bei einer Bäckerei gearbeitet, die noch einen Fahrer suchte, der am Vormittag Brote und Brötchen auf die Außenstellen verteilte. Das Geld sollte ich bar auf die Hand bekommen und das hatte ich auch dringend nötig.

Ich rief an, und Gerard, der Chef, der mich wenig später jeden Tag mit 'Morgen Arschloch' begrüßen sollte, war mehr als erfreut. Ich konnte sofort anfangen. Die Arbeit war nicht zu anstrengend, nur in der Backstube war es immer höllisch heiß, aber die meiste Zeit sollte ich ja im Wagen zubringen. Neben der relativ guten Bezahlung kam mir noch zugute, daß die Angestellten sich vom Brot des Vortags immer soviel nehmen konnten, wie sie wollten. In den nächsten beiden Wochen versorgte ich alle Bekannten und Freunde in der näheren Umgebung mit körnigen Unterlagen für Käse, Wurst und jegliche andere Form von Aufstrich.

Eine einzige Katastrophe waren allerdings die kleinen Busse, mit denen wir die Brote ausfahren mußten. Es gab zwei neuere, mit denen aber nur Gerard und Paul, sein Stellvertreter, fahren durften, die beiden anderen hatten ihre goldenen Jahre zu einer Zeit gehabt, als noch niemand Helmut Kohl kannte, und schon von außen sah man ihnen an, daß ihr Inneres zum Schäbigsten gehörte, was in dieser Stadt existierte.

Die Backstube befand sich in einem Hinterhof, in dem zwei Busse nur dann Platz hatten, wenn nur der zweite von ihnen rückwärts hineinfuhr. Diese Zufahrt wurde durch zwei enge langgezogene Torbögen dermaßen erschwert, daß ein vorwärts hereingekommenes Fahrzeug wenden mußte, um wieder nach draußen zu gelangen. Die Stoßstangen und die Seiten der Busse waren durch entsprechende Beulen verziert, die man ihnen bei solchen Manövern unweigerlich zufügen mußte.

Die ersten Tage ging ich noch recht vorsichtig zu Werke, und ich berührte kein einziges Mal eine der Hauswände oder die Laderampe. Nur kopfschüttelnd konnte ich auf die Manöver des anderen Fahrers reagieren, der immer mal wieder ein wenig Gestein mitnahm, und meiner Meinung nach hinter dem Lenkrad eines Autoscooters besser aufgehoben gewesen wäre als in einem für den Straßenverkehr zugelassenen Kleinbus.

Als jedoch an einem Morgen, so einem miesen Morgen, an dem niemand rechtzeitig aus dem Bett kommt, wir in aller Hast unsere Busse einluden und Gerard wild gestikulierend wie Rumpelstilzchen um die Vehikel herumhüpfte, dabei ständig zu schnellerem Arbeiten trieb, platzte mir der Kragen.

- Mach doch! Du mußt weg! Paul will gleich mit dem dritten Bus rein. pöbelte er mich an.

Der andere Fahrer hatte inzwischen alles eingeladen und mit einem Affenzahn den Hof verlassen, nicht ohne dabei die Wand der Backstube mit einem kräftigen Stoß zu touchieren, so daß dort mit Sicherheit der Gips von der Decke in den Brotteig gebröckelt war.

- Geht das nicht schneller, Arschloch?

Ich begann mit meinem Wendemanöver, einen Geschmack zwischen den Zähnen, als hätte ich sie mir drei Tage nicht geputzt.

- Warum dauert das so lange bei dir? Du müßtest das Wenden inzwischen wirklich gelernt haben. Nimm dir ein Beispiel an deinem Kollegen!

Es gibt Tage, an denen sollte man mich gar nicht erst ansprechen, und schon gar nicht so.

- Gut, Arschloch. Wenn du es so haben willst...

Damit gab ich Gas, rammte die Rampe, legte den Vorwärtsgang ein, streifte die Hauswand, hinter der sich das Büro befand und raste nach draußen. Direkt hinter dem zweiten der Bögen folgte ein Gehweg, den ich mit wildem Hupen und unter den Flüchen zweier Frauen überquerte, dann war ich auf der Straße.

Von diesem Tag an konnte ich meinen Kollegen verstehen. Wo sonst, außer vielleicht noch beim Film, wird man angehalten, Autos zu Schrott zu fahren? Wenn man einmal die Gelegenheit dazu geboten bekommt, dann sollte man sie auch wahrnehmen.

Am nächsten Tag verlor ich beim Rausfahren den rechten Außenspiegel. Gerard verlor kein Wort darüber. Er schien glücklich zu sein.

Neben diesen äußerlichen Schäden an den Fahrzeugen, die bestimmt nicht dazu angetan waren, den Ruf der Bäckerei in Bezug auf Sauberkeit und Ordnung zu unterstützen, gab es noch die, für uns Fahrer viel unangenehmeren, inneren.

Beginnen wir mit Bus eins, ich nenne ihn der Einfachheit halber mal den 'Kalten'. Deshalb der Kalte, weil wir noch immer Winter hatten und die linke Seitenscheibe dieses Busses sich weder rauf- noch runterdrehen ließ. Aufgrund dieses Defektes hatte man sie halb geöffnet festgeklebt. Der Fahrer wurde also ständig von einem unangenehm kalten Wind umweht, und die Heizung war so schwach, daß sich ein Eskimo in ihrem Inneren nicht unwohl gefühlt hätte. Außerdem mußte man bei dem Kalten alle zwei-, dreihundert Kilometer Kühlwasser nachfüllen, denn der Deckel des Wassertanks war irgendwann verlorengegangen und nie ersetzt worden. Nach längeren Fahrten konnte man am Heck des Busses die kleine Klappe öffnen und in dem verbliebenen Wasser ein paar Eier hartkochen.

Nicht nur, um ihn von dem Kalten eindeutig zu unterscheiden, nenne ich den zweiten Bus den 'Warmen', sondern auch weil er das war. Die Heizung in diesem Gefährt war an, einfach nur AN. Der Hebel, an dem man sie früher einmal hatte regulieren können, fehlte, und da die gesamte Armaturenabdeckung so schief und zerbogen war wie das Wrack der Titanic, war es auch unmöglich, mit einem Schraubenzieher etwas an der Einstellung zu ändern. Jedem leidenschaftlichen Saunagänger kann ich nur empfehlen, sich den Leuten anzuschließen, die aus ihrem Hobby einen Beruf machen und bei dieser Bäckerei als Fahrer zu arbeiten. Auch der Warme hatte noch eine zweite, nicht zu verachtende Macke, die ihn zum besonders beliebten Streitobjekt zwischen mir und dem anderen Fahrer machte. Trotz der Gefahr von Frostbeulen und schwerer grippaler Infekte im Kalten, war jeder von uns froh, wenn er mit diesem fahren durfte, denn im Warmen war die Gangschaltung im Arsch. Oder, um genauer zu sein, sie war 'ein wenig schwergängig', wie Gerard es gerne umschrieb: Nur unter Anwendung von roher Gewalt, mit Schlägen, die Max Schmeling und Rocky Bilboa zur Ehre gereicht hätten, konnte man den Schaltknüppel zwingen einzurasten, aber die allernetteste Gemeinheit war noch, wenn die schwergängige Schaltung plötzlich und ganz leicht, wie frisch eingefettet, mitten im Beschleunigen aus dem dritten Gang heraussprang.

Neben den Bussen gab es auch noch den von allen Fahrern und Aushilfsfahrern sogenannten 'weißen Sarg', einen Passat-Combi, den zu fahren sich alle anderen Angestellten der Bäckerei weigerten. Für uns Fahrer gehörte es leider zum Job. Bevor man in den Kombi einstieg, rief man normalerweise noch einmal seine nächsten Verwandten an, regelte den Nachlaß und sprach, gläubig oder nicht, drei Ave Maria.

Der weiße Sarg lenkte sich so gut wie ein Ochsenkarren, seine Gangschaltung ging weich wie Butter, was vor allen Dingen dann auffiel, wenn man vom vierten in den ersten Gang schaltete, und ein Gerücht besagte (Leider war ich viel zu feige, es einmal auf seinen Wahrheitsgehalt zu überprüfen.), daß es eine Leichtigkeit wäre, ihm bei hundertzwanzig auf der Autobahn zu zeigen, wo der Rückwärtsgang liegt. Das Lenkrad war nicht umwickelt, was bedeutete, daß man pures Plastik in den von Brotfett triefenden Händen hielt. Ab und zu, mal in dieser, mal in jener Kurve rutschte einem dann das Steuer aus der Hand, und unzählige Fußgänger aus der Umgebung konnten Horrorstories von einem weißen Passat erzählen, der plötzlich und grundlos auf sie zugeschwenkt war, um im letzten Moment dann doch noch auszuweichen. Armaturen gab es keine. Nur Scheinwerfer und Scheibenwischer ließen sich bedienen, allerdings hatten letztere schon in den frühen achtziger Jahren vor der Dreckkruste auf der Frontscheibe kapituliert. Der Fahrersitz war vor Ewigkeiten einmal von einem zweieinhalb Meter großen Riesen eingestellt worden und in dieser Stellung festgerostet. Ein Mensch von normaler Statur konnte sich wie in einem Porsche fühlen, nur daß der Passat leider nicht so flach war und man deshalb mehr als nur Probleme hatte, über das Lenkrad zu blicken.

Ich riskierte bei diesem Job mehr als meine Gesundheit, womit ich in der langen Tradition von Schatzsuchern und

Zirkusartisten stand, die für Geld alles wagten. Und statt mir eine Gefahrenzulage zu zahlen, kassierte Väterchen Staat kräftig Steuern, dabei mit verschmitztem Lächeln gestehend, daß aufgrund der Kosten des Golfkrieges und der Wiedervereinigung eine zusätzliche Steuererhöhung nicht ausbleiben könnte.

7

Der Krieg näherte sich seinem Ende, genauso wie meine Beziehung zu Maria, doch während der letzte Schuß am Golf schon fast abzusehen war, kam der Bruch zwischen uns für mich fast genauso überraschend wie für sie. Ich hatte nur den Vorteil, daß letztlich alles nach meinem Willen ablief, und daß meine Zweifel daran, ob wir wirklich zusammenpaßten, um so größer wurden, je sicherer Maria wurde, daß sie es wirklich mit einem Stier, Aszendent Schütze aushalten könnte.

Sie hatte mir ein kleines Brevier über mein indianisches Sternzeichen geschenkt, und das hielt ich gerade in der Hand, ohne Lust es zu lesen. Wie schon einmal erwähnt, ich hielt und halte mich nicht für einen Stier, noch für einen Biber, und ich gehörte auch nicht zu den Menschen, die sich von einem Buch sagen lassen, wie sie sind oder wie sie werden müssen. Die Zeit, in der ich Sternzeichenbüchlein verschlungen hatte, lag fast so lange zurück wie meine Pickel. Ich glaubte auch nicht an Nostradamus oder an Handlesen. Vielleicht ein klein wenig an Magie, aber nur weil ich 'Der Herr der Ringe' und 'Die Nacht der Drachen' so schön fand. (Da kommt dann doch einmal der ansonsten schamhaft versteckte Romantiker in mir zum Vorschein. 'Man kann doch Barbar sein und trotzdem Blumen lieben?') Aber alles andere... Na ja. Begeisterte Esoteriker werden mir jetzt sicher sagen, daß ich gerade weil ich ein Stier bin, nicht an solche Dinge glaube. Zum dritten Mal: Ich bin kein Stier, und ich habe schon gar keinen Aszendenten.

Es war ein Donnerstagabend, und Maria wollte wieder übers Wochenende kommen. Ich regte mich nicht darüber auf. Sie hatte sich daran gewöhnt, daß ich nicht bereit war, mir viel Zeit für sie zu nehmen, und so konnte ich, inzwischen auch wenn sie da war, doch so ziemlich alles tun und lassen, was ich wollte. Etwas Geld hatte ich Dank der Bäckerei auch wieder, so daß der gefüllte Kühlschrank in diesem Monat garantiert war. Die idealen Voraussetzungen für ein schönes Aneinandervorbeileben, ohne sich zu sehr auf die Nüsse zu gehen, waren gegeben. Deshalb kein Gedanke daran, daß Maria nicht die große Liebe war. Sie war da, und das war praktisch.

Als ich das Brevier unter den Schreibtisch warf, klingelte das Telefon. Jasmine.

Ins Kino gehen? Na klar.

- Aber bitte irgendetwas Lustiges.

Wir landeten in 'Ein Ticket Für Zwei'. Großartig. Es war genau das richtige an diesem Abend. Manchmal braucht man so einen Lachschub, um die ganzen Verkrampfungen zu lösen, die es einem erschweren, das Leben leicht zu nehmen; so etwa muß das Gefühl sein, wenn der Schmerz nachläßt, nachdem man 'an den Nüssen von der Straße gezogen wurde'.

So richtig schön unbeschwert, aufgebläht von guter Laune, schlug mir Jasmine danach vor, noch ein Bier im 'Transamerican' zu trinken, einer neuen Kneipe, die ich noch nicht von innen begutachtet hatte.

Zu meinem Glück hatte ich vorher den Film gesehen und fühlte mich deshalb angenehm entspannt, sonst hätte mich die Überraschung, die mich dort erwartete, noch weit mehr aus der Bahn geworfen, als das dann ohnehin der Fall sein sollte.

Auf den ersten Blick war der Laden recht annehmbar, düster, mit einer kleinen Tanzfläche, und die Musik, die gespielt wurde, gehörte zum Glück nicht zu jener Sorte, die man oft im Radio zu hören bekommt. Einziger Störfaktor war die riesige Theke, die sich dominierend durch mehr als die Hälfte des ganzen Raumes zog. Viel Platz für so seltsame Gestalten, die sich nur an Theken setzen, Bedienungen ein Gespräch aufzwingen und aufdringlich die Frauen auf anderen Plätzen anstarren oder angrinsen.

Wir setzten uns an einen Tisch und warfen einen Blick auf die Karte. Die Getränke waren nicht teurer als anderswo in Mainz. Da die vollbesetzte Theke die beiden Bedienungen voll in Anspruch nahm, schien sich niemand für die Tische verantwortlich zu fühlen, und ich schlurfte schließlich nach vorne, um dort zu bestellen. Dabei ließ ich einen neugierigen Blick über das Publikum gleiten. Seltsame Typen, von denen ich nur sehr wenige schon einmal gesehen hatte, eine Seltenheit in einer Kleinstadt. Die wenigen Gäste, die ich kannte, waren fast ohne Ausnahme früher Stammkunden in unserer geliebten Eberesche (R.I.P.) gewesen. Und da war noch jemand... aber ich bin zu schnell.

Zwei Frauen saßen am mir genau gegenüberliegenden Thekenende. Die eine, blond, unscheinbar, hatte mir das Gesicht zugewandt, die andere, ein rotbrauner Lockenkopf (Habe ich schon erwähnt, daß mich Lockenköpfe faszinieren?), konnte ich nur von hinten sehen. Ich empfand es gar nicht als unangenehm, als die Bedienung länger brauchte, um die zwei Pils zu zapfen, denn ich hatte Zeit, darauf zu warten, daß die zweite Frau ihren Kopf einmal zu mir drehen würde. Es dauerte eine ganze Weile, die Bedienung kam mit dem Bier, ich wühlte in meiner Hosentasche nach Geld, da... Ich erstarrte. Sie zeigte mir ihr Gesicht, griff nach dem Tabak vor ihr auf der Theke, blickte auf, sah mich, und ein Schimmer von Erkennen glitt über ihr Gesicht. Dann lächelte sie. Ich zahlte mit zitternden Händen, griff die beiden Bier, mußte abtrinken, um nichts zu verschütten...

Jasmine merkte sofort, daß ich nicht ganz bei Sinnen war. Ich konnte mich nicht setzen, und Stehen war ebenso unmöglich. Also rutschte ich nervös auf dem Stuhl hin und her, fühlte, daß mein Magen so leer und groß wie eine fabrikneue Mülltonne war. Meine Knie hätten, mit Reis gefüllt, wunderbare Rasseln abgegeben und mein Kinn zuckte und zitterte, wie ein Aal auf einem italienischen Fischmarkt.

- Was ist denn los?
- Ich hab ein Gespenst gesehen.
- Was hast du?
- Corinna!! Corinna ist hier.
- Wo. Zeig sie mir!
- Sie sitzt an der Theke. Ganz hinten. Mit dem blonden Mädchen zusammen. Der dunkle Lockenkopf. Um Gottes Willen, schau nicht so auffällig hin!

Ich benahm mich wie Obelix, als er Falbala besuchen sollte, und sicherlich hätte ich in diesem Moment auch nicht viel mehr als ein schlichtes 'Wkrstksft!' hervorgebracht, wäre ich gezwungen gewesen, in diesem Moment mit Corinna zu reden.

Jasmine erhob sich und ging zur Theke. Ich blickte in die andere Richtung. Bloß nicht auffallen.

- Meine Güte. Die ist aber verdammt hübsch. Und sie sieht viel sympathischer aus als Maria.

Jasmine sprach aus, was ich dachte, und so blieb mir nichts außer zu nicken.

- Weißt du was, sagte ich, nachdem ich meine Stimme wiedergefunden hatte, das mit Maria, das ist nicht das Wahre. Wenn ich so fertig bin, nur weil mir ein anderes, zugegebenermaßen verdammt und verflucht hübsches Mädchen zugelächelt hat, dann kann ich Maria nicht richtig lieb haben. Da stimmt was nicht. Ich glaube, ich hab' ganz großen Mist gebaut.

- Ich wollte es dir bisher nicht sagen, weil ich glaube, daß jeder Mensch selbst am besten weiß, wer zu ihm paßt, aber als ich Maria das erste Mal gesehen habe, da war ich ziemlich sicher, daß sie keine Frau für dich ist. Und du... die meisten deiner Freunde sind derselben Meinung.

- Ehrlich? Warum hat niemand mit mir darüber geredet?

- Du wolltest doch immer auf eigenen Füßen stehen. Denk mal nach, wie du auf deine Freunde reagiert hast, als sie dir davon abgeraten haben, mir weiter nachzulaufen. Ich glaube, diesmal wollten alle lieber abwarten, bis du selbst die ersten Zweifel äußerst.

Ein Augenblick Nachdenklichkeit.

- Wahrscheinlich hattet ihr recht. Ich wäre bestimmt wieder trotzig geworden. So etwas muß ich leider selbst merken. (Bin ich vielleicht doch ein Stier?) – Und um ganz ehrlich zu sein, bei dir hat es sich ja auch gelohnt, nicht auf meine Freunde zu hören.

Jasmine kniff mich grinsend in die Seite.

- Schleimer! Und, was willst du jetzt tun?

- Ich kann sie nicht ansprechen. Du kannst dir das gar nicht vorstellen. Dieses faszinierende Lächeln. So etwas habe ich noch nie erlebt. Ich meine, wenn mich eine Frau interessiert, dann bin ich nervös, ungeduldig, aber doch nicht so. Fühl mal meine Knie!

- Ich meinte eigentlich mehr in Bezug auf Maria.

- Scheiße. Ich weiß es nicht.

Ich schaute noch einmal zu Corinna, hoffend daß sie es nicht bemerken würde.

'Falbala!' - *'Pssst! Sie könnte uns hören!'*

Wie ein kleiner Junge. Ich schüttelte über mich selbst den Kopf.

- So etwas ist mir noch nie passiert. Noch nie! Außer natürlich das eine Mal,... als ich sie das erste Mal sah.

- Sei froh, daß es dir noch passieren kann.

- Ich muß jetzt ausnahmsweise einmal konsequent sein. Ich bescheiße mich selbst, und ich verarsche Maria. Grundgütiger, was bin ich für ein Arschloch.

Ganz langsam aber endlich dämmerte mir, wie sehr mich der Wunsch, eine Frau zu haben, beeinflußt und blind gemacht hatte.

- Machst du Schluß?

- Ich sollte es. Ich will es. Aber ob ich es kann? Scheiße, Scheiße, Scheiße! Das einzige, was mich abhält ist die Tatsache, daß ich dann dastehe wie die miesen Arschlöcher, über die ich immer ablästere. Sie hat für mich mit ihrem Freund Schluß gemacht. Ich habe ihr das Blaue vom Himmel herunter versprochen, um sie glauben zu machen, daß wir zusammen passen. Ist ja echt unglaublich, was ich für ein Arsch bin. Riesenarsch!

Es war sicherlich nicht zuträglich für mein Selbstvertrauen, so fäkal orientiert auf mich zu fluchen, aber viel besseres hatte ich auch nicht verdient.

Als wir nach Hause fuhren, Jasmine mußte fahren, da meine Knie noch immer den Dienst versagten, stand mein Entschluß schon fast fest. Als ich mich ins Bett legte, wurde er zur Gewißheit, und als ich einschlief, wußte ich, was ich Maria am nächsten Tag zu sagen hätte. Seltsamerweise schlief ich tief und traumlos.

- Gute Nacht, Riesenarschloch.

Der nächste Tag kam, und ich erwachte mit dem Gedanken an Corinna, aber die Knie waren ruhig, mein Kiefer hatte sich wieder eingerenkt. Das Warten auf Maria wurde mir lange, und als sie schließlich kam, war alles schnell gesagt.

- Ich hatte mir gedacht, daß ich heute nicht kommen sollte. Ich hatte schon so ein unangenehmes Gefühl, und als ich hier reinkam, habe ich sofort gemerkt, daß etwas Ungutes in der Luft liegt.

- Es hätte nichts geändert. Ob heute oder morgen. Ich will dir nicht länger etwas vormachen.

- Warum gerade jetzt? Ich war gerade überzeugt von all den Dingen, die du mir erzählt hast. Ich dachte, wir könnten es schaffen. Willst du mit dieser anderen Frau zusammen sein?

- Corinna? Nein, nicht im Moment. Ich weiß es nicht. Vielleicht nie? Im Moment geht es wirklich nur darum, daß ich gemerkt habe, daß ich dich nicht liebe.

- Aber warum nicht?

- Wie soll ich das erklären? Ich habe es doch selbst gerade erst gecheckt. Es geht wirklich nicht darum, ob ich Corinna will oder dich. Sie kenne ich ja gar nicht. Ich habe einmal ein paar Worte mit ihr gewechselt, das ist über ein halbes Jahr her. Es geht nur um die Faszination, die sie bei mir bewirkt. Ich glaube, ich weiß jetzt erst wieder, wie ein Gefühl sein muß, daß man es Verliebtsein nennen kann. Für dich empfinde ich einfach nicht genug.

- Aber es stört mich nicht. Wir können doch versuchen...

- Ich kann nicht.

Maria übernachtete noch bei mir, da sie sonst nicht gewußt hätte, wohin. Am nächsten Morgen packte sie ihre Sachen zusammen. Ich hatte Schwierigkeiten, ihr dabei in die Augen zu schauen, aber zum Glück suchte sie meinen Blick nicht. Der Morgen verlief in Schweigen. Gewisse Zweifel, ob ich wirklich das Richtige getan hatte, wurden in mir wach. Ich schwieg. Es hätte nur neue Probleme bedeutet, denn vielleicht wartete sie gerade auf diesen Moment, in dem meine Entschlossenheit wackelte, und dann... Nein, ich hätte es nicht ertragen, ihr: 'Ich wußte, daß du dich umentscheiden würdest. Es stand in den Sternen.'

Als die Tür sich hinter ihr schloß, lehnte ich mich einen Moment an den Rahmen, kämpfte gegen den Trieb, sie zurückzurufen. Die Nacht hatte mir genügend Zeit gelassen, darüber nachzudenken, daß ich jetzt wieder alleine sein würde. Jetzt hätte es nur eines Wortes von mir bedurft, um alles ungeschehen zu machen. Noch hatte sie ihr Auto nicht erreicht.

Ich richtete mich auf und ging zum Bett. Dann drehte ich mich um und schaute mir das Zimmer ganz genau an.

Unter dem Schreibtisch lag noch das Biber-Brevier. Ich hob es auf und legte es zum Altpapier. Ein paar kurze Briefe von Maria, die zwischen meinen Büchern steckten, wanderten dazu. Ich hatte keine Lust, sie aufzuheben. Dann kehrte ich zum Bett zurück, setzte mich und nahm das Kopfkissen hoch, auf dem sie diese Nacht geschlafen hatte. Es roch nach ihr, und als ich diesen Geruch wahrnahm, löste sich ein erleichtertes Lachen. Ich hatte meine Lehre erhalten. Nie wieder würde ich so wenig auf meine innere Stimme vertrauen.

Damit bezog ich das Bett frisch.

8

Ich war fix und fertig. Nicht wegen Maria, nein, wegen dieser Katastrophen auf vier Rädern, mit denen ich dreimal die Woche herumfahren mußte, wegen der miserablen Arbeitszeiten, die mich zermürbten. Nicht nur, daß ich jedesmal um vier aufstehen mußte, nach getaner Arbeit wartete meist schon eine Vorlesung und Übungen an der Uni auf mich. Das konnte einfach nicht lange gut gehen, bei einem Menschen, der normalerweise vorzog, abends zu arbeiten, damit er morgens lange ausschlafen konnte.

Ein paar Wochen nachdem ich Maria zum letzten Mal gesehen hatte, geschah dann auch, worauf ich schon lange gewartet hatte. Dem anderen Fahrer sprang bei einem Überholmanöver mit dem Warmen der dritte Gang heraus, und er erschrak dermaßen, daß er in den Straßengraben lenkte und sich den rechten Arm brach, als der Bus umkippte. Somit fiel er für die nächsten Wochen aus. Von den Fahrern, die an anderen Tagen arbeiteten, fand sich keiner bereit, seine Schicht mit zu übernehmen, und deshalb fuhr Paul jetzt an denselben Tagen wie ich, allerdings mit einem der neuen Busse.

Wie ich ihn beneidete!

Am Ende der Woche kam ich morgens zur Backstube und stellte am Schlüsselbrett fest, daß der Schlüssel für den Kalten fehlte, dafür aber der für den Warmen wieder an seinem Platz hing.

- Heh, Arschloch! Wo ist der Bus mit dem kaputten Fenster?

- Morgen, Depp. Der ist in Reparatur. Das Fenster wird gemacht. Dafür ist der andere wieder da. Die haben verdammt lange gebraucht für das bißchen, was kaputt war.

- Der ist repariert worden? Ich zweifelte.

- Ja. Du nimmst ihn heute. Der andere Bus kommt erst nächste Woche wieder, falls diese Idioten in der Werkstatt nicht wieder Bockmist bauen.

Ich hatte gar kein so schlechtes Gefühl, als ich in den Warmen einstieg. Zwar erwartete ich nicht, daß Gerard die Heizung hatte reparieren lassen (Wunder gibt es nur im

Märchen!), aber das wäre ja zu ertragen gewesen. Ich lud meine Brote ein, wendete und wunderte mich darüber, wie schwer der Rückwärtsgang sich einlegen ließ, aber noch war mein Mißtrauen nicht erwacht. Erst draußen auf der Straße wurde mir klar, daß mit der Gangschaltung noch immer nicht alles stimmte. Ich schlug wie ein Verrückter auf den Knüppel ein, um in den zweiten Gang zu kommen, beschleunigte und schaltete dann in den dritten.

Ohh Wunder!

Es ging ganz leicht. Ich ließ die Kupplung kommen und trat aufs Gas. Der Motor heulte auf, der Bus rollte, aber das war auch alles. Es gab keinen dritten Gang mehr...!

Geistesgegenwärtigkeit war vielleicht nicht meine Stärke, aber in diesem Moment wußte ich ausnahmsweise sofort, was ich zu tun hatte. Ich prügelte den Knüppel wieder in den zweiten Gang und tuckerte mit zwanzig Stundenkilometern um den Block, zurück in den Hinterhof.

- Was ist denn los? Gerard blickte unschuldig wie ein Kaninchen.

Ich kochte vor Wut, während ich ausstieg.

- Verdammte Kacke! Ich denke die Scheißkiste war in Reparatur?! Da ist überhaupt nichts gemacht worden!

- Doch natürlich! Gerard war offensichtlich empört. Hast du nicht die schöne neue Stoßstange gesehen?

Ich warf einen ungläubigen Blick auf das chromglänzende Ding und mußte gestehen, daß er die Wahrheit sprach. Diese Stoßstange war neu und schön.

- Gerard, ich werde nicht mit diesem Teil fahren, bevor die Schaltung repariert ist. Das ist eine Höllenmaschine, kein Auto.

Er ließ die Schultern sinken, nickte versonnen und meinte dann:

- O.K., vielleicht hast du ja recht. Dann nimm heute halt mal den weißen Passat.

Auch wenn er mir das wahrscheinlich nie glauben wird, ich konnte nicht anders als ihn lieb haben. Er war so verdammt menschlich, so unerschütterlich menschlich.

Ich kündigte, und Gerard fuhr die Brote mit dem zweiten der neuen Busse aus. Ich hoffe, er war mir nicht allzu lange böse.

9

Ich hatte nicht vorgehabt, Corinna wiederzusehen. Sie war 'etwas', das es eigentlich nicht hätte geben dürfen. Sie erschütterte mein Weltbild, mein Selbstvertrauen, das Empire State Building, eigentlich so ziemlich alles. Jahrelang hatte ich mich für völlig schwindelfrei, mit unendlicher Ruhe ausgestattet, gehalten. Ich war mir sicher gewesen, zu wissen, was ich sage und was ich will, mit beiden Beinen auf der Erde zu stehen und mich beim Rasieren nicht mehr zu schneiden. Ich hatte gewußt, daß mich, selbst wenn ich mich verlieben würde, meine Logik nie im Stich lassen würde.

Seifenblasen!

Hätte ich eigentlich schon bei Maria kapieren sollen, aber nein, es bedurfte einer Corinna, um mich aus dem Ring zu schlagen und auf den Boden der Tatsachen zurückzuwerfen.

Nein, ganz ehrlich, ich hatte nicht vor, mich mit dieser Frau einzulassen. Vielleicht mag ich manchmal etwas blauäugig sein, aber ich weiß, wann eine Frau gefährlich ist, und wenn bei einem Lächeln schon sämtliche Systeme versagen, dann kann man sich denken, was bei einer Berührung passieren würde.

Also hielt ich mich von der Kneipe und damit von Corinna fern.

O.K., sicherlich war es nicht zuletzt mein innerer Schweinehund, der mich dann doch dazu trieb, sie wiederzusehen, aber eine große Mitschuld trugen auch diejenigen meiner Freunde und Bekannten, die unbedingt jene Frau sehen wollten, die es geschafft hatte, Kniegelenke in Pudding und Kiefer in Kastagnetten zu verwandeln, die durch ihr Lächeln meine erste Beziehung seit Jahren als ein drittklassiges Theaterstück entlarvt hatte.

Zum Beispiel Perdita.

Ihr Zweitname war Neugier. Ohne damit eine böse Absicht zu verbinden, las sie anderer Leute Briefe, schaute in herumliegende Sparbücher und schämte sich dann noch nicht einmal, dem Besitzer derselben zu sagen, daß er mit Geld nicht umgehen könne. In meiner Wohnung hatte sie Berührverbot für alle beschrifteten Gegenstände und Öffnungsverbot für Schränke und Schubladen, das war das einzige Mittel, ihr Einhalt zu gebieten.

- Wer ist diese Corinna? wollte sie wissen.
- Wer hat dir erzählt...?
- Weiß doch schon jeder. Komm! Erzähl!

Nun, ich hatte Corinna erst ein einziges Mal gesehen vor jenem entscheidenden Abend im Transamerica, und das kurz nachdem ich mich in Jasmine verliebt hatte, und diese gerade zu ihrem Freund nach England gefahren war. Ich versuchte meine Gedanken an Jasmin zu verdrängen, indem ich ein ausschweifendes Nachtleben führte und tagsüber meist schlafend in der Uni saß. Damals war ich in der Eberesche fast so oft anzutreffen wie Mark, und es war auch die Zeit, in der sich aus unserer kumpelhaften Zuneigung eine echte Freundschaft entwickelte.

Es war Sommer. Ein höllisch heißer Sommer, und in dem Kellergewölbe, in dem sich die Eberesche befand, war es noch heißer. Man kam unten an und wünschte sich erst einmal einen Butler, der einem trockene Kleider reichte. Die Luftfeuchtigkeit konnte sich ohne Mühe mit der in tropischen Regenwäldern messen, und dann kam noch dazu, daß der Laden, wie meistens, gerammelt voll war. Wir schwitzten wie die Schweine, und es machte einen Höllenspaß.

Aber irgendwann geht jedem mal die Luft aus. Mark und ich hatten getanzt, und wenn wir unter einer Dusche gestanden hätten, hätten wir nicht nasser sein können. Wir marschierten zusammen aufs Klo, spritzten uns Wasser ins Gesicht, aber auch das bewirkte kaum eine Linderung unserer Leiden.

- Komm! Wir gehen einen Augenblick nach oben vor die Tür!

Mark nickte, von meinem Vorschlag begeistert, und wir schleppten uns die Treppe hinauf ins Freie. Obwohl es schon fast Mitternacht war, herrschte noch eine Temperatur, bei der man ohne Probleme nackt hätte rumlaufen können. Doch selbst dies bedeutete eine Erholung gegenüber der unterwasservulkanischen Atmosphäre im Keller.

Wir lehnten an der kühlen Mauer neben der Tür, keuchten uns aus und lachten ein wenig über unsere Schwäche. Nur aus den Augenwinkeln nahm ich ein rotes Auto wahr, ähnlich schäbig wie mein Käfer, das in der angrenzenden Straße vorfuhr, anhielt, um dann in eine Parklücke einzuscheren. Ich hörte eine Türe zuschlagen, dann huschte eine Frau in weiten Haremshosen an uns vorbei. Einer von diesen verdammten Lockenköpfen, die es mir so sehr angetan hatten. Es gibt einfach zu viele von ihnen, und ich habe doch nur zwei Augen. Ihr Gesicht bekam ich nicht zu sehen, der Dämon wollte mir noch ein wenig Ruhe gönnen, doch Mark, der günstiger gestanden hatte, bemerkte:

- Hübsch, hübsch.

Wir unterhielten uns ein wenig über so unglaublich wichtige Dinge wie Computerspiele und Kochrezepte, dann folgten wir der Treppe wieder nach unten, und nicht das geringste Anzeichen, kein Eulenschrei, keine schwarze Katze, warnte mich davor, daß dort das Chaos auf mich wartete, um mir zu beweisen, daß diese Welt nicht logisch ist und nur mit einer gehörigen Portion an Sarkasmus und einem unverwüstlichen Humor zu durchschreiten ist.

Wir holten zwei neue Bier. Oh Mann, waren die herrlich kühl. Dann schlängelten wir uns an dem Lockenkopf vorbei zu unseren Plätzen. Erst als wir saßen, bekam ich ihr Gesicht zu sehen. Mark hatte untertrieben. Sie war die hübscheste Frau, die ich seit Ewigkeiten gesehen hatte. Außer der Haremshose trug sie ein schulterfreies T-Shirt, und ausgerechnet das ist noch so eine Sache, die mich magisch anzieht, und meist nicht nur in meinem Herzen, sondern auch noch ein Stück weiter unten etwas bewegt:

Nackte Schultern!

Wofür andere Leute hohe Schuhe, Reizwäsche oder lange Beine brauchten, dazu genügte bei mir der Anblick einer blanken Schulter. Ein schön geschwungener Übergang Nacken – Schulter war für mich sehr viel reizvoller als die Ausklappbilder in diversen Magazinen.

Diese Frau hatte nicht nur ein unheimlich hübsches Gesicht, sondern auch noch makellose Schultern.

Wow!

Normalerweise hätte in meinem Inneren jetzt ein gnadenloser Kampf getobt zwischen Dr. Jekyll, der diese Frau gerne angesprochen hätte, und Mr. Hyde, der sich am liebsten geifertriefend von hinten an die Schöne herangeschlichen hätte, um sie in den Nacken zu beißen, aber an diesem Tag war mir weder nach dem einen, noch nach dem anderen zumute. Ich trank von meinem Bier und blickte zur Tanzfläche. 'No Mercy' tönte es aus den Lautsprechern, und noch hatte ich nicht die geringste Ahnung, wie gnadenlos diese Frau gleich zuschlagen würde.

Mein Körper hatte sich langsam wieder an die Hitze im Keller gewöhnt, Jasmine geisterte nicht mehr in meinem Kopf herum, das Bier war noch fast voll, und ich hatte noch genug Geld, mir ein weiteres zu leisten. Alles in allem kein noch so winziger Grund in Sicht, sich nicht wohl zu fühlen.

- Traurig. Nicht eine einzige attraktive Frau mehr da. leitete Mark den Untergang ein.

- Doch. Da drüben steht doch noch die, die oben an uns vorbeigerannt ist. Ich deutete mit dem Kinn zu ihr hin.

Mark blickte auf, grinste und meinte:

- Ja, du hast recht, und sie schaut sogar zu uns herüber.

Etwas erschreckt hob auch ich den Blick. Tatsächlich. Sie schaute mir genau in die Augen. Oder etwa in Marks? Auf diese Entfernung war das nicht so genau auszumachen, aber schon in diesem Fast-Anblicken lag so viel Spannung, daß ich zur Seite schauen mußte und nicht den Mut hatte, den Blick noch einmal zu wenden.

Spätestens in diesem Moment muß sie über mich gelacht haben. Sie konnte mich um den kleinen Finger wickeln, und sie wußte es. Sie erhob sich, ging an unserem Tisch vorbei, ihre Lippen zuckten, während ihre Augen auf uns hafteten, dann drehte sie den Kopf, ging vor bis zur Tanzfläche und setzte sich dort auf einen Stuhl. Noch war ich ganz ruhig. Noch hatte sie ihre Geheimwaffe nicht ausgepackt.

Als der DJ 'Sympathy For The Devil' auflegte, entschloß sich Mark zu tanzen, und ich blieb am Tisch sitzen, betrachtete den Rücken der Frau an der Tanzfläche und träumte ein wenig. (Ist ja zum Glück viel leichter als jemanden anzusprechen.) Dann hörte ich die vertrauten Anfangstöne von 'London Calling', und ehe ich michs versah, war ich auch vorne. Ein guter Song folgte jetzt dem anderen, und mit den Schweißperlen schüttelte ich jeden Gedanken an diese faszinierenden Schultern ab, bis ich zwischen den sich bewegenden Körpern hindurch einen Blick auf unseren Tisch erhaschte. Meine Glieder erstarrten in der Bewegung. Das war nun doch ein wenig dreist!

Ich klopfte Mark auf die Schulter. Er beugte den Kopf zu mir herunter, ohne dabei im Tanzen innezuhalten, und ich brüllte über die Musik hinweg:

- Schau mal, wer bei uns am Tisch sitzt!

Er drehte den Kopf...und erstarrte.

- Was machen wir jetzt?

Ich zuckte mit den Schultern, und da wir beide endlose Feiglinge waren, wollte keiner von uns der erste sein, der die Tanzfläche verließ. Schließlich konnten wir uns darauf einigen, beide gleichzeitig zu gehen. Cool, wie Männer nun einmal sind, gingen wir zu unseren Plätzen, setzten uns. Mark seitlich von ihr, ich so, daß sie mir genau ins Gesicht blicken konnte. Das tat sie dann auch.

Ihre Augen trafen das Schwarze in meinen, eine Sekunde verbissen sich unsere Pupillen ineinander, ich suchte nach einer nicht zu plumpen Eröffnungsbemerkung, dann öffnete sich ihr Mund zu dem unglaublichsten Lächeln, das eine Frau zustande bringen kann. Unter mir taten sich die Schlünde der Hölle auf und spuckten Feuer, über mir zog sich eine Wolke zusammen und regnete Eisschnee auf mich herab, während aus allen Ecken des Raumes Blitze in meine Gelenke zuckten. Ich lachte zurück, aber der Rest meines Körpers entglitt völlig meiner Kontrolle. Sie lachte weiter. Sie wußte, wie ich mich fühlte. Verdammt, ich bin mir ganz sicher: Sie wußte es!

Endlich erlöste sie mich von meinen Leiden, schaute zur Tanzfläche und ich holte tief Luft. Mark drehte sich mir zu.

- Ich glaub, ich laß euch dann mal alleine.

- Nein. Nein! Bloß nicht!

Meine Zunge ließ mich zum Glück noch nicht ganz im Stich.

- Du kannst mich doch in so einem Zustand nicht alleine lassen. Ich bin völlig fertig.

- Du willst dir doch wohl eine solche Chance nicht durch die Finger gehen lassen? Schau dir diese Frau einmal genau an.

Eigentlich hatte Mark recht. Sie sah gottverdammt aufregend aus. Aber mindestens genauso gefährlich. Solche Frauen haben Troja, Sparta und Rom in den Untergang getrieben.

- Hast du gesehen, wie sie lächelt? Das ist tödlich. Ich...

Sie wandte ihre Aufmerksamkeit wieder mir zu, und ich schmolz erneut dahin. Heiße und kalte Schauer liefen mir über den Rücken, als würde ich im Wartezimmer eines Zahnarztes sitzen und gerade das Geräusch des Bohrers vernehmen. Meine Knie zitterten und ich mußte sie mit den Händen umklammern. Bis dahin hatte ich gedacht, so etwas geschähe nur in äußerst schlechten Filmen, und jetzt erwischte es ausgerechnet mich, den einzigen Menschen, dem ich, wenn er mir so eine Geschichte erzählte, nicht sagen konnte: 'Du übertreibst heute aber wieder maßlos.'

Ich erspare mir, die nächsten Stunden zu beschreiben (Oder waren es nur Minuten?). Ich saß weiterhin in diesem Wechselbad der Gefühle und begann langsam daran zu glauben, daß ich gar nicht wach war, sondern nur einen sehr unrealistischen Traum hatte. Bis...

Sie erhob sich schließlich, warf mir noch einmal ihr zerstörerischstes Lächeln zu und schwebte auf einer von mir erschaffenen Wolke zur Tanzfläche vor, wo sie begann, sich mit einem zwei Meter großen Kerl, den ich natürlich sofort nicht leiden konnte, zu unterhalten.

Ich erholte mich nur langsam, und als plötzlich zum Zeichen, daß Sperrstunde war, die Lichter grell aufgeblendet wurden, war ich immer noch zittrig und meine Kleider schweißnaß. Ich griff meine Jacke, blickte noch einmal zu ihr, aber sie bemerkte mich nicht, dann folgte ich Mark zum Ausgang.

Wir liefen an ihrem Auto vorbei, mein Käfer stand nur zwei Parkplätze weiter. Ich gab Mark den Schlüssel zum Aufschließen, denn wie bei jedem dritten Käfer, so war auch bei meinem das Schloß auf der Fahrerseite kaputt. Er stieg ein, öffnete die Fahrertür von innen und ich setzte mich zu ihm, die Knie angezogen und fröstelnd.

- Ich kann jetzt unmöglich fahren. So hab ich mich noch nie gefühlt. Da, faß mal meine Knie an!
- Uih, sieben auf der nach oben offenen Richterskala.
- Mindestens... Wir warten jetzt noch bis sie rauskommt! Ich kann nicht wegfahren, ohne mit ihr geredet zu haben. Das wäre dann doch zu doof.
- Ist okay.

Mark lehnte sich zurück und drehte sich in aller Ruhe eine Zigarette, während ich mir auf der Lippe rumkaute.

Als sie endlich erschien, hatten sich meine Knie ein wenig beruhigt. Ich stieg aus, sie blieb einen Moment stehen, dann ging sie an ihrem Auto vorbei auf mich zu. Ich strich mir nervös durch die damals extrem kurzen Haare und brachte schließlich noch einen Satz hervor.

- Ich bin nicht sonderlich gut darin, die ersten Worte zu sagen. Aber irgend jemand muß es ja tun. (Toller Satz, oder?)

Sie trat einen Schritt näher an mich heran und legte mir ihren Arm um die Hüfte. Ich war völlig überrumpelt und glaubte, ihren Körper durch unsere dünnen T-Shirts zu spüren und genoß es mit jedem noch so kleinen Nerv.

- Na und?
- Ich würde mich ja gerne jetzt noch mit dir unterhalten, aber ich fühle mich nicht sonderlich, und ich glaube, daß ich heute abend alles andere als ein angenehmer Gesprächspartner sein würde. Kann ich dich vielleicht anrufen?
- Schlecht. dabei lächelte sie und ich fühlte meine Knie nachgeben. Ich habe zur Zeit keinen festen Wohnsitz und bin deshalb nirgends sicher zu erreichen. Aber wenn du willst, kannst du mir deine Nummer geben.
- Klar doch. Hast du einen Stift?

Sie hatte, und ich schrieb ihr meine Nummer auf die Hand, wobei ich in den Genuß kam, ihre blanke Haut zu berühren.

- Wie heißt du eigentlich?
- Corinna.
- Ben.
- Gut, ich ruf dich an.
- Ich würde mich freuen. (Das war nicht gerade geringfügig untertrieben.)

Ich stupste sie an die Schulter, sie strich mir über den Arm, lächelte noch einmal und ließ mich stehen. So gut ich konnte, den unheimlichen Seegang bekämpfend, der auf einmal die Straße bewegte, schwankte ich zum Käfer zurück.

- Mein Gott. So eine Frau kann es doch gar nicht geben?
- Und hast du ihre Schultern gesehen? warf Mark ein.

Der Schweinehund wußte nur zu genau, mit welchem Sprit mein Motor lief.

Ich schlief zwei Nächte nicht, und wenn mir doch einmal die Augen für einige Augenblicke zufielen, dann hatte ich die erotischsten Träume, seitdem ich das erste Mal nachts das Bett naß gemacht hatte, ohne daß es an zu großer Faulheit, aufs Klo zu gehen, gelegen hätte.

Ich wartete...

WARTETE...

Ich saß vor dem Telefon, und unter meinen Achselhöhlen bildeten sich die ersten Spinnweben, während die Zeit verstrich und sie sich nicht meldete.

Ich durchstreifte die Stadt auf der Suche nach ihr, fragte jeden, von dem ich auch nur die geringste Hoffnung hatte, daß er sie kennen könnte, dabei fühlte ich mich wie Philip Marlowe in seinem aussichtslosesten Fall.

Dann kam Jasmine aus England zurück, nahm wieder ihren vertrauten Platz in meinem Herzen und meinem Hirn ein, und ich tröstete mich mit dem Gedanken, daß es mit Sicherheit besser war, Corinna nicht wiederzufinden, denn mein siebter Sinn sagte mir, daß jede Beziehung zu einer solchen Frau nur in eine Katastrophe münden konnte.

- Und das war es. So lernte ich Corinna kennen, und danach habe ich sie nie wieder gesehen, bis zu diesem Abend vorige Woche.

Perdita nickte, befriedigt, nun die vollständige Geschichte zu kennen, doch das genügte ihr leider noch nicht ganz. Sie wollte unbedingt wissen, wie meine Traumfrau aussah.

Obwohl ich doch so entschlossen gewesen war, konnte ich nicht nein sagen. Wir gingen abends zusammen ins Transamerica, und was geschehen mußte geschah: Corinna erschien. Perdita nickte Zustimmung zu meinem Geschmack, und ich saß hilflos in einer Ecke und schlabberte von meinem Bier.

- Das ist mir schrecklich peinlich. Ich fühle mich wie ein kleines Kind.

- Ach was, erwiderte Perdita, ich finde das gut, ich dachte immer, du bist ein Macho, ich hätte nie geglaubt, daß es Dinge gibt, vor denen du zurückschreckst.

Ich kam nicht auf die Idee, darüber nachzugrübeln, warum Perdita mich für einen Macho gehalten haben könnte, sondern schaute lieber über den Schaum meines Bieres in das vergötterte Gesicht. Perdita folgte meinem Blick, und ein Murmeln von ihr zog unregistriert an meinen Ohren vorbei:

- Irgendwoher kommt sie mir bekannt vor.

Zwei Tage später fand dann diese Feier (oder soll ich sagen, dieses willenlose Besäufnis) in der Uni statt, bei der ich meinen Namensvetter Benjamin kennenlernen mußte, ach ja, und Dim lief mir damals das erste Mal über den Weg.

Es war üblich, daß sich Donnerstags die Fachschaften der einzelnen Fachbereiche mit der Organisation einer Studentenfete abwechselten, und in dieser Woche war die Reihe an den Mathematikern. Obwohl ich normalerweise so wenig wie möglich mit meinen Kommilitonen zu tun hatte, ließ ich es mir nicht nehmen, an solchen Tagen wenigstens eine Stunde im Auftrag der Fachschaft Bier zu zapfen. Da es immer zwei Zapfer gab, hatte ich mich mit Nick abgesprochen, und wir hatten uns auf der Freiwilligenliste gleich für zwei Stunden eingetragen, nämlich für die Schicht von zehn bis elf, und dann, nach einer Stunde Erholungspause, noch einmal von zwölf bis eins.

Wir trafen uns kurz vor zehn an der Theke. Nick schlug mir fröhlich auf die Schultern.

- Du glaubst nicht, was ich für einen Durst habe.

- Ich glaube, heute werden eine Menge Leute mit Durst kommen. ahnte ich, in Erinnerung an die Massen, die ich zu Freibier eingeladen hatte. Eine ganze Rotte von ihnen war schon da und stand in den Startlöchern, um über die Theke herzufallen, sobald wir auch nur Hand an den Zapfhahn legten.

- Mir ist zu Ohren gekommen, daß du nicht mehr mit Maria zusammen bist?! stellte Nick mehr fest, als daß er fragte.

Ich nickte.

- Und was ist mit Corinna?
- Wie bitte? Woher weißt du schon wie...?
- Perdita.
- Wieso muß die dir das gleich schon wieder erzählen?
- Oh, sie hat es nicht mir im Speziellen erzählt. Ich stand nur zufällig dabei, als sie sich gerade mit Thomas darüber unterhielt. Es standen noch zwei Typen dabei, die diese Corinna wohl näher kennen.
- Warte mal hier, Nick! Ich bin gleich zurück.

Ich hatte Perdita schon vorher in der Menge entdeckt und stieß nun durchs Gedränge zu ihr vor.

- Hallo, Perdita.
- Hallo. Wann fangt ihr denn an zu...?
- Was habe ich da gerade von Nick gehört? Du hattest nichts besseres zu tun, als die Geschichte mit Corinna überall herumzuposaunen! Wieso hast du Thomas davon erzählt?
- Ich wollte doch nur wissen, woher ich sie kenne. Sie war mit Thomas und mir auf derselben Schule. Thomas kennt sie sogar relativ gut.
- Ein Grund weniger, Gott, Thomas und der ganzen Welt zu erzählen, daß diese Frau mich interessiert.
- Jetzt mach aber mal halblang, schließlich sind Thomas und Nick deine Freunde.
- Ach, und da standen nicht zufällig noch ein paar andere Leute dabei, als du Thomas das erzähltest?
- Nein.
- Nick ist sich aber sicher, daß ihr zu viert wart.

Ich bohrte noch eine Weile, bis Perdita gestand, daß sie nur vier Leuten davon erzählt hatte, wie sich später herausstellen sollte, eine glatte Lüge. Aber ich konnte Perdita nicht böse sein. Zu genau wußte ich doch, daß Neugier ihre große Leidenschaft war, und um diese zufriedenzustellen, ging sie über Leichen.

Nick tippte mir auf die Schulter. Es war zehn Uhr.

Wir drängten uns hinter den zur Theke beförderten Tisch, um die beiden Zapfer von der Schicht vor uns zu vertreiben.

- Ihr braucht noch nicht zu kommen. Wir können noch eine Weile. meinte der eine von ihnen, ein schmächtiges, Haare seitengescheiteltes Kerlchen, das bestimmt kein einziges Bier selbst getrunken, geschweige denn ein Freibier herausgerückt hatte. Er gehörte ganz klar zu jener Sorte Mensch, die man nicht hinter einen Zapfhahn stellt. Schließlich hat man eine Verantwortung gegenüber durstigen Mitmenschen. Wir bauten uns breitbeinig vor ihm auf, stützten die Arme in die Hüften und Nick brummte:

- Zehn Uhr war abgemacht. Entweder wir zapfen jetzt, oder gar nicht.

- Genau, wir sind bereit für unser Recht zu kämpfen. stimmte ich äußerst intelligent zu.

Der Mathematiker erkannte durch seine Brille hindurch, daß mit uns nicht zu spaßen war und lenkte ein.

Es gab zwei Sorten Bier, das für weißgekleidete Nobelmenschen und das für den Mann im Mann. Von früheren Unifeiern wußten wir noch, daß das Männer-Bier stärker schäumte und deshalb mehr Zeitaufwand beim Zapfen erforderte, also losten wir und ich verlor. Nick durfte in der ersten Stunde, also mit dem Vorteil der Nüchternheit, Karlsberg zapfen, während mich diese anspruchsvolle Aufgabe erst zu vorgerückter Stunde erwarten würde.

Die Anstehenden wurden etwas unruhig, als wir uns Zeit ließen und zuerst einmal zwei Pils für uns zapften, aber nachdem wir angestoßen und unsere Kehlen eingeölt hatten, wurden sie mit höchstmöglicher Geschwindigkeit bedient.

- Was bekommst du?
- Drei Bier.
- Karlsberg oder Bit?
- Bit!
- Gut, dann bist du bei mir richtig.
- Ich bekomm' zwei Karlsberg, ein Bit und 'ne Cola.
- Nick drei Karlsberg, eines für mich.

Um elf Uhr waren wir schon recht heiter und bedauerten es fast, daß wir gleich abgelöst werden sollten.

- Heh, Ben. Nick schlug mir auf die Schulter, daß ich die beiden Bier verschüttete, die ich gerade in den Händen hielt.
- Die Leute von der Elf-Uhr-Schicht sind nicht gekommen. Der Macker von der Fachschaft hat mich gefragt, ob wir weiterzapfen können. Nick lächelte verzerrt.
- Klar doch! freute ich mich gedankenlos.

Immer wieder unterbrachen wir unsere Arbeit, um uns zuzuprosten, und die Anzahl der Leute, denen wir Freibier gaben, potenzierte sich mit den Bier, die wir selbst tranken.

- Nein, Perdita, das Glaspfand muß ich dir trotzdem abknöpfen, weil ich ja sichergehen muß, daß du es wiederbringst.
- Ben, ich brauch' drei Bit!
- Nick, einmal Karlsberg für mich.
- Ben, die Frau, die gerade bei dir bestellt, war schon dreimal bei mir. Sie zahlt jetzt nur noch die Hälfte.

Schließlich kam jeder günstig weg, der nur freundlich genug bestellte.

Gegen zwölf war der Durst der Massen offensichtlich halbwegs gestillt. Wir zapften mehr Bier als wir verkaufen oder verschenken konnten, und damit es nicht abstand, sahen wir uns gezwungen, selbst für die Konsumierung zu sorgen.

Nick stellte mir eine Bekannte vor, deren sinnlicher Mund mir sofort zu Bewußtsein brachte, daß ich ihn an diesem Abend noch küssen wollte. (Schön geschwungene, sanfte Lippen waren meine Leidenschaft, für die ich bereit gewesen wäre, über Leichen zu gehen.) Ich erzähle ein wenig mit ihr, spendierte ihr drei Wein in Folge und jagte die wenigen Gäste, die zu dieser Zeit etwas zu trinken wollten, zu Nick.

Das Mädchen, ihren Namen habe ich später, irgendwo in dieser Nacht, liegengelassen und seither nicht mehr wiedergefunden, war auch nur noch wenige Gläser vom Vollrausch entfernt, und so störte es sie nicht im mindesten, daß zwar viele Worte, aber wenig Sinnvolles aus meinem Mund hervorsprudelte. Vielmehr folgte sie hemmungslos meinen Gedankensprüngen, fügte ihre eigenen ein, und keiner von uns beiden wunderte sich, wie wir vom Champignonragout zur Triebunterdrückung beim Mann und über die soziale Frage in Ostdeutschland schließlich zur Lindenstraße kamen.

Ich stolperte mit meiner Zunge gerade durch eine Ausführung bezüglich des Umbaus unserer Uni-Cafeteria, als dieser dämliche Typ ankam.

- Heh, störte er meinen Redefluß, bist du Benjamin?

- Vor zehn Minuten hieß ich noch so. Wenn du ein Bier willst, geh zum anderen Zapfhahn!

- He, das find ich toll. Ich heiße auch Benjamin.

Er streckte mir die Hand hin, die ich geflissentlich übersah, um mich wieder den Lippen der Frau zuzuwenden, aber ich hatte meinen Erzählfaden vollkommen verloren.

- Jasmine hat mir von dir erzählt.

Der Kerl ließ nicht locker.

- Du schreibst doch? Kurzgeschichten und so etwas?

Ich betrachtete mir den Kerl endlich genauer. So groß wie ich, brünett, ein schmeichelndes Lächeln um die Lippen, mehr konnte ich nicht wahrnehmen.

Was wollte dieser Idiot von mir? Er mußte doch merken, daß er störte?!

- Ich hab' mal eine Weile Science-Fiction Geschichten geschrieben. Aber nur für mich. Das ist alles. war ich auch noch so dumm, ihm zu antworten.

- Ich schreibe auch. meinte der Typ.

- Wie schön für dich.

Das Mädchen wurde merklich unruhig, weil ich ihr nicht mehr meine volle Aufmerksamkeit widmete. Ich fragte sie etwas belangloses, um irgendwie mit einem neuen Thema zu beginnen, aber dieses Arschloch, das sich Benjamin schimpfte, blieb beharrlich.

- Weißt du, ich schreibe an einem Theaterstück. Aber ich komme nicht zu einem richtigen Ende. Vielleicht könntest du es dir mal ansehen?

- Sag mal, bist du eigentlich bescheuert? Du störst!

Meine Worte gingen durch ihn hindurch, wie eine Lichtstrahl durch Glas, ohne die geringste Spur zu hinterlassen.

- Wir könnten ja auch einmal zusammen etwas schreiben. Weißt du, ich habe da eine prima Idee...

Das Mädchen erhob sich und verschwand zwischen den Studenten, die um die Theke herumstanden. Ich ließ die Arme hängen und hörte mir weiter Benjamins Ausführungen an, ohne ein Wort zu verstehen. So ein Scheißkerl hatte mir gerade noch gefehlt. So ein dreimal verfluchter Idiot, der glaubt, weil er mal ein paar Zeilen zu Papier gebracht hatte, wäre er gleich zum Schriftsteller berufen.

- Stell dir das doch vor. Der Roman von Benjamin & Benjamin. Das zieht doch bestimmt. Und bei dem Thema...

Außerdem stank es mir gewaltig, daß er mich an meinen eigenen Traum erinnerte, den ich vor Jahren gepflegt hatte, nämlich den Traum vom Schreiben, den ich mangels Selbstdisziplin schließlich hatte fallen lassen. War ich etwa auch so tief gesunken wie diese Kanaille?

Nein, ich glaube nicht. Immerhin hatte ich es nie nötig gehabt, vor Unbekannten mit meinen 'Werken' zu protzen, oder gar jemanden um Mithilfe beim Schreiben eines Romans zu bitten.

Ich hätte meinen Kopf dafür verwettet, daß dieser Benjamin sogar ein Autogramm von mir genommen hätte, wenn ich ihm eines angeboten hätte. Der Typ sonderte einen widerlichen Schleim ab, wenn er lächelte.

Ich zapfte ein Bier, während seine Worte um mich herumplätscherten.

-...und wir könnten auch irgendwie die Problematik Ostdeutschlands hineinbauen...

- Nick, ein Karlsberg für mich und ein Cola-Bier!

Benjamin erzählte weiter, und ich kochte. Am liebsten hätte ich den Kerl über die Theke gezogen, aber in meinem Zustand hätte ich das sicherlich nicht mehr fertiggebracht. Während ich noch überlegte, wie ich ihn sonst loswerden könnte, hatte mein Unterbewußtsein schon längst geschaltet. Das wurde mir erst klar, als Nick mir das Cola-Bier reichte, ein Getränk, das ich mich normalerweise geweigert hätte zu verkaufen. Aber es hatte überhaupt niemand eine solche Geschmacklosigkeit bestellt.

-...am besten, du gibst mir mal deine Telefonnummer, dann rufe ich dich morgen mal an... Hee! Was machst du da?

Benjamin bewegte sich keinen Zentimeter, während das Cola-Bier ihm vom Nacken in das Hemd lief, sich seinen Weg durch die Hose hindurch in die Cowboystiefel suchte.

- War das Absicht?

Er hatte noch immer nicht verstanden. Ich hätte weinen können ob soviel Dummheit.

Langsam, dabei höflich lächelnd, nickte ich.

- Aber wieso?

Oh Gott. Langsam ergriff mich Mitleid mit ihm.

- Weil du mich störst, weil du kein Schriftsteller bist, sondern eine Nervensäge, weil ich dein Gesicht nicht leiden kann und vor allen Dingen, weil ich Leute hasse, die meinen Namen tragen. Alles klar?

Seine Faust war schnell. Ich nahm sie erst einen Millimeter vor meinem Gesicht war, und obwohl ich wußte, daß es zu spät war, drehte ich reflexartig den Kopf beiseite...

Der erwartete Treffer blieb aus. Ich blickte wieder in seine Richtung und starrte genau auf seine Hand, die direkt vor meiner Nasenspitze in der Luft zu schweben schien. Erst als ich einen Schritt zurückgetorkelt war, erkannte ich, daß Benjamins Unterarm von einer riesigen Hand umschlungen war, die ihn daran gehindert hatte, mich zu schlagen. Der Berg von einem Menschen, der zu dieser Hand gehörte, stand hinter ihm und war etwa zwei Köpfe größer als der Frankfurter Messeturm und seine Schultern hatten eine Spannweite, daß sich der Adler im deutschen Bundestag dahinter hätte verstecken können.

- Wir wollen doch kein Schlägerei hier. piepste der Riese mit eunuchenhafter Micky-Maus-Stimme, über die Benjamin sicher gelacht hätte, wenn er nicht gerade der Illusion unterworfen gewesen wäre, daß sein Arm in eine Schrott-presse geraten war. So aber verzerrte sich sein Gesicht nur ein wenig und er brummelte etwas von 'Cola-Bier' und 'werden uns wiedersehen'. Dann ließ ihn der Riese los und er schlich sich von dannen.

- Danke Kumpel. lallte ich. Wie heißt du?

- Dim. war die kurze Antwort.

- Hier, nimm ein Bier! Du hast mir gerade das Nasenbein gerettet.

- Wer weiß, ob du verdient hast!? murmelte er vieldeutig, nahm das Bier, nickte und mischte sich wieder unter die Leute, während ich spürte, daß der Schock so langsam in mich eindrang und meine Knie für einen Augenblick den Dienst versagten, als hätte Corinna den Saal betreten. Ich ruhte mich einen Augenblick aus, während Nick beide Zapfhähne bediente. Hier und da sah ich noch Dims Oberkörper und Kopf aus der Menge herausragen, aber er holte sich an diesem Abend kein weiteres Bier, und so kamen wir nicht dazu, noch ein paar Worte zu wechseln.

Langsam stellte sich bei den Besuchern der Feier wieder der Durst ein, und nachdem Nick und ich die Zapfhähne getauscht hatten, waren wir wieder vollauf beschäftigt. Aber meine Beine hatten langsam genug vom Stehen, ich konnte nur noch lallen, bekam die meisten Bestellungen nur noch zur Hälfte mit und auch das Zusammenrechnen, wenn ich mal abkassieren mußte, gestaltete sich für einen Mathematikstudenten äußerst peinlich. – Ein Blick zu Nick überzeugte mich davon, daß es ihm kaum besser ging.

Als es eins wurde, waren wir so betrunken und fertig, daß es nicht mehr schön zu nennen war, aber die erhoffte Ablösung kam nicht. Irgendwann teilte uns jemand mit, daß sich nach ein Uhr keine Freiwilligen mehr in die Helferliste eingetragen hatten und wir weiter die Stellung halten müßten.

Ich stützte mich beim Zapfen auf Nick, er lehnte an ein paar Cola-Kisten. Wir boten ein trauriges Bild, aber niemand erbarmte sich unser. Erst als wir überhaupt keine Lust mehr hatten, Geld abzukassieren und deshalb alle Getränke verschenkten, griffen ein paar fürchterlich nüchterne Leute von der Fachschaft ein, um das in ihren Augen Schlimmste zu verhindern. Man zerrte uns von den Zapfhähnen weg, redete beruhigend auf uns ein, und als wir, jeder auf zwei Unbekannte gestützt, das Klo erreichten (Wir hatten darum gebeten, ja gefleht, dorthin gebracht zu werden.), fingen wir synchron an zu kotzen. Den Schwur, nie wieder länger als zwei Stunden gemeinsam Bier zu zapfen, haben wir seither gehalten.

10

In unserer kleinen Stadt ist es leichter, jemanden zufällig wiederzutreffen als ihm auszuweichen. So gesehen verwunderte es mich nur wenig, als Dim mir wenige Tage später erneut über den Weg lief. Wie so oft überschritten meine Schulden ein kritisches Limit, und zu Gerards Bäckerei und seinen Himmelfahrtskommandos wollte ich nicht zurück. Also begann das mühevolle Herumtelefonieren mit mehr oder weniger genervten Sekretärinnen und Hausierengehen bei den Personalbüros. Dabei mußte ich wieder einmal feststellen, daß ich das falsche Fach studierte: Geographiestudenten, Graphiker und Publizisten wurden überall gebraucht, aber niemand konnte etwas mit einem Mathematiker anfangen.

Schließlich entschloß ich mich, es mit etwas zu probieren, das ich bisher strikt gemieden hatte, der Arbeit in einer Kneipe. Aber entweder log ich zu schlecht, wenn man mich fragte, ob ich ähnliches schon einmal getan hätte oder man benötigte zu dieser Zeit in der ganzen Stadt weder Zapfer noch Bedienungen. Meine Odyssee endete erst im Bambi, einer nach dem gleichnamigen Filmpreis benannten Kneipe, deren Wände verhangen waren mit Filmpostern, während von der Decke Zelluloidspulen herabbaumelten. Der Typ hinter der Theke, der gelangweilt die Zapfhähne polierte, verwies mich an den Besitzer, der am hintersten, durch ein Podest erhöhten Tisch auf einem riesigen Ohrensessel thronte, dessen grellgrünes Polster augenschmerzend vom Braun der Tische und übrigen Sitzgelegenheiten abstach. Als ich zu ihm trat, ruhte sein Blick gerade auf dem einzigen Gast, einer jungen Frau, zwei Tische vor ihm, und er konnte sich nur schwer damit anfreunden, daß ich seine Aufmerksamkeit forderte.

- Womit kann ich Ihnen helfen?

Ein Kneipier, der einen siezt, ist fast genauso verdächtig wie ein Versicherungsvertreter, der einen vertraulich mit du anredet. Dieser Kerl war nicht nur verdächtig, er war auch noch fies, feist und fett. Normalerweise hätte ich sofort kehrtgemacht, wenn ich in einer dunklen Kneipenecke auf eine solche Gestalt getroffen wäre. Aber die Geldnot stärkte meinen Mut, und ich stellte mich vor und beantwortete seine Frage.

- Haben Sie denn schon einmal bedient?
- Sicher. Mehrere Jahre in der alten Eberesche.
- Gut.

Er richtete sich in seinem Sessel etwas auf und glotzte mich aus seinen unter dicken Fettwülsten zusammengekniffenen Augen an.

- Sehr gut. Aber Sie wissen ja sicher, daß ich Sie trotzdem erst wieder einarbeiten muß.
- Wieso?
- Nun, das ist halt so, wenn Sie hier arbeiten wollen. Schließlich muß ich sehen, ob Sie tragbar sind für das Bambi. Außerdem müssen Sie hier mit anderer Kleidung bedienen! Jeans will ich nicht sehen! Bügelfaltenhose! Keine Turnschuhe! – Das ist keine Schikane. Es geht mir nur um ein ordentliches Äußeres bei meinen Leuten. Die Mädels sind auch alle gehalten, kurze Röcke zu tragen. Haha, das lockt die Kundschaft an. Haha.

Dabei schlug er mir kumpelhaft auf die Schulter, und während sein Bauch die untersten Knöpfe seines Hemdes zu sprengen drohte blitzte in seinen Augen eine Geilheit auf, bei deren Anblick selbst ein zwittriger Regenwurm verstanden hätte, warum die Mädels in dieser Kneipe Miniröcke tragen mußten.

- Die Einarbeitungszeit beträgt drei Wochen. In dieser Zeit gibt es keinen Lohn, aber das Trinkgeld gehört natürlich Ihnen. fuhr er etwas ernster fort, als ich nicht in sein Lachen einstimmte.
- Und du glaubst, daß ich für dich geilen Bock umsonst arbeite? Ich war verblüfft über meine eigene Dreistigkeit, aber der Typ war auch gar zu abstoßend.

Die wulstige Unterlippe kippte nach unten. Das Lächeln verschwand nicht ganz, wurde nur etwas unentschlossen.

- Wie bitte?
- Du hast schon richtig verstanden. Mir tut jede Frau leid, die hier arbeitet. Du hast wohl nicht den Mut offen zu deiner Lüsternheit zu stehen und eine Striptease-Bar oder einen Oben-Ohne-Laden aufzumachen?

Ich erhob mich. Er grapschte nach mir, und seine ölige Hand hätte fast meinen Unterarm zu fassen bekommen, aber ich reagierte schnell genug, und sie griff feucht schmatzend nach leerer Luft.

- So laß ich nicht mit mir reden.
- Wieso? Hast du Angst, jemand könnte es hören?
- Netter Laden. sagte eine weibliche Stimme neben mir und ein Fünfmark-Stück landete klimpernd auf dem Tisch.
- Der Rest ist für die penetranten Blicke.

Die Frau hatte ihren Platz verlassen, und ich mußte bewundernd gestehen, daß ich mir diese schönen Beine wahrscheinlich auch genauer angesehen hätte, die unter einem Mini hervorschauten, der ihr das Bücken unmöglich machte.

- Gehen wir?

Die Frage war an mich gerichtet, und da ich ein wenig aus dem Konzept geraten war, folgte ich ihr ohne nachzudenken.

Auf der Straße blieb sie stehen, strich ihre Haare zurück, die ein ironisch pfeifender Wind ihr sofort wieder ins Gesicht blies und fragte:

- Du suchst Arbeit?
- Ja, aber es ist ziemlich aussichtslos.
- Ich könnte dir einen Job anbieten, aber er ist nicht so angenehm.
- Ich bin viel gewohnt. Was ist es denn?
- Tja, ich glaube es ist am besten, du schaust es dir an. Wenn ich dir jetzt nur davon erzähle, machst du dir vielleicht falsche Vorstellungen. Nur soviel, du wärst dort eine Art Putzhilfe, und es ist sehr gut bezahlt.

Sie kramte in ihrer Handtasche und überreichte mir einen Zettel.

- Hier, wenn du diese Nummer wählst, meldet sich ein Herr Hartmann von der Personalabteilung des St. Georg-Klinikums. Sag ihm einfach nur, daß du mit Karin gesprochen hast. Er weiß dann Bescheid.

Ich nahm die Nummer und fragte noch, ob sie mir nicht ein wenig mehr über die Arbeit sagen könne. Sie ließ sich erweichen, und auch wenn es alles andere als nett klang, der fette Stundenlohn überzeugte mich, Hartmann anzurufen.

Und so landete ich im St. Georg; als Putzhilfe und... als Leichenwäscher, wobei letzteres meine Hauptbeschäftigung war. Jeden Morgen außer Sonntags mußte ich um sechs Uhr antanzen, und mich in meinem weißen Kittel in den Aufzug zum Keller schwingen, wo der Kühlschrank war.

Die Leute, die am vergangenen Tag gestorben waren, lagen in vorderster Reihe, meist ein wenig lieblos übereinandergestapelt, weil die letzten von ihnen nachts verstorben waren und die Nachtwachen sich nur selten die Zeit nahmen, die Toten ordentlich hinzulegen. Ich mußte die Leichen dann auf eine fahrbare Trage heben und in einen anderen Kellerraum verfrachten, wo Schwämme, Eimer und heißes Wasser bereitstanden, um sie zu reinigen.

Nach einer Woche stellte sich langsam der Gewöhnungsprozeß ein, so daß mir beim Öffnen des Kühlschrankes nicht mehr schlecht wurde, und ich mich auch beim Anblick von ziemlich übel zugerichteten Unfallopfern nicht mehr gegen die Wand lehnen mußte, um Brechanfälle zu unterdrücken.

So richtig makaber wurde das Ganze aber erst, als die Trage eines Nachts unter dem Gewicht eines besonders schwergewichtigen Patienten zusammenbrach. Man brachte daraufhin ein altes, ausgedientes Bett in den Keller hinunter, mit dem fortan der Transport der Leichen erledigt werden sollte. Es war ein typisches Krankenhausbett mit einem Galgen am Kopfende, an dem das Plastikdreieck herumbaumelte, das schwache Patienten dazu benutzt hatten, um sich besser aufrichten zu können. Nun liefen aber zwischen dem Waschraum und dem Kühlschrank alle fünf Meter, quer zum Gang, irgendwelche Heizungs- oder Wasserrohre an der Decke entlang, die sich genau auf einer Höhe mit der Querstange dieses Galgens befanden. Fuhr man langsam unter ihnen hindurch, senkte sich zuerst der vordere Teil des Galgens ein wenig, aber dann blieb man stecken, und nur mit größter Kraftanstrengung war es möglich weiterzuschieben, wobei Querstange und Deckenrohr Geräusche von sich gaben, die sensibleren Seelen ähnlich grausam erschienen wären wie quietschende Kreide auf einer Tafel. Nach zwei Tagen hatte ich den Dreh raus, mit dem man verhindern konnte, steckenzubleiben. Man mußte einfach den Abstand zwischen den Rohren nutzen, um einen tüchtigen Anlauf zu nehmen und mit Schwung unter ihnen durchzubrettern, wobei das Bett immer die Räder am Fußende ein wenig in die Höhe hob, wenn die letzten paar Zentimeter der Querstange die Engstelle passierten. Meine 'Patienten' waren meist noch steifgefroren, wenn ich sie zum Reinigen brachte; die Erschütterungen, die sie beim schnellen Anschieben und Unter-den-Rohren-durchquetschen des Bettes erfuhren, ließen sie in mehr als nur einer Hinsicht kalt. Doch nach dem Reinigen waren die Körper meist ziemlich beweglich, und bei Bodenunebenheiten zuckten sie mit Armen und Beinen, wenn unser Weg eines der besagten Rohre kreuzte, sprang der ganze Leichnam im Bett auf und nieder und fuchtelte mit allen Gelenken in der Luft herum, so daß es schwer vorstellbar war, daß man eine Leiche transportierte.

Man stumpft ab, und so gelang es mir nach kürzester Zeit, der ganzen Sache eine spaßige Seite abzugewinnen, und schließlich fühlte ich mich sogar relativ wohl als Kopilot beim allmorgendlichen Hundert-Meter-Bettenrennen der Untoten.

Die meiste Überwindung an dem ganzen Job kostete neben dem frühen Aufstehen immer noch das Aufsuchen der Krankenhauskantine. Dort warme Mahlzeiten zu mir zu nehmen, die sich im Äußeren und vom Geruch nur geringfügig von den Exkrementen unterschieden, von denen ich manche Leiche befreien mußte, erforderte bisher ungekannten Hunger und Mut. Vom Geschmack möchte ich hier nicht reden...

An einem Morgen, als es Spinat mit Eiern geben sollte, saß mir gegenüber eine Schwester mit der Tageszeitung. Während sie las, stocherte sie mit einer Gabel lustlos in der grünen Brühe auf ihrem Teller herum. Ich hatte meine Mahlzeit schon beendet und wünschte mir nichts sehnlicher als einen Whiskey oder noch besser einen Ramazotti, um den Ekel hinunterzuspülen, als eine piepsende Stimme über mich hinweg fragte:

- Schwester, kann ich habe Hitliste aus deine Zeitung?

Die Angesprochene schaute erst zu mir, dann über meinen Kopf und hob schließlich ihre Augen so weit, daß sie zur Decke zu starren schien.

- Was möchtest du?

- Die Hitliste.
- Und was soll das bitte sein?
- Hitliste ist Liste von Leuten, die heute Zeitung nicht mehr lesen können. Daraufhin hob sich die Vogelstimme zu einem schrillen, fast hysterischen Lachen.

Ich drehte mich um und wurde von einer riesigen, grellbunten Gürtelschnalle empfangen, die einen Papagei im Dschungel darstellte und mit riesigen, knallroten, das Wort 'Rainforest' formenden Lettern verziert war. Noch selten hatte ich einen solchen Ausbund an Geschmacklosigkeit gesehen. Ich blickte nach oben und mußte mir fast den Hals verrenken, bis ich das Gesicht des Mannes erkennen konnte, der hinter mir stand.

- Dim!

Der Riese knickte seinen mächtigen Hals, um mich sehen zu können, stutzte einen Moment, dann erkannte er mich.

- Ahh, kleiner Mann, der Cola-Bier lieber ausschüttet als trinkt. Was machst du hier?
- Ich bin Leichenwäscher. Unten im Keller. Und du?

Dim zog sich einen Stuhl heran und setzte sich, damit ich nicht mehr ganz so weit nach oben schauen mußte.

- Bin hier in Küche angestellt. Seit einige Monate schon. Seit ich hier bin.
- Von woher kommst du.
- Jugoslawien. Bin Serbe. Aber keine Lust, auf mein frühere Freunde zu schießen. Hab mich deshalb verdrückt, bis alles vorbei und Leute wieder klarwerden in ihre Hirn. Sind alle verrückt. Offiziell bin ich Sportstudent an Uni, weil Asyl bekomme ich nicht. Job hier mach ich nur nebenher. Und du, warum waschst du Leichen?

Ich erzählte ihm von meinem Kühlschrankfüllungsproblem, meinem unstillbaren Pizzahunger und den großen Schwierigkeiten, die ich gehabt hatte, überhaupt einen Job zu bekommen.

- Karin verdankst du Stelle hier. Weißt du, wer sie ist?
- Soweit ich Hartmann verstanden habe, ist sie in der Chirurgie.
- In der Chirurgie. Das ist nicht schlecht. Sie ist die Chirurg hier. Die ganze alte Köpfe staunen nur so, was sie

macht. Ich weiß nicht, wie man nennt, aber sie arbeitet mit kleine Schnitt und Sonden. Jeder Patient bevorzugt von ihr operiert zu werden. Sie arbeitet fast so gut, wie sie aussieht.

- Und ich habe sie für eine Schwester gehalten.

- Nein, nein. Nichts Schwester. und er lachte, daß meinem Gegenüber die Gabel aus der Hand fiel.

- Komm! Ich hab noch ein wenig Zeit, bevor ich wieder an Arbeit muß. Zeig mir, wo du arbeitst!

Wir fuhren mit dem Aufzug in den Keller und ich führte ihn durch die Räume, die ich betreten durfte.

- Ahh, da sind ja die Jungs von die Hitliste. brummte er, als er einen Blick in den Kühlschrank werfen durfte.

- Ich weiß, scheußliche Sache, aber man muß leben damit. versuchte er zu beschwichtigen, als wäre ihm gerade klar geworden, daß er mit solchen Scherzen meine Gefühle verletzen könnte. Ich winkte ab und erzählte ihm vom Bettenrennen der Untoten. Meine Ohren waren kurz davor, ihren Geist aufzugeben, als sein grelles Gelächter von allen Kellerwänden widerhallte.

Auf dem Weg zurück zum Aufzug ging er vor mir weg, und ich mußte noch einmal über seine unmenschliche Größe staunen. Er mußte ständig gebeugt gehen, da die Kellerdecke zu niedrig für ihn war, und beim Passieren der Deckenrohre hatte er fast so viele Schwierigkeiten wie ich, wenn ich mit meinem Leichenbett unterwegs war.

- So. Ich muß jetzt Abwasch erledigen. Bist du morgen wieder in die Kantine?

- Ja. Jeden Morgen außer Sonntags. Zehn Uhr mache ich immer Pause.

- Gut. Ich komm, wenn ich kann.

Er verabschiedete sich mit einem Händedruck, der mir vermittelte, wie sich meine Zahnpastatube zweimal täglich fühlen mußte und verschwand gebückt im Aufzug. Ich ging zurück zu meinem Kühlschrank und zählte mittels eines alten Kinderreimes aus, wer als nächster ein Rennen fahren durfte.

11

Als ich meine erstes Gehalt erhielt, lud ich Dim ein, abends mit mir und Mark in die Stadt zu gehen, doch da er auch noch dreimal wöchentlich nachts in einer Teerfabrik jobbte und gerade eine dieser Nächte war, lehnte er dankend ab. Damit aber auch er endlich mal ein wenig mehr von Mainz sah als das Krankenhaus und die Fabrik, verabredeten wir, daß ich ihm bald mal eine Stadtführung geben würde, die wir dann auch mit einigen kleinen und vielleicht auch ein paar großen Bier würzen wollten.

Ich genoß es, endlich mal wieder unter Lebenden zu sein und sinnlos Geld zu verprassen. Wir futterten uns durch zwei Eisdielen, eine Kebabstube, zwei Frittenbuden und eine Pizzeria, ehe wir die erste Kneipe betraten, um mit einem Bier nachzuspülen. Die Kneipe war eines von diesen unübersichtlichen Riesenteilen, die ich in meiner Stadt so liebe, da man dort zu jeder Tageszeit große Chancen hat, jemanden zu treffen, den man kennt. Am Eingang trennten wir uns, Mark ging nach links, ich nach rechts. Zunächst traf ich auf einen Tisch mit Vollblutmathematikern, aber auf diese hatte ich beim besten Willen keine Lust, und so freute ich mich ausnahmsweise einmal, daß die meisten Mathematiker so verklemmt sind, daß sie sich nicht trauen, einander zu grüßen, denn obwohl alle an dem Tisch mich vom Sehen her kennen mußten, wagte kaum einer mir in die Augen zu blicken, geschweige denn, mich anzusprechen. Ich bedachte sie nur mit einem geheuchelten Lächeln (Man weiß ja nie, wofür man diese Leute noch mal braucht.) und drängte mich weiter durch das Labyrinth der Tische und Stühle. Ein paar Jungs, die ich seit der Schulzeit kaum noch gesehen hatte, saßen laut grölend und lachend ziemlich in der Mitte des Raumes, und schon hatte der erste mich erkannt und brüllte meinen Namen. Ich winkte ihnen zu, während direkt vor mir ein Kerl sich erhob und suchend über die Menge blickte, als wäre er soeben gerufen worden. Erst als er sich mir frontal zuwandte und seine Augen sich zu engen Schlitzen zusammenkniffen, formte sich aus dem verschwommenen Bild, das mein Gedächtnis seit Tagen mit sich herumtrug, wieder ein Gesicht.

- Du!?

- Hallo, Benjamin. Wieder alles trocken?

- Komm mit raus, wenn du den Mut hast, du Arschloch!

Mit seinem Mangel an Freundlichkeit gab er mir zumindest zu erkennen, daß er inzwischen verstanden hatte, wie wenig ich ihn leiden konnte. Also war das Cola-Bier nicht verschwendet gewesen.

- Tut mir wirklich leid, aber mir ist heute nicht nach schlagen zumute. Aber ich versprech', daß ich dir nie wieder etwas überkippe, wenn du mich nie wieder nervst.

- Irgendwann treffen wir uns alleine, und dann brech' ich dir die Hand, damit du nie wieder einen Satz schreiben kannst.

Mein Namensvetter war offensichtlich nicht nur angetrunken, er hatte sich noch dazu einige Van-Damme- und Bruce-Lee-Filme reingezogen.

- Im Gegensatz zu dir kann ich dann immer noch, ohne zu lügen, behaupten, daß ich wenigstens mal versucht habe, etwas zu schreiben.

- Ben! Was ist denn? Komm doch rüber! brüllte wieder eine lautstarke Stimme über die Menge.

Der betrunkene Knochenbrecher drehte sich um, erkannte, daß nicht er, sondern ich gemeint war und fauchte dann:

- Irgendwann, wenn mein erstes Buch fertig ist, schicke ich dir ein Freiexemplar. Ich hoffe, du wirst dich dann vor einen Zug werfen vor Ärger, du Möchtegernschreiberling.

- Ach, mal sehen, ob ich so alt werde, das noch zu erleben.

Damit stieß ich ihn zur Seite, und ehe er sich wieder aufgerappelt hatte, um mir mit dem erhobenen Mittelfinger zu drohen, war ich schon zwei Tische weiter.

Ich ließ mich am Tisch der ehemaligen Klassenkameraden nieder, und wir frischten ein paar Erinnerungen ans Abi auf. Dann entdeckte ich einen Platz weiter eine Psychologiestudentin, die ich vor nicht allzu langer Zeit auf einer gähnend langweiligen Party kennengelernt hatte, und die mir damals schwere Beziehungsgestörtheit attestiert hatte. Als ich mich zu ihr setzte, faßte sie mich genau ins Auge und versuchte ein Problem zu finden, das ich gerade haben könnte. Ich erzählte ihr nichts von Corinna, nur ein wenig von meiner Arbeit im Krankenhaus, und sie konnte nicht von ihrer Berufung lassen und erklärte mir mein Verhältnis zum Tod. Wir schwätzten noch einen Moment, dann wollte ich schnell weitersehen, wen ich noch kannte. Die Zeit verstrich mit belanglosen, aber angenehmen Gesprächen mit Freunden, Studenten, flüchtigen Bekannten... Manchmal war ich richtig froh, in einem Kaff zu wohnen, in dem jeder jeden kannte oder zumindest schon um drei Ecken herum von ihm gehört hatte. Nachdem ich allen außer 'Freund' Benjamin mindestens ein flüchtiges 'Hallo!' geschenkt hatte, wunderte ich mich, wo Mark blieb und ging ihn suchen. Ich fand ihn an der Theke, wahrscheinlich schon sein zweites Bier umklammernd und mit einer Frau in ein Gespräch vertieft. Natürlich ein Lockenkopf.

Meine Systeme schalteten auf Alarm, ich fuhr die Schutzschilde hoch und näherte mich vorsichtig von der Seite. Da drehte sie sich mir zu, und für einen kleinen, schrecklich langen, kalten Moment dachte ich: 'Corinna!' Dann verflog die Ähnlichkeit. Die Frau lachte über irgendetwas, das Mark gesagt hatte, und ich war erlöst.

Bezauberndes Lachen. Ja. Wirklich sehr schönes Lachen. Aber es hatte nichts gemein, mit dem teuflisch wunderbaren Lachen Corinnas, das Eisenstäbe zum Schmelzen und Beziehungsgestörte wie mich zum Erzittern bringen konnte.

- Habe mich schon gewundert, wo du steckst. meinte ich zu Mark, ohne seine Gesprächspartnerin dabei näher in Augenschein zu nehmen, da ich sie soeben schon dumm genug angestarrt hatte.

- Ist hinten etwas frei?

- Ja. Ich habe uns zwei Stühle freihalten lassen bei ein paar alten Klassenkameraden. Ich glaube, du kennst keinen davon, aber die sind ganz lustig.

- Gut. Ich komme gleich hinter.

Ich wußte sehr wohl, daß es möglich war, daß ich störte und zog mich zurück. Ich heiße zwar Benjamin, aber das muß ja nicht in jedem Fall ein Nervensägen-Gütesiegel sein. Mark folgte mir wenig später.

Nachdem ich endlich dazu gekommen war, ein Bier zu trinken, stellte ich Mark die für diesen Abend entscheidende Frage:

- Was hältst du davon, wenn du heute nacht fährst? Ich würde gerne einmal ein wenig mehr trinken.

Normalerweise war es immer Mark, der sich ein Bier nach dem anderen geben konnte, ohne darüber nachzudenken, wie er später nach Hause kommen sollte. Ich hatte den Fluch des Fahrers im Nacken. Doch zum Glück war Mark fair genug, ab und zu selbst das Steuer meines Käfers in die Hand zu nehmen.

- Klar doch. Nachdem ich die letzten Wochen so über die Stränge geschlagen habe, wollte ich ohnehin etwas langsam machen.

Das war geregelt, und als nächstes entschieden wir, das Lokal zu wechseln. Es gab einige Straßen weiter einen Keller, der normalerweise auch als Kneipe diente, jedoch an Wochenenden schob man die Tische beiseite, baute eine Anlage auf und funktionierte den ganzen Raum zur Tanzfläche um, während direkt an der Theke noch ein schmaler Streifen übrigblieb, an dem die nicht so Tanzwütigen sich gegeneinander quetschen konnten.

Vor der Tür mußten wir eine Weile warten, denn wegen Überfüllung ließen die Türsteher, drei Schränke, ebenso hoch und tief wie breit, immer nur dann Leute ein, wenn andere nach Hause gingen.

Wir kamen mit zwei Frauen ins Gespräch, die hinter uns standen und uns unbedingt davon überzeugen wollten, daß es zu unserem Besten sein würde, wenn wir ihnen den Vortritt ließen. Die eine von ihnen hatte einen riesigen Busen, den sie mir, gewollt oder ungewollt, gegen den Rücken quetschte, daß ich Schweißausbrüche bekam. Ich bemühte mich, an ihren Haaren zu schnüffeln, aber ich konnte den Kopf nicht weit genug drehen. Langsam nur näherten wir uns der Tür. Als ich schließlich direkt auf der Schwelle stand, nur noch durch einen oberschenkeldicken Arm von der nach unten führenden Treppe getrennt, hatte ich endlich genug Platz, mich zu drehen. Ich blickte der Frau ins Gesicht, und sie lächelte mir zu.

- Wollen wir doch die Plätze tauschen?

Ich näherte mich ihrem Ohr, sog die Luft ein und empfing einen angenehmen Geruch. Ich nickte anerkennend.

- Das finde ich prima von dir. lachte sie, mein Nicken mißdeutend und wollte sich an mir vorbeischieben.

Ich drückte sie sanft zurück und schüttelte den Kopf.

- Ich glaube, das war ein Mißverständnis. Wir machen das anders!

- Ehh, das ist aber nicht nett. Sie zog einen Schmollmund, und ich muß wohl nicht erwähnen, wovon ich bei diesem Anblick träumte, der meinen Blick mit Stahlketten an sich fesselte.

Dann tippte mir der Türsteher auf die Schulter.

- Brauchst du eine Extraeinladung. Zwei Leute dürfen rein.

Mark schob sich vor mir durch, wir bezahlten den Eintritt, und er wollte sofort die Treppe runterstürzen. Ich hielt ihn am Hemd fest.

- Mann, bist du asozial, unsere Frauen willst du wohl einfach stehen lassen.

- Wer sind eure Freundinnen? fragte der Typ an der Kasse, der meinen lauten Ausruf nicht hatte überhören können.

Ich deutete auf die beiden Frauen, deren Augen jetzt über den Arm des Türstehers auf die Treppe blickten. Die eine zog daraufhin wieder ihren Schmollmund, die andere grinste und winkte. Der Kassierer gab den drei Schränken ein Zeichen, und die beiden durften auch herein.

Wir warteten noch, bis sie bezahlt hatten, dann folgten wir ihnen in den Keller. Auf der letzten Stufe drehte sich der Schmollmund um, zog mich nach unten, und ehe ich den Fehler machen konnte, mich zu wehren, spürte ich angenehm warme Lippen auf meinen.

Gott, war das ein Schmollmund.

- Wenn er dir so gut gefällt, sollst du ihn wenigstens auch mal gekostet haben.

(Offensichtlich waren meine Blicke doch nicht so unauffällig, wie ich immer dachte.)

Ich erholte mich auf der Treppe, während sie im Gedränge verschwand. Das Gefühl ließ mich nicht los, daß mir an diesem Abend noch einiges bevorstand.

Nachdem ich kurz jenen Ort aufgesucht hatte, zu dem ein Mann nur alleine, eine Frau seltsamerweise nur in Begleitung einer anderen gehen kann, drängte ich mich durch die Tanzenden zur Theke.

Eine Blonde mit fröhlichem Lächeln und blondbraunen Haaren kam sofort auf mich zu.

- Was willst du trinken. fragte sie, mit der Rechten den Versuch unternehmend, eine widerspenstig sich vor ihr rechtes Auge drängende Strähne wieder in Reih und Glied unterzubringen.

- Ich bekomme ein großes Pils.

- Dauert einen Moment.

Eine Hand legte sich auf meine Schulter. Mark.

- Na, Schwerenöter. Was war denn das, eben auf der Treppe? Wie heißt sie denn?

- Keine Ahnung. Das hatte auch nichts zu bedeuten. War nur ein Dankeschön. Wenn auch ein sehr angenehmes.

- Na, wer's glaubt... Hast du schon bestellt? Dann bestell mir doch gerade noch einen sauren Apfelsaft dazu.

- Klar.

Ich schaute nach der Blonden, aber diese war gerade mit einer Sektflasche beschäftigt, da entdeckte ich Nick neben ihr.

- Nick! Hallo, Nick!

- He, Ben! Du hier?

- Das muß ich dich fragen. Und was machst du hinter der Theke?

- Ich bediene seit einigen Tagen hier.

Er zuckte die Schultern.

- Ich hatte auch keine Lust, wieder bei Gerard zu arbeiten. Was macht bei dir das Krankenhaus? Und überhaupt, willst du was trinken?

- Ich hab schon bestellt, aber Mark möchte eine Apfelsaftschorle.

- Ach Mark, ich hab dich noch gar nicht gesehen. brüllte Nick mir von rechts ins Ohr.

- Hallo Nick, was machst du hier? kam das Echo von links und ich hörte beidseitig nur noch Pfeifen.

Die Musik war nicht ganz nach meinem Geschmack, zu kommerziell, zu abgedroschen, zu Radio. Die Leute? Etwas zu fein. Aber ich bewunderte die trotz der Überfüllung friedliche Atmosphäre. Man war auf angenehme Art freundlich zueinander. Kein Stoßen, kein Streiten, wenn man versuchte, durch die Menge durchzukommen, jeder war irgendwie bemüht, dem anderen Platz zu machen, und wenn es doch einmal eng wurde, dann tauschte man entschuldigende Blicke und kleine Scherze. Ein Anmachschuppen war es aber trotzdem. Achtzig Prozent Männer. Die meisten von ihnen stillschweigend auf die Tanzfläche starrend, mit größter Hoffnungslosigkeit darauf wartend, daß eine der anwesenden Frauen ihnen ihr Interesse bekunden würde. Wunderbarer Anblick. Ich könnte ganze Abende damit verbringen, solche Leute zu beobachten. (Natürlich nur so lange keine Frau da ist, für die ich mich selbst interessiere.)

Das Bier leerte sich schnell, und ich sah mich früher als erwartet genötigt, zur Theke zurückzukehren. Man machte mir bereitwillig Platz, und ich fühlte mich an einen Satz erinnert, den ich in einem Irland-Reiseführer gelesen hatte: 'Sich an der Theke vorzudrängen ist erlaubt. – In Irland hat man Verständnis, wenn jemand durstig ist.' Als ich vorne war, spürte ich dann auch animalische Lust auf einen Whiskey.

- Nick, was habt ihr für einen Whiskey?
- Jack Daniels, Johnny Walker, Glen Fiddich, Oban...
- Oban. Das ist genau das richtige. Schenk mir davon ein Glas ein!

Nick hatte mich wohl mißverstanden, denn das war kein Glas, das er vor mir hinstellte, halbvoll mit Scotch, das war eine Suppenschüssel. Ich nahm den ersten Schluck, spürte ihn ölig die Kehle hinunterlaufen, dann folgte das sanfte Brennen.

- Was trinkst du denn jetzt Gutes?

Die blonde Bedienung lehnte sich über die Theke zu mir herüber.

- Oban. Magst du probieren?

- Danke, ich bleibe lieber bei Bacardi, sonst habe ich morgen wieder einen dicken Kopf. Woher kennst du Nick?
- Ohh, lange Geschichte.

Ich merkte daß meine Zunge schwer im Mund lag.
- Wir waren schon zusammen auf der Schule. Jetzt studieren wir auch noch beide Mathe.
- Mathe?

Ich nickte. Wenn man merkt, daß man zuviel getrunken hat, um noch sauber zu artikulieren, ist es sehr vernünftig, nicht mehr Worte von sich zu geben als unbedingt notwendig. Doch sie gab mir keine Chance, zu schweigen.
- Ist das nicht irre langweilig? Ich meine, machst du das, weil es dir Spaß macht, oder weil du damit sicher einen Arbeitsplatz bekommen wirst?
- Natürlich ist das mit dem zukünftigen Arbeitsplatz ein positiver Nebeneffekt, aber das war eigentlich nicht der Grund, warum ich Mathe angefangen habe. Zum einen wollte ich etwas machen, was mich beansprucht, und ich kann dir sagen, das tut es wirklich. Dann hat mir Mathe schon immer großen Spaß gemacht. Ja, es gibt so Leute! Und letztendlich ist Mathematik das einzige, was niemals jemand umkrempeln kann. Stell Dir mal vor, du hättest Geographie studiert! In Halb Europa und Asien schießen die neuen Staaten wie Pilze aus dem Boden. In der Schule habe ich zwei Jahre lang von meinem Erdkundelehrer die geographische Lage, ökologische und ökonomische Struktur der Sowjetunion erklärt bekommen. Heute weiß ich, daß meine damalige Entscheidung, nichts zu lernen und dafür halt eine fünf im Zeugnis zu kassieren, richtig war. Was hätte ich heute noch davon?

Wenn ich die Zunge erst einmal in Bewegung gebracht hatte, dann fiel es gar nicht mehr so schwer, zusammenhängend zu sprechen.
- Oder Geschichte. Was wird man jetzt in Geschichte machen? Aus dem Vergleich der politischen Systeme BRD und DDR ist doch jetzt die Luft draußen.

Physik. Wie lange kann sich Einstein noch halten?

Chemie. Nun...ähh, um ehrlich zu sein, von Chemie habe ich Null Ahnung.

Philosophie, Ethik, Religion... und so weiter.

Alles ändert sich, nicht zuletzt man selbst. Aber was ich heute in Mathematik lerne, das wird in zwanzig Jahren auch noch gültig sein, sogar in Tausend. Man wird dann vielleicht mehr wissen, aber nicht besser.

- Das ist immerhin ein nachvollziehbareres Argument als wenn du sagen würdest, daß es dir Spaß macht.

- Was machst du denn, wenn du nicht hier arbeitest?

- Brotlose Kunst. Ich studiere Philosophie und Theologie. lachte sie und in diesem Moment hatte ich denselben Traum von ihr wie von dem Schmollmund vor der Tür. Na, vielleicht sollte das ja wirklich mein Abend werden.

- Theologie? Mich würde interessieren, was einen Menschen dazu bringt, so etwas zu studieren. Bist du gläubig?

- Auch wenn es heutzutage ein wenig seltsam klingt, ja, ich bin es. Aber nicht in dem Sinne, wie es von den Kirchen gelehrt wird. Ich schaffe mir mein eigenes Gottesbild, etwas, aus dem ich Kraft schöpfe, ohne daß es mir unsinnige Regeln auferlegt, und ich würde auch nie daran denken, irgendjemandem meinen Glauben aufzudrängen. Er ist von mir erschaffen und nur für mich richtig. Es gibt für mich aber einen viel wichtigeren Grund, Theologie zu studieren. Eigentlich ist es nämlich die Philosophie, die mich begeistert, aber die Religion stand fast immer gegen alle modernen Philosophen. Diese Kontrapositionen möchte ich kennenlernen und mir mein eigenes Bild schaffen.

- Also in deinem Sinne bin selbst ich gläubig, auch wenn ich es nie so bezeichnen würde, weil der Begriff so ausgelutscht ist. Man kann es am besten so ausdrücken: Ich glaube an mich.

- Kannst du dich damit über Wasser halten?

- Es ist nicht einfach, sich auf einen manchmal sehr trägen, faulen und ständig sich selbst widersprechenden Menschen zu stützen. Es hat eine ganze Weile gedauert, bis ich mich mochte, so wie ich bin. Aber jetzt gibt es nur noch selten längere Zeitspannen, in denen ich vollkommen am Verzweifeln bin.

Ich fühlte mich wie John Candy in 'Ein Ticket für zwei', als er alle Vorwürfe Steve Martins, seine Person betreffend, mit einem einfachen, überzeugten 'Ich mag mich!' entkräftete.

Unser Gespräch wurde kurz unterbrochen, als Nick pöbelte, daß er nicht alleine den ganzen Thekendienst verrichten könnte. Meine Philosophin kümmerte sich einen Moment um weitere Getränke, und als der Ansturm wieder abflachte, kehrte sie zu mir zurück und setzte unser Gespräch zielsicher dort fort, wo wir es abgebrochen hatten.

- Das ist wahrscheinlich eine angenehme Lebensphilosophie, aber für mich wäre das nicht ausreichend. Ich glaube, wenn ich nur an mich glauben würde, müßte ich verzweifeln, weil ich nichts tun kann, gegen Kriege, Hungersnöte und all das Elend. Zum Beispiel glaube ich an ein Leben nach dem Tode, denn sonst wäre doch alles vollkommen sinnlos. Und ich brauche Freunde.

- Ohh, ich hoffe, du hast mich da nicht zu sehr mißverstanden. Ohne meine Freunde wäre ich nichts. Dann wäre ich nicht hier, sondern schon vor langem mit aufgeschnittenen Pulsadern in irgendeiner Badewanne gefunden worden. Ohne Freunde kann jemand wie ich nicht durchs Leben steigen. Ich sehe sie als einen Teil von mir. Was gibt es denn schöneres, als sich mal ausheulen zu können und mal lieb gehalten zu werden von jemandem, der sich nichts dabei denkt, oder nachts noch jemanden anzurufen, zu besuchen, wenn man sich einsam fühlt, oder der Vollmond einem in den Kopf scheint und nicht zur Ruhe kommen läßt.

Dafür, daß die Suppenschüssel inzwischen geleert war, waren das sehr viele Sätze gewesen. Obwohl ich das Gefühl nicht los wurde, daß mein Kopf sich in langsamer Zirkulation um meinen Hals befand, lehnte ich nicht ab, als die Blonde mir nachschenkte. Sie erzählte mir noch ein wenig über ihren Glauben, dann verlagerte sie den Schwerpunkt des Gespräches wieder auf mich, und da ich gerne über mich erzähle, vor allen Dingen, wenn ich etwas getrunken habe, und der Hemm-Moment, in dem ich mir noch Sorgen um die Beweglichkeit meiner Zunge gemacht hatte, längst überwunden war, plapperte ich munter drauflos. Die Whiskey-flasche leerte sich, und die Zeit verging wie im Flug. Als ich den letzten Schluck hinunterkippte, inzwischen ohne jegliches Brennen, schüttelte mich Mark an der Schulter.

- Glaubst du nicht, wir sollten langsam das Feld räumen. Die wollen hier sicher bald dicht machen.

Es war mir noch nicht aufgefallen, aber jetzt, da Mark mich darauf aufmerksam gemacht hatte, nahm ich ohne Verwunderung, wie selbstverständlich, zur Kenntnis, daß keine Musik mehr lief und nur zehn oder zwanzig verlorene Gestalten ihren Weg nach draußen noch nicht gefunden hatte.

Nick winkte ab:

- Wenn ihr noch hier seid, ist das nicht schlimm, nur die anderen hätte ich gerne bald draußen.

Trotzdem nahmen wir unsere Sachen, und verließen zusammen mit der blonden Bedienung den Keller. An der frischen Luft fühlte ich mich sofort ein wenig wohler. Mark hingegen fror bitterlich, da er die meiste Zeit getanzt hatte und bis auf die Knochen verschwitzt war.

- So, ich werde jetzt noch mit meinem Hund gehen. Macht's gut.

Sie drückte mich zum Abschied.

- Du hast einen Hund?

- Ja, und der muß jetzt unbedingt noch ausgeführt werden.

- Soll ich mit dir gehen?

- Wenn du Lust hast.

(Ich glaube, ich bin ehrlich, wenn ich behaupte, daß ich keine Hintergedanken hatte. Aber wer weiß schon genau über sein mieses Inneres Bescheid. Schließlich bin ich auch nur ein seinen Trieben untertänig Gehorchender.)

- Hier Mark. Da sind meine Autoschlüssel. Der Wohnungsschlüssel ist auch dran. Wenn du willst, spiel ein wenig am Computer.

Marks Augen blitzten im Dunkeln auf. Er war schneller weg als ich schauen konnte, aber das war in meinem extrem flüssigen Aggregatzustand auch alles andere als verwunderlich.

Sie wohnte um die Ecke, und zu ihrem Glück hatte der Hund nur Lust auf einen kleinen Spaziergang. – Sie mußte mich den ganzen Weg über stützen, und ich versuchte ihr ihre eigene Philosophie klarzumachen. Auch ich hatte Glück. Die Erinnerung an die Scheiße, die ich bei diesem Spaziergang geschwätzt hatte, ging vollständig verloren.

- War nett, dich kennengelernt zu haben. meinte ich zum Abschied. Wollen wir uns mal treffen? Zum Frühstücken oder so?
- Wie willst du denn jetzt nach Hause kommen?
- Oh, der erste Bus fährt bald.
- Scheiße, red doch keinen Quatsch. Du kannst bei mir schlafen.
- Ähh...
- Ich beiß dir den Kopf nicht ab.
- Das habe ich auch nicht gedacht. Es ist nur...ähh. Nun...nun, ich glaube, ich bin nicht in einer...ähh...
- Verfassung?
- Genau. Ich bin nicht gerade in einer Verfassung, die es mir leicht machen würde, abzulehnen.
- Und deshalb kommst du jetzt mit hoch!

Erst am nächsten Tag konnte ich dem Aufzug, der uns zum fünften Stock hochbrachte, für seine Existenz danken.

- Du kannst dir den Fernseher anmachen, wenn du noch nicht schlafen willst. Ich geh ins Bad.
Sie verschwand, und gleich darauf plätscherte eine Dusche. Ich wankte kurz auf den kleinen Balkon, nur um festzustellen, daß meine Trunkenheit zwar meine Höhenangst reduzierte, mir aber sofort fürchterlich schwindlig wurde. Ich lies mich in das Zimmer zurückfallen und rief den Hund zu mir, fragte mich, während wir uns in die Augen blickten, ob er oder ich schielte, und kam zu dem Ergebnis, daß es daran lag, daß er rechts ein Setter- und links ein Bernhardinerauge hatte. Er legte sich neben mich, und ich kraulte ihm das Hinterteil, während ich mir mit der freien Hand die Fernbedienung der Glotze holte.
Bei MTV blieb ich hängen. Es lief ein Ice T Video, ich glaube 'The Tower'. Mir fielen die Augen zu, und ich öffnete sie erst wieder, als meine blonde, unbekannte Freundin aus dem Bad kam, und nur mit einem Handtuch um die Hüfte gewickelt durch 'Cream' von Prince lief.
Ich brauchte nur lächerliche fünf Sekunden, um Video und Wirklichkeit zu unterscheiden, dann blickte ich nach

meinen Füßen um, sah sie direkt vor mir, und mit diesem sicheren Wissen versuchte ich aufzustehen. Es gelang.

Sie wühlte ein T-Shirt aus einer Schublade hervor, als ich mit der Hand vorsichtig ihre Schulter berührte. Sie drehte sich um, blickte mir so verdammt liebevoll in die Augen, daß ich plötzlich wünschte, für immer so stehenzubleiben, aber diese verfluchten Beine wollten nicht, und ich sank in die Knie.

- Nie wieder trinke ich so viel. schwor ich zum siebenunddreißigsten Mal in diesem Monat.

Sie nahm meinen Kopf zwischen ihre Hände, drückte ihn gegen ihre nackte Brust, und das fühlte sich so gut an, daß ich nicht anders konnte als hemmungslos zu heulen.

- Was ist denn?

- Nichts, nichts. Nur manchmal fühl ich mich so von allem erlöst, daß ich eben weinen muß.

- Du bist echt ein komischer Kauz.

Sie umfaßte meinen Kopf erneut, schob ihn von ihren Brüsten. Dann spürte ich ihren Mund, und ich dankte dem Gott, an den ich nicht glaubte, daß er bei unserer Erschaffung an die Lippen gedacht hatte. Meine schwere Zunge empfing ihre, mein Gesicht versank in ihren Haaren. Ihre Hände waren überall, entkleideten mich, und es schien, als hätte ihr Mund mich dabei nicht ein einziges Mal losgelassen. Ich preßte meine Brust gegen ihre, mein Becken gegen ihres, meine Füße kämpften mit den ihren.

Ewigkeiten später endete der Kuß. Wir lagen auf dem Bett. Ich fühlte ihre Wärme, eine ihrer Hände lag auf meinem Rücken. Sie war ganz nah, alles war ganz warm. Ich spürte ihren Körper, der sich den Formen des meinen anpaßte.

So schlief ich ein.

So erwachte ich auch.

Es war ein wenig kühl im Raum, aber ich bewegte mich nicht, um sie nicht im Schlaf zu stören, vielleicht dazu zu veranlassen, sich von mir wegzudrehen. Unglaublicherweise hatte ich kaum einen Kater und konnte schon wieder einigermaßen klar denken.

Warum hatte ich am Vorabend nur so plötzlich angefangen zu heulen?

Natürlich war es einige Monate her, daß ich das letzte
Mal eine Frau im Arm gehalten hatte, aber so tragisch hatte
ich das dann doch nie empfunden. Vielleicht ging es mir
schlechter als ich dachte? Ich beschloß, daß, wenn dem so
wäre, es nur gut sein könnte, wenn ich es mir nicht allzu oft
bewußt machte, und damit wollte ich die Sache vergessen.

Es war schon sehr hell draußen, wahrscheinlich gegen
Mittag, und ich konnte im Tageslicht das Zimmer begutachten. Es gefiel mir, so wie mir die meisten von Frauen
eingerichteten Zimmer gefallen. Das große Bett, auf dessen
angenehm harter Matratze ich lag, stand nicht direkt an der
Wand, sondern neben zwei kleinen Regalen aus hellem Holz,
in denen säuberlich, aber unsortiert, drei Dutzend Bücher,
zwei Teetassen und eine Kanne, mehrere Kerzen und ein
paar Kassetten lagen. Vor dem Fenster stand ein kleiner
Tisch, mit noch ein paar Büchern, einem Ordner und einer
Bibel darauf. Aus letzterer ragten an mehreren Stellen kleine,
vergilbte Zettel heraus. An der Wand gegenüber der Tür
lehnte ein wuchtiger Kleiderschrank, in dessen Tür der Gürtel
eines Frottee-Morgenmantels eingeklemmt war, und neben
diesem zwei weitere Regale mit Büchern, einigen Schallplatten (Ich freute mich wie ein kleiner Junge, als ich das Cover
einer Mano-Negra-Platte erkannte.), einer Stereoanlage, und
in der rechten Ecke davon der Schubladenschrank, von dem
aus eine Spur aus meinen Kleidern direkt zum Bett führte.
Der Fernseher stand direkt vor dem Bett, der Hund döste
zwischen ihm und der Heizung unter dem Fenster. Er blin-
zelte und hob den Kopf, als ich ihn anblickte. Ein großer
Jahreskalender hing an der Wand über dem Tisch, daneben
mehrere Fotos und Postkarten, an der Tür klebte der unver-
meidbare Stilbruch: Eine große Schwarzweiß-Photographie
von einem sich küssenden Pärchen auf einem fünfziger Jahre
Cadillac. Es ist eine Regel mit wenigen Ausnahmen, daß jede
Frau mit Geschmack, die alleine wohnt, in irgendeiner Ecke
ein Kitschposter hängen hat, das man normalerweise nur bei
einer vierzehnjährigen Bravo-Leserin erwarten darf.

Ich versuchte die Titel der Bücher zu lesen, denn ich
schließe viel von einem Menschen aus dem, was er liest.

Wenn ich zu jemandem komme und stelle fest, daß er nur ein einziges Buch hat, empfinde ich das als unangenehm, genauso wenn er tausend Bücher hat, aber alle ordentlich sortiert, ungeknickt und ungelesen im Schrank stehen.

Die Bücher in diesem Zimmer sahen gelesen aus, mit wenigen aber, verständlichen Ausnahmen. Man kann schließlich nicht alles lesen, was anfangs ganz interessant klingt.

Ich verglich, welche Bücher ich auch hatte: Der talentierte Mr. Ripley, Früchte des Zorns, Das Hotel New Hampshire, Der Herr der Ringe (Ob sie ihn komplett gelesen hatte?), Justiz, Alle träumten von Cuba.

Ein paar Titel blieben mir, wie immer, wenn ich solche Beobachtungen anstellte, mit dem Vermerk 'Genauer darüber informieren!', im Gedächtnis haften: Ignaz oder Die Verschwörung der Idioten, Der Hauptmann und sein Frauenbataillon...

- Liest du viel?

Ich bemerkte erst jetzt, daß sie die Augen offen hatte und mich wohl schon seit einer ganzen Weile beobachtete.

- Ja.

- Manchmal auch Kitsch?

- Klar. Es läßt sich schwer ver...

- Ich habe nämlich jetzt eine ganz kitschige Frage...

Sie wollte mich doch wohl hoffentlich nicht fragen, ob ich sie liebte?

- Frag ruhig! sagte ich beunruhigt.

- Wie heißt du eigentlich?

Es dauerte, bis ich darauf eine vernünftige Antwort parat hatte. Die Situation war einfach zu lächerlich.

- Ben. Und du? brachte ich dann unter Lachen hervor.

- Britta.

- Sehr erfreut.

Ich küßte ihr die Hand.

- Ganz meinerseits. grinste sie.

Dann wurde sie ernst, gab mir einen sanften, gehauchten Kuß und stand auf.

- Hast du Lust auf Frühstück im Bett?

Dem konnte ich mich kaum entsagen. Sie zog ein T-Shirt über und verschwand.

- Willst du Ei?

- Ja, gerne. Soll ich dir etwas helfen?

- Nee. Laß mal lieber. In meine Küche lasse ich so schnell keinen Kerl. Ihr habt nämlich weder Sinn für Ordnung, noch für Sauberkeit.

Gegen solche Kritik gibt es nur eine Waffe: Unsachlichkeit.

- Nun, die Küche ist ja auch wirklich der Ort für die Frau, während der Mann arbeitet.

- Arschloch! kam es freundlich aus der Küche zurück.

Das erleichterte mich ein wenig, denn nicht nur einmal hatte ich es geschafft, mit solchen unbedachten, dummen Sprüchen den Zorn der VertreterInnen der Emanzipation zu erregen.

- Kann ich mich duschen?

- Sicher. In der obersten Schublade findest du Handtücher.

Als ich aufstand, merkte ich, daß ich doch noch ein wenig unter Alkoholeinfluß stand. Ich lehnte mich ein Sekunde gegen die Wand, bis ich mir der Existenz meiner Beine wieder sicher war.

Brittas Bad war weißgekachelt und sie hatte eine von diesen schönen Klarglas-Duschkabinen. Ich stellte mich hinein und murmelte ein kurzes 'Beam me up, Scotty!', als das kalte Wasser auf mich herunterprasselte. Ich hätte schreien können, so wohltuend kalt war es. Erst als ich durch und durch am Frieren war, drehte ich auch das Warmwasser auf.

Das Duschgel war in einer grünen Flasche aus dem Body-Shop. Ich tropfte mir ein wenig in die Hand und roch daran. Tanne oder so etwas. Himmlischer Geruch. Mit so einem Duft unter den Achselhöhlen, so sagte ich mir, mußte man ja vernascht werden. Ich seifte mich ein und wusch die Haare.

- Ich leg dir was zum Anziehen hin. Deine Klamotten stinken total nach Rauch und Whiskey. Meine Jogging-Hose wird dir ja wohl hoffentlich passen. übertönte Brittas Stimme das Wasserrauschen.

Ich fing an zu summen, während ich mich mit einer Bürste abrieb. (Frauen haben in ihren Bädern immer gerade die Sachen, die ich mir für mein eigenes Bad wünsche, aber immer zu faul oder zu geizig bin, zu kaufen.)

- Frühstück ist fertig.
- Ich komme gleich.

Wir saßen wieder im Bett, ein Tablett mit Honig, Eier, Brot, Kaffee, Milch und Nutella vorsichtig auf unseren Bäuchen balancierend. Britta erzählte mir von 'Ignaz oder Die Verschwörung der Idioten' und dem ironischen Schicksal, dem sein Autor zum Opfer gefallen war. Er hatte sich umgebracht, nachdem kein Verleger sein Manuskript hatte lesen wollen und war posthum, elf Jahre später, mit dem Pulitzer-Preis ausgezeichnet worden. Ich war damit beschäftigt, Honig auf ein Brot zu schmieren, ohne dabei das Bett vollzutropfen. Nun...
- Scheiße, ich hab' gekleckert.
Britta zuckte die Schultern.
- Dann muß es eben gewaschen werden.
Sie wischte den Honigklecks mit ihrem Zeigefinger auf.
- Kennst du eigentlich 'Neuneinhalb Wochen'?
- Ja. Schlechter Film, sehr schlechter...
Ehe ich es mich versah, hatte ich einen Honigstrich quer übers ganze Gesicht. Diese Aggression konnte nicht unbeantwortet bleiben. Eine volle Breitseite Nutella verteilte sich in vier Strichen über ihre rechte Schulter, von der das T-Shirt heruntergerutscht war.
- Du Schwein.
Butter zerlief in meinen noch nassen Haaren.
Wir einigten uns auf eine Abrüstung des Kaffees, bevor der Krieg eskalieren konnte.
Wenig später hatte ich Britta in das appetitlichste Käse-Nutella-Honig-Sandwich verwandelt, das mir je zwischen die Zähne gekommen war. Sie packte mich an den Schultern, umklammerte mit ihren Beinen meine Arme und drückte mich in die Matratze. Offensichtlich hatte sie irgendwann einmal Judo gelernt. Relativ hilflos mußte ich mit ansehen, wie sich ein dünner Honigstrom über meinen Hals ergoß. Ich warf den Kopf nach links und rechts, bis ich den Weichkäse zwischen die Zähne bekam, dann erst schüttelte ich sie ab, und während meine Hände ihre hielten, zerrieb ich den Weichkäse mit meinem Mund auf ihrer Nase.

Sie biß mir den Weichkäse zwischen den Lippen heraus, dann umklammerte sie mich wieder, und ich landete mit dem Rücken in den Eiern.

Schnell wie ein Wiesel war sie rittlings auf mir und suchte verzweifelt mit den Händen nach etwas, mit dem sie mich noch beschmieren konnte. Ich griff ihre Handgelenke und sie strampelte mit den Füßen, bis sie plötzlich ganz still wurde, nur noch leicht mit dem Becken über das meine kreiste, und erst da wurde mir bewußt, was sie schon länger spüren mußte. Mein Glied war heiß und geschwollen von dem Kampf, den Berührungen. Ihre Hand reichte nach unten, und ich krümmte mich vor Lust, als sie meinen Penis umschloß.

Dann senkte sie sich zu mir herab, und unsere Münder vereinigten sich. Ihre Zunge ergriff Besitz von meiner, dirigierte sie hier- und dorthin, und ich ließ willfährig alles mit mir geschehen. Meine Hände suchten unter ihrem Shirt nach den Schultern, umkrallten sie, und ich war ehrlich bemüht, diese (meine) schöne Frau nicht zu zerquetschen, als ich sie an mich preßte.

Sie streifte ihren Slip ab, und ich verließ ihren Mund, um mit meinen Lippen über ihren Körper nach unten zu wandern, bis ich den Geruch ihrer Scheide wahrnahm. Dann versank ich erneut in ihr. Ihre Hände gruben sich in meine Haare, strichen über meine Schläfen, während ihr zuckendes Becken meinen Kopf umwölbte.

Irgendsoein Idiot in mir sagte mir, hier aufzuhören, nicht weiter zu gehen. Was würde danach sein?

Scheiß auf den Verstand, du blöder Mathematiker!

Ich gierte nach der Lust, die ich empfand. Ob Britta mit mir zusammen sein wollte, ob sie nur jetzt und heute mit mir spielen wollte, Corinna und Maria; alles war so egal. Ich öffnete mich den Gefühlen, die mir entgegengebracht wurden und ließ den meinen freien Lauf, wie seit Jahren, ach was, wie seit Ewigkeiten nicht mehr, und mit dem angenehmen, bitteren, wundervollen Geschmack ihres Geschlechts schluckte ich auch alle Bedenken tief in die Grube meines Innersten hinunter, wo sie in der Magensäure zergehen mußten. Sie krümmte sich. ihre Hände ließen meinen Kopf frei, rieben über meine Brust und weiter nach unten, packten mich... und alles Denken war ausgelöscht. Die Wirklichkeit flimmerte vor meinen Augen. Wie lange war es her, daß nicht ich selbst mich zum Höhepunkt gebracht hatte? Ich hatte fast vergessen, wie eine weibliche Hand sich anfühlte, aber jetzt kehrte die Erinnerung wie eine Offenbarung zurück. Ja, genau so fühlte es sich an, genau so mußte es sein. Wie gefühlvoll, zärtlich, rücksichtsvoll und dann wieder gemein, innehaltend, herausfordernd kann so eine Frauenhand sein, im Gegensatz zu meiner eigenen, mühevoll onanierenden, ihre Pflicht erfüllenden, unsensiblen Pfote.

Über die Schokocreme in ihrem Bauchnabel arbeitete ich mich wieder zu ihrem Mund empor. Sie saugte meine Zunge auf, glitt dann mit ihren Lippen über meine Augen, hauchte mir ihren Atem stoßweise ins Ohr, daß es den ganzen Rücken hinauf und hinunter kribbelte. Ich fühlte ihre Brüste unter mir, sie bemerkte meine Unsicherheit, führte meine Hände mit den ihren an die Warzen, und ich hätte schreien können vor Glück, weil diese Frau schön war und sich wunderbar anfühlte, und sie seufzte und bäumte sich auf und drückte meine Hände fester an sich.

- Britta.

Ich liebte es, den Namen der Frau auszusprechen, mit der ich schlief. Sie schob ihr Becken näher an meines heran, ich spürte ihre Nässe mit der Spitze meines Schwanzes.

- Ich liebe dich.

Sie schrie es heraus, während ich ganz langsam in sie vordrang. Es zählte nicht, wie sie es meinte, es war nicht wichtig, ob sie es später wiederholen würde. Es war nur wichtig, daß sie es jetzt sagte. Das schönste Geschenk, das sie mir machen konnte.

- Ich liebe dich. Ich...

Sie verschloß meinen Mund mit ihrer Zunge, um ihn sofort wieder freizugeben, als ich tief in sie eindrang, so tief ich nur konnte, am liebsten mit meinem ganzen Körper in sie hinein.

Im Rhythmus ihrer eigenen Bewegungen, dem ich mich anpaßte, warf sie den Kopf von rechts nach links, ihre Hände kratzten über meinen Rücken. Ich umklammerte ihren Rumpf und zog sie an mich, dann erstarb jede Bewegung. Wir hielten einander einfach nur noch fest.

Vielleicht minutenlang.

Dann spürte ich, daß es mir kam. Langsam, immer noch bewegungslos, bis auf das Pulsieren meines Gliedes, entleerte ich mich in sie, um dann mit dem letzten Tropfen mein Becken zu krümmen, gegen ihren Schamhügel zu werfen, meine Zunge in ihren Mund zu schleudern und so erneut zu verharren, während sie selbst ihre Scheide um meinen Penis kreisen ließ.

Meine Füße zuckten, unsere langgezogenen Schreie erstarben, und wir lauschten nur noch unseren klopfenden Herzen, während Schweiß und Frühstücksreste unsere Körper aneinander klebten.

Erst nach einer ganzen Weile fingen wir an, zu streicheln, zu drücken, uns aneinander zu reiben, übereinander zu gleiten.

- Du bist ein Perverser. murmelte sie und kratzte Honig unter ihrem rechten Auge weg.

- Und du könntest dich mal waschen. Meine Hand fuhr durch ihre Haare.

- Laß uns noch einen Augenblick liegenbleiben. Dann gehen wir duschen.

Ich nickte, und wir blieben ineinander verknotet liegen, bis sich der Hund aus der Küche bemerkbar machte. Britta ließ ihn wieder ins Zimmer und er rannte ganz aufgeregt hin und her. Was der arme Kerl wohl durchgemacht hatte, als wir so geschrien hatten?

Wir duschten zusammen. Britta seifte mich ein, wusch meinen Penis mit besonderer Gründlichkeit, bis er sich wieder aufrichtete, dann kniete sie sich hin, küßte ihn und lächelte mich dann von unten her an.

- Jetzt bist du dran, da du ja eben nicht durftest.

Der Schreck fuhr mir eiskalt durch den ganzen Körper. Auf einmal war es, bis auf das Plätschern der Dusche, unheimlich still.

- Du, äh, ich weiß nicht so genau... Was soll das heißen, ich durfte vorhin nicht?

- Du bist doch wohl nicht etwa gekommen?

Ihre Augen weiteten sich erschrocken. Mir glitt das Herz in die Hose, und da ich diese nicht mehr anhatte, platschte es leblos auf den Boden der Dusche.

- Doch. Ich habe echt nicht darüber nachgedacht. Es war einfach zu...

- Ohh nein. Ich nehme doch nichts. Wieso fragst du denn nicht wenigstens mal?

Ich hätte es wissen müssen. Es war zuviel Glück auf einem Haufen gewesen, und ich hatte einfach alles genommen. Typisch! Ich hätte mich aus dem Fenster stürzen sollen und danach noch aufhängen.

Ich zog sie zu mir hoch, schaute in ihre traurigen Augen und suchte nach einer Entschuldigung. Waren das Tränen oder Wasser auf ihren Wangen? Ich stotterte etwas Unverständliches. Da umfaßten ihre Hände meinen Kopf und streichelten mich ganz sanft. Ihre Augen glänzten wieder.

- Keine Angst, meinte sie sanft, ich nehme die Pille. Aber ich hoffe, es wird dir eine Lehre sein, wenn dir wieder einmal so etwas passiert: Man fragt vorher!

Mir klappte der Unterkiefer runter.

- Du bist ja fies.

- Entschuldige. Es war nicht böse gemeint. Ich habe dich wirklich sehr lieb.

Damit kniete sie sich wieder hin, und das einzige meiner Glieder, das den Schock standhaft ertragen hatte, verschwand zwischen ihren Lippen.

Das Duschen zog sich in die Länge.

12

- Im ersten Moment war es nur Spaß. Ich hatte Lust, mit dir zu schlafen. Aber jetzt... Ich habe dich sehr lieb.

Die Bedenken, die ich heute morgen noch runtergeschluckt hatte, krochen langsam wieder nach oben, wie Brechreiz würgten sie in meiner Kehle.

- Du mußt doch wissen, ob du gerne eine Beziehung mit mir haben möchtest.

Ich hatte diesen Vorwurf erwartet. Seit Stunden kündigte er sich an.

Einen ganzen Tag waren wir jetzt ohne Unterbrechung zusammen gewesen. Wir hatten gegessen, gelesen, ferngesehen, erzählt, geschwiegen und zwischendurch waren wir immer wieder übereinander hergefallen um den kleinen, unterdrückten Kaninchen in uns ein wenig Auslauf zu gewähren. Britta schien genauso ausgezehrt wie ich, aber es fiel mir schwer zu glauben, daß eine Frau wie sie Schwierigkeiten mit Männern haben könnte.

Ja, verdammt noch mal ja, ich hatte sie sehr lieb.

- Wir kennen uns erst kurz, aber es war ein ganz wunderbarer Tag, und es ist lange her, daß ich mich mit jemandem so gut verstanden habe. Ich will dich nicht zu einem 'Ja' zwingen. Ich will nur eine Entscheidung.

Für mich war es auch schön gewesen. Na klar, was sonst? Worüber grübelte ich eigentlich nach. Was konnte einem Mann besseres passieren, als daß eines dieser geheimnisvollen Wesen ohne Penis ihn aufnehmen wollte in sein Innerstes, ihm zeigen wollte, daß das Leben auf dieser Erde gar nicht so schwer ist?

Aber ich konnte dieses 'Ja' nicht einfach sagen, solange meine Gefühle belastet wurden von alten Problemen, von Corinna, die immer noch durch meinen Kopf spukte. Wenn man verrückt genug ist, sich so unglaublich zu benehmen, von einer Frau, und sei ihr Lächeln auch noch so verhext, zu Pudding machen zu lassen, dann bedeutet es keine Anstrengung, die Dummheit aufzubringen, die nötig ist, um zu glauben, daß diesen Fluch nur die Hexe selbst wieder von einem nehmen kann.

- Worüber denkst du nach? Mache ich etwas falsch? Wenn es für dich eine Sache für eine Nacht war, dann sag es doch! Ich bin dir bestimmt nicht böse. Gestern habe ich doch auch noch nicht im Traum daran gedacht, daß ich mich in dich verlieben könnte.
- Es war eine Sache für eine Nacht, aber...
Warum mußte ich es uns so schwer machen. Der erste Teil des Satzes hätte doch genügt. Sie hätte es bestimmt locker genommen. Mit diesem 'aber...' schürte ich ihre Hoffnungen und hielt mir noch ein Hintertürchen offen. Feigling!
Als ich, ohne ihre Frage letztendlich beantwortet zu haben, ihre Wohnung verließ, fühlte ich mich leer. Der Abschiedskuß schmeckte schal und endgültig.

Ich ging noch ins Transamerica. Wenn es einen Abend gab, an dem ich mit Corinna reden mußte, dann war es dieser. Es wurde Zeit, sie endlich kennenzulernen, meine Gefühle zu sortieren und mich dann nie wieder so gehen zu lassen.
Das Schicksal meinte es gut mit mir. Sie war da.
Zitternd setzte ich mich an den Tisch neben ihr.
Wenn sie hinter mir vorbeiging, nahm ich ihren Geruch wahr. Selbst in der verrauchten Kneipe konnte ich erfassen, wie gut sie roch.
Ich brachte kein Wort hervor.

Zu Hause angekommen, war ich zu müde zum Weinen und zu aufgewühlt zum Schlafen. Ich kramte zwischen meinen Platten eine Suicidal Tendencies-Scheibe hervor: 'How Will I Laugh Tomorrow, If I Can't Even Smile Today?' Das war genau die Frage, die ich mir gerade stellte.
Die Musik beruhigte mich, sie lenkte aber nicht ab. Ich schaltete den Fernseher zusätzlich ein. Nur Scheiße. Serien, die noch nicht einmal mehr durch Dilletantismus zu unterhalten wußten und deutsche Spielfilme aus den dreißiger Jahren. Ich ließ auch den Fernseher laufen und griff nach einem der Bücher neben meinem Bett. Ausgerechnet: 'Der talentierte Mr. Ripley'.
- Warum bin ich nur so unfähig?

Ich griff ein anderes Buch. S. W. Hawking: 'Eine kurze Geschichte der Zeit'. Gut. Keinerlei Assoziationen, die mit diesem Buch verbunden waren. Es war nur zu anspruchsvoll für meine Gemütslage.

Ich ließ es fallen und zog einen Lucky Luke aus dem Regal, die neben Asterix wirkungsvollste Waffe, wenn man krank oder sonstwie schlecht drauf ist. Aber auch diese Klinge war heute stumpf. Ein paar Momente nur lenkten mich die bunten Bildchen ab, dann waren meine Gedanken wieder bei Britta. Aber das angenehme Zittern, wenn ich an Momente höchster Erregung dachte, wurde immer von einem widerlichen, jämmerlichen Gefühl der Leere verfolgt.

Ohne geschlafen zu haben, erhob ich mich um fünf Uhr. Es war Montag, und meine Leichen warteten auf mich. Ich stieg unter die Dusche und träumte, daß Corinna bei mir wäre. Wir bumsten unter laufendem Wasser. (Meine Hand gab sich Mühe.) Vor dem Dunkel meiner geschlossenen Augen sah ich ganz deutlich Corinnas Körper, der sich an mich presste, bildete mir ein, ihr Stöhnen zu hören.

- Corinna! rief ich, als es mir kam, denn ich rufe ja so gerne den Namen der Frau, mit der ich schlafe, und meine Phantasie zeigte mir, wie sie ihren Mund aufriß zu einem hingebungsvollen, ekstatischen Schrei.

Als die letzten von den Millionen potentieller Söhne und Töchter, die ich gerade verspritzt hatte, den Abfluß hinuntergeflossen waren, fühlte ich mich total beschissen. Wie schön war es mit Britta unter der Dusche gewesen, und jetzt gab ich mir so etwas?!

13

Es war nicht weiter bedeutend, nur ein Glied mehr in der Kette von Unglücken und Mißgeschicken, die einem Menschen mit meiner Laune zustoßen müssen, als ich wenige Tage später meinen Job verlor.

Irgendwer hatte, ohne mir eine Nachricht oder einen Hinweis zu hinterlassen, das Bett, mit dem ich die Leichen transportierte, ausgewechselt, und das neue hatte einen etwas höheren Galgen. Es stand vor dem Kühlschrank bereit, als ich in den Keller kam. Ich holte die erste Leiche heraus, 'Herbert' war ihr Name, und legte sie auf die weißen Laken. Dann nahm ich Anlauf.

Bei vollem Tempo blieb ich unter dem ersten Querrohr stecken, das Bett kippte mit dem vorderen Ende so weit nach oben, daß Herbert herausgeschleudert wurde, während ich einen Salto drehte und an seiner statt auf der Matratze landete, dabei stieß ich mir irgendwo den Kopf und verlor das Bewußtsein.

In dieser Stellung fand mich einer der Chefärzte.

- Sagen Sie, Sie glauben wohl, sie können hier Ihr Geld im Schlaf verdienen.

Ich erwachte von dem Rütteln an der Schulter.

- Ohh Scheiße. Was ist denn los?

Es dauerte eine Weile, bis ich mich erinnern konnte, und dann fast noch einmal zehn Minuten, bis der Arzt mir abnahm, daß ich nicht freiwillig im Gang geschlafen hatte, aber während dieser Erklärungen mußte ich auch ausführen, warum ich überhaupt mit dem Bett so schnell gerannt war. Der Arzt, der besser Priester geworden wäre, kam zu der Ansicht, daß eine solch pietätlose Behandlung der Toten in seinem Krankenhaus auf keinen Fall geduldet werden konnte. Richtig wütend wurde er aber erst, als er den verkrümmten Herbert in einer dunklen Ecke zwischen zwei Wäschespinden entdeckte. Er machte mich so lange zur Sau, bis ich am Ende fast glaubte, den armen Herbert selbst auf dem Gewissen zu haben, wie er so dalag mit um hundertachtzig Grad verdrehtem Kopf.

Ich konnte mich glücklich schätzen, daß mir nichts Schlimmeres widerfahren war als die kleine Beule an der Schläfe. Wahrscheinlich hatte ich mich dafür wieder bei meinem Schutzengel zu bedanken. Ob er in diesem Moment schon wußte, wie sehr ich ihn in diesem Jahr noch beanspruchen würde?

Nachdem ich offiziell entlassen war, begab ich mich noch einmal in die Küche, um Dim aufzusuchen.
- Hallo, Kollege Küchenchef.
- Ah, hallo, kleiner Mann.
Der Riese war gerade dabei hartgekochte Eier von ihrer Schale zu befreien. Ein, mit seinen Wurstfingern, mehr als schwieriges Unterfangen.
- Ich wollte mich von dir verabschieden.
- Was? Wieso? Arbeitst du nicht mehr?
Er zermatschte ein Ei und ich fragte mich, ob er das gleiche wohl auch mit einer rohen Kartoffel machen könnte so wie Raimund Harmstorf in 'Der Seewolf'.
- Nein. Ich bin gefeuert worden. Muß jetzt sehen, wie ich zu meinen Kröten komme. Allerdings, ich lachte ein wenig, kann es sein, daß ich noch den vollen Monat ausbezahlt bekomme, obwohl ich nicht mehr arbeiten darf.
- Wieso hat man dich gefeuert?
Ich erzählte ihm die Geschichte.
- Ja, Moral ist ein verzwickte Sache. Bei mir zu Hause werden Kinder und Fraue erschossen, verstümmelt, und hier regt man auf, wenn Toter wird nicht wie König behandelt. Geld verdienen ist auch ein verzwickte Sache. Moral und Geld gehören zusammen wie Faust auf Auge. Manchmal frage ich mich, ob nicht alles einfacher, wenn du keine Moral....

Am selben Abend, als ich gerade ein wenig apathisch vor dem laufenden Fernseher lag und grübelte, ob ich jetzt ein Buch von Vargas Llosa lesen oder in Hawkings 'Eine kurze Geschichte der Zeit' weiterarbeiten sollte, rief Dim an.
- Hallo kleiner Mann. Dim ist es.
- Hallo Dim. Bist du zu Hause?
- Nein. Nachtschicht in Fabrik. Da du jetzt bist arbeitslos ich wollte dich fragen, ob wir morgen Stadtführung

machen. So mit Bier trinken und so. Ich lade dich auch ein, wo du jetzt nicht mehr Geld verdienst.

So kam es, daß ich am nächsten Nachmittag zum zweiten mal die Sehenswürdigkeiten von Mainz zu Gesicht bekam. Wir brachen nur ein wenig später auf, als ich das mit Andrea getan hatte, und wir legten ein paar mehr Pausen ein. Der Tag hatte mit strahlendem Sonnenschein und klarem Himmel begonnen, doch als wir nach einem halben Dutzend Weizenbieren und einem guten Dutzend Kirchen, Denkmälern und Museen im Inneren von St. Stephan, der Kirche mit den Chagall-Fenstern standen, braute sich draußen schon ein Unwetter zusammen.

- Warum überall Leitern? fragte Dim, nachdem wir das Kirchenschiff betreten hatten.

Die Hauptfenster mit den wichtigsten biblischen Motiven, die das Halbrund des Sanktuariums umschlossen, wurden zum Großteil durch ein riesiges Gerüst verdeckt, wie man es normalerweise zur Fassadenrenovierung größerer Häuser aufstellt.

- Ich habe keine Ahnung. Zumindest stand das noch nicht hier, als ich das letzte Mal da war.

- Ich frage!

Und Dim wandte sich an die ältliche Postkartenverkäuferin, die etwas verunsichert zu dem offensichtlich ausländischen Riesen aufblickte und ihm schließlich erklärte, daß die jährliche Reinigung der Kirchenfenster angestanden hätte. Und nachdem sie endlich den Mut gefunden hatte, Dim zu antworten, war ihr Redefluß nicht mehr zu stoppen.

- Aber die Reinigungsfirma mußte Konkurs anmelden. Und das kurz nachdem das Gerüst aufgebaut worden war. Jetzt ist niemand bereit, es wieder abzubauen, da die Leute ja nicht wissen, ob sie noch mal ein Gehalt bekommen oder nicht. Das steht jetzt schon zwei Wochen hier. Es ist wirklich unmöglich. Man sollte glauben, daß die Leute dann wenigstens mehr Postkarten kaufen, weil sie darauf die Fenster ohne Gerüst sehen könnten. Aber nein. Im Gegenteil. Die meisten werfen nur einen kurzen Blick herein, sehen das Gerüst und gehen wieder. Es ist wirklich eine Zumutung. Und spenden tun sie auch nichts. Sehen Sie, da drüben die

Spendenbox. Und da vorne. Die Leute tun einfach so, als würden sie das gar nicht sehen. Aber den Gottesdienst stören, das können sie... Bald müssen wir Eintritt verlangen, damit wir uns die Fenster noch leisten können. Natürlich erst, wenn die Gerüste wieder weg sind. Ach, die Gerüste, aber dann sind die Fenster ja noch nicht gereinigt. Und wer soll die dann reinigen? Das macht schon seit fünfzehn Jahren dieselbe Firma. Und Sie wissen ja sicher auch, wie schwer es ist, heute zuverlässige Handwerker zu bekommen!? Die bisherige Firma, die waren wirklich gut. Und günstig. Weiß Gott, warum die Konkurs gemacht haben. Ihr Chef war doch so ein gottesfürchtiger Mensch. Jeden Sonntag war er hier. Und hat auch immer in den Opferstock gegeben. Wollen Sie nicht vielleicht einen dieser herrlichen Kunstdruckbände erstehen?

- Danke! Vielen Danke! sagte Dim, griff sich das großformatige Buch und machte Anstalten zu gehen.

- Halt! Halt! rief die aufgebrachte Frau und lief dem Riesen hinterher. Das müssen Sie bezahlen!

Ich wußte nicht, ob er sie nur falsch verstanden hatte, oder ob er sie ärgern wollte, auf jeden Fall entbrannte eine heftige Diskussion zwischen den beiden, während der sich Dim ausschließlich seiner Muttersprache bediente und schließlich gab er ihr das Buch zurück. Endlich konnten wir uns den wenigen nicht verbauten Fenstern zuwenden.

Noch immer nicht sonderlich beeindruckt glitten meine Blicke eher gelangweilt über die blau-bunten Scheiben, und nur für einen kurzen Augenblick fesselte ein weiß-gelber Engel meine Aufmerksamkeit.

- Mann, wirklich schön. brummte Dim, und seine piepsige Stimme gab sich alle Mühe, ehrfurchtsvoll zu klingen. So was Schönes, nur Kirche hat Geld, sich so was zu leisten. Und dann wollen sie noch Geld für anschauen und für Buch. Pahh, von wegen Keuschheit und Demut. Reichtum und ...ähh...ahh...

- Prunk, Protz...? half ich ihm.

- Ja, Protz ist glaube ich gutes Wort. Zumindest klingt sehr gut. – Du und ich, wir hätten Priester werden. Dann Bischof, dann Papst. Dann wären wir reich und fett und viele Frauen. und sein lauthalses Lachen hallte so gottlos von den

Wänden wieder, daß wir schleunigst die Kirche verlassen mußten.

Obwohl es leicht bewölkt war, wollten wir uns noch in einen Biergarten setzen. Dim hatte schon leicht Schlagseite von dem vielen Bier, und seine Gestalt erinnerte inzwischen mehr an den schiefen Turm von Pisa denn an den Frankfurter Messeturm. Als wir unter einem riesigen Sonnenschirm Platz genommen hatten, der uns sicher bald als Regenschirm nützlich sein würde, bestellten wir noch mehr Bier und Dim begann lallend philosophische Überlegungen bezüglich der Kirche anzustellen:

- Kirche ist reich und fett. Und du...du und ich, wir sind arm Schweine. Man sollte Kirche alles Geld nehmen.

- Ja, aber wie soll man das machen? Den Vatikan stürmen?

- Chagall-Fenster stehlen. Hör zu! Die Welt ist voller reicher Säcke, die nicht wissen, wohin mit ihre Geld. Ich kenne genügend davon. Und wir, du und ich, sind arm wie Mäuse.

- Das sagtest du bereits.

- Ständig müssen wir arbeiten. Das nicht gerecht. Oder findest du etwa? Also, ich denk, gibt bestimmt reichen Sammler, der würde alles dafür zahlen, eines von den Fenster zu bekommen. Wir würden nicht wirklich ein Verbrechen tun. Die Kirche soll den Armen helfen. Und sie hilft uns, mit ihre Fenster. Ich habe schon eine perfekt fertige Plan. Alles was ich brauche, sind mutig Kerle, einen Wagen, kleine Bus oder so und ein paar Werkzeugen. Nun, was denkst du?

Langsam fühlte ich mich ziemlich betrunken. Hatte Dim mir soeben wirklich vorgeschlagen, die Chagall-Fenster zu stehlen? Ich war mir nicht ganz sicher, ob er sich gerade einen Spaß machte oder ob er diesen Blödsinn wirklich ernst meinte.

Die bestellten Bier kamen, und ich nahm erst mal einen kräftigen Schluck. Es wurde immer schwüler, und die Gewittern meist vorausgehende Windstille hatte eingesetzt.

Mir dröhnte der Schädel vor überschäumenden Gedanken.

Chagall-Fenster klauen. Was für eine Idee. Wer konnte sich so für diese häßlichen Teile begeistern, daß er bereit war, dafür Geld hinzublättern?

Natürlich hätte ich nüchtern nicht eine Sekunde über solch einen Vorschlag nachgedacht, ihn noch nicht mal eine Sekunde ernst genommen, aber er war so irre, so aufregend, daß er mich nicht nur von Britta, Corinna und allen andern Frauen dieser verdammten Welt ablenkte, nein, er verhieß sogar den erwünschten Geldsegen, der mich auf lange Zeit unabhängig von jeglichen Jobs machen würde. Ohh, dieses gottverdammte Leben, wie sehr liebte ich es in solchen Momenten, in denen ein plötzlicher, wilder Rausch der Verwirrung wie Meeresbrandung auf mich einstürzte.

Ich überschlug im Kopf meine Lohnabrechnungen der letzten Jahre und zählte die Kirchensteuer zusammen. Die Pfaffen hatten mich regelrecht beraubt. So viel Geld für die Kirche, und was hatte ich davon gehabt? Ein paar trockene Oblaten, als ich noch zu jung gewesen war, um im Papst den Antichrist zu erkennen.

Der Kirche die Chagall-Fenster klauen? Warum eigentlich nicht?

Es waren doch ohnehin ausschließlich Kunstbanausen, die zu dieser Kirche pilgerten und weiß Gott wie schlau taten, wenn sie über die Schönheit der Fenster, die Ausgefeiltheit der Formen und die einzigartige Komposition der Farben redeten. Jemand, der wirklich etwas von Kunst verstand, konnte doch nur froh sein, wenn die Fenster verschwanden.

Den Touristen und Wochenendkunstkennern die Chagall-Fenster klauen? Warum nicht?

Sicher, durch die Touristen stellten sie eine gewisse Einnahmequelle für die Stadt dar. Aber wie viele von denen kamen wirklich nur wegen der Fenster? Unsere Stadt hatte mit ihrer zweitausendjährigen Geschichte mehr und schöneres zu bieten. Von dem Geld, das durch die Chagall-Fenster in die Stadtkassen floß, hatte bestimmt noch kein Normalbürger auch nur einen Pfennig zu sehen bekommen.

Der Stadt die Fenster klauen? Na klar!

Ein blendend heller Blitz zuckte auf, und fast gleichzeitig zerschlug ein gewaltiger Donnerschlag meine Gedanken. Ich starrte Dim an, der noch immer seinen Plan ausfeilte:

- Die Postkartenhexe wird ganz dumm schauen und zehn Vaterunser beten, wenn die Fenster weg. Wir brauchen noch nicht mal Leiter. Steht schon alles da.
- Dim?
- Ja?
- Ich kann nicht mitmachen!
Der Riese stoppte seinen Redefluß, schaute mich einen Moment unsicher an und fragte dann:
- Warum?
- Ich hab Höhenangst!
Dim starrte völlig perplex durch mich hindurch. Ein weiterer erschütternder Donnerschlag, und plötzlich prasselte Regen wie eine Sturzflut auf den Sonnenschirm über uns und den Boden rund um uns. Dims Mundwinkel zuckten, und dann schlug er sich mit beiden Armen auf die Schenkel und brüllte vor Lachen, und Tränen entstellten sein Gesicht und ich lachte mit, erleichtert, weil ich einen Augenblick tatsächlich geglaubt hatte, er meinte das alles ernst.

Später, wieder in meiner Wohnung, rief Thomas an, den ich seit der Mathematikerparty nicht mehr gesprochen hatte. Ich war gerade erst hereingekommen und hatte es noch nicht mal geschafft, die vom Regen völlig durchnäßten Klamotten auszuziehen.
- Heh Alter, du brauchst doch dringend Geld?
- Ja, ich tu alles. Nur nicht die Chagall-Fenster stehlen!
- Häähh.
- Ach vergiß es, ich bin ein wenig zu betrunken dafür, daß es noch so früh am Abend ist... Hast du einen Job für mich?
Und das hatte er. Einen sehr gut bezahlten bei der Telefonauskunft der Stadtwerke. Er selbst hatte ihn nicht annehmen können, da er einen noch besser bezahlten bei IBM bekommen hatte.
- Danke Thomas, das kann ich jetzt wirklich brauchen. Und wann kann ich da anfangen?
- In zwei Wochen. Da wirst du bestimmt Spaß haben. Das ist in einem Riesenraum zusammen mit dreissig Kollegen. Und ich sag's ja nur ungern, aber du bist der einzige Mann.

Ich legte den Hörer auf, und schon begann ich mir vorzustellen, daß ich doch noch das Geld verdienen würde, um dieses Jahr in Urlaub zu fahren, und vielleicht sogar mit einer netten Telefonistin.

- Halt! schalt ich mich selbst. Nicht noch mehr Frauen, du Idiot.

14

Ich öffnete die Jalousie und gestattete der Sonne einen mitleidigen Blick auf das Chaos, das mein Zimmer regierte. Es war ganz offensichtlich, daß ich mich mal wieder ein paar Tage zu lange hatte hängen lassen. Hier mußte etwas geschehen.

Zuerst las ich die in Bündeln verteilten Klamotten vom Boden auf. Strümpfe und Unterhosen wanderten sofort in die Ecke, in der ich die zu waschenden Kleider stapelte. An den T-Shirts, Pullis und Hosen roch ich erst, um herauszufinden, ob sie in den Schrank zurückdurften, zum Lüften vor die Tür gehängt werden mußten oder auch auf dem Wäschestapel zu landen hatten. Ich entschied, welche der vier Jacken, die seit Monaten über meinem einzigen Stuhl hingen, ich heute anziehen würde und ließ die überzähligen verschwinden. Dann sammelte ich die Bücher auf und sortierte sie danach, ob ich sie in den nächsten drei Wochen unbedingt lesen wollte oder ob sie noch Zeit hatten. Sechs Bücher endeten neben dem Bett, der Rest verschwand zwischen den zweitausend anderen in meinem Regal. Als ich den letzten Band einsortierte, wurde mir plötzlich bewußt, wie sehr ich dieses Regal haßte. Ich konnte es nicht mehr sehen. Die ganzen Bücher, sie erschlugen mein Zimmer, erschlugen mich, drückten mich gegen die Wand, so daß mir kaum Platz zum Atmen blieb. Sie schluckten mir das Licht weg. Jahrelang hatte ich mich von keinem einzigen Buch, ob gut oder schlecht, getrennt.

Ich fällte eine Entscheidung, die mich einige Tage mit unbezahlter Arbeit versorgen sollte. Aber mit ihrer Ausführung wollte ich noch warten, bis ich gespült hatte, denn das Geschirr schrie inzwischen nach Hilfe.

Heldenhaft stürzte ich mich ins Getümmel, dann putzte ich das Bad, bezog das Bett frisch und staubsaugte. Als ich erschöpft in meinen Sessel zurücksank, um mir einen Augenblick der Erholung zu gönnen, entdeckte ich, daß man durch meine Fenster nichts mehr sehen konnte.

Erst als auch hier die letzte Scheibe klar war, wie in der Werbung, machte ich mich daran, die bezüglich der Bücher getroffene Entscheidung in die Tat umzusetzen und das Regal leerzuräumen.

Ich stapelte die Bücher auf zwei Seiten des Zimmers. Direkt vor dem Bett diejenigen, die unbedingt in meiner Nähe bleiben mußten, weil ich sie entweder noch nicht gelesen hatte oder zu viele Erinnerungen an ihnen hingen, vor dem großen Fenster jene, von denen mir die Trennung nicht ganz so schwer fiel. Immer wieder mußte ich mich ermahnen, kritischer zu sein, denn während der Haufen vor meinem Bett zur Decke anwuchs, hätte man mit den anderen Büchern noch nicht einmal einen Bonsai-Baum beeindrucken können. Es blieb mir nichts anderes übrig, als das ganze noch einmal zu wiederholen.

So verbrachte ich einen Tag in meinem Zimmer, und ich vergoß manch bittere Träne, oft krümmte sich alles in mir, wenn ich mich gegen ein Buch entschied, aber schließlich schaffte ich es. Der Bücherberg vor dem Fenster begann mir die Sicht zu nehmen.

Als ich gegen Abend dann doch eine kurze Auszeit nahm, mich streckte und gähnte, vernahm ich ein Kratzen an der Tür.

Einbrecher?

Aber ich hatte doch Musik laufen. Jeder konnte hören, daß ich zu Hause war.

Erneut dieses Kratzen.

Ich nahm meinen ganzen Mut zusammen, schlich mich an die Wohnungstür und riß sie mit einem Ruck auf, als das Geräusch zum nächsten Mal ertönte. Ein haariger Schatten kam hereingestürzt, fiel über mich her und bevor ich mich wehren konnte, wurde mir das Gesicht kreuz und quer abgeleckt. Ein Hund! Brittas Hund!

- Hallo? kam dann auch ihre Stimme von der Treppe.

- Britta? Was machst du hier?

- Ich habe keine Lust mehr gehabt, auf deinen Anruf zu warten und habe Nick nach deiner Adresse gefragt. Hier bin ich. Freust du dich wenigstens ein bißchen?

- Aber ja. und das war noch nicht mal gelogen.

Ich machte ein wenig Platz auf dem Bett, wir unterhielten uns, bestellten eine Pizza und plötzlich lagen wir wieder schmusend, küssend, streichelnd übereinander, und der Hund jammerte.

Die Nacht verging wie im Flug und war wunderschön, und am Morgen stand Britta früh auf, kochte dunkelschwarzen Kaffee für uns und wollte dann zur Uni fahren.

- Bleib doch noch ein bißchen. bettelte ich und versuchte sie zurück ins Bett zu ziehen.

- Nein. lächelte sie. Ich muß jetzt los. Und vielleicht weißt du ja nach dieser Nacht, was du willst. Nein, sag jetzt nichts! Ruf mich einfach an!

Damit lüftete sie noch einmal die Bettdecke und küßte mich überall, dann verließ sie die Wohnung und (Heh, was war los?) ausnahmsweise fühlte ich keinen Moment der Reue, und nicht ein einziger Gedanke an Corinna befiel mich...

Nachdem ich noch ein wenig ausgeschlafen hatte, kümmerte ich mich wieder um meine Bücher. Ich verließ meine Wohnung nur, um ein wenig frische Luft zu schnappen, und wenn ich draußen war, mußte ich feststellen, daß der Frühling zu Ende ging, sich aber noch kein Sommer einstellen wollte. Es blieb kühl und regnerisch.

Irgendwann stieß ich auf die beiden Ordner, in denen sich meine gesammelten Werke befanden. Betrübt strich ich über die vergilbten Seiten ehemaliger Träume. Es war wirklich schon Jahre her, daß ich das letzte Mal versucht hatte zu schreiben.

Der erste Ordner enthielt 'Salomon', ein über vierhundert Seiten langes Science-Fiction Opus. Einmal hatte ich es an einen Verlag eingeschickt. Der hatte es abgelehnt. Vielleicht hatte ich damals zu früh resigniert, aber heute gefiel mir die Story auch nicht mehr.

Der zweite Ordner enthielt Kurzgeschichten der verschiedensten Genres. Ich las zwei von ihnen, dann stellte ich beide Ordner zurück.

Eine geheimnisvolle Kraft zog mich magisch zu meiner Schreibmaschine. Ich hatte das Schreiben an diesem altertümlichen Gerät immer der Arbeit am Computer vorgezogen. Ich drückte den Stecker in die Buchse, schaltete die Maschine an, zog ein Blatt Papier ein und dann saß ich da.

Eine viertel Stunde, eine halbe Stunde. – Noch nicht einmal eine Überschrift wollte mir einfallen.

Ich zog den Stecker wieder und stellte die Maschine zurück. Zunächst gab es wichtigeres zu tun. Schließlich konnte man in so einem Chaos , wie dem, das mich gerade umgab, nicht kreativ arbeiten. Aber, das versprach ich mir hoch und heilig, wenn ich mit dem Um- und Aufräumen meiner Wohnung fertig war, dann wollte ich sofort einen neuen Versuch starten.

Als schließlich nur noch etwa hundert Bücher übrig waren, kaufte ich bei einem Kartonagenwerk ein ganzes Dutzend Umzugskartons. Ich gehöre nicht zu den Schwachköpfen, die glauben, daß wenn man in einen Umzugskarton Bücher stapelt, man ihn bis zum Rand füllen muß, damit man bloß nicht zu oft laufen muß. Ich habe eigentlich noch nie einen Umzug mitgemacht, bei dem sich nicht irgendein Wahn-sinniger beim Kistenschleppen fast umgebracht hätte, weil er der Meinung war, eine Umzugskiste dürfe keine Luft enthalten. Das ist ja vielleicht noch einzusehen, wenn man dann intelligent genug ist, die Kartons zur Hälfte mit schweren Sachen vollzupacken und den Rest mit Kleidern, Stofftieren oder ähnlichem aufzufüllen; aber solche Leute denken auch, es gibt ein Gesetz, daß man Umzugskartons beschriften muß, und wenn irgendwo Bücher draufsteht, dann dürfen auch nur Bücher rein. (Ob das wohl deutsche Gründlichkeit ist, oder ob man in anderen Ländern das gleiche erleben kann?)

Was mich betrifft, ich bin vielleicht bekloppt genug, mich auf Skier zu stellen oder Skateboard zu fahren, aber wenn ich mir schon meine Knochen kaputtmache, dann möchte ich wenigstens Spaß daran gehabt haben.

Mit je vier Umzugkartons im Käfer fuhr ich dreimal zu meinen Eltern. Als ich zum letzten Mal kam, stand meine Mutter im Vorplatz und betrachtete kritisch die Kisten, die ich dort aufeinandergestapelt hatte.

- Wo willst du damit hin?
- In den Keller.
- Das geht nicht!
- Wieso nicht?

- Nun, dein Vater. Du kennst ihn doch. Wir haben einfach keinen Platz mehr im Keller. Im letzten Herbst mußten wir sogar die Gartenmöbel in sein Arbeitszimmer stellen, weil im Keller schon die Spinnen Platzangst bekamen.

- Na, da wird ja wohl noch ein Plätzchen frei sein. gab ich voller Überzeugung von mir und stieg in den Keller hinunter. Als ich jedoch schon Schwierigkeiten hatte, die Tür zum Vorkeller zu öffnen, mir mehrere alte Decken und ein Haufen schmutziger Schuhe entgegenfielen, mußte ich zugeben, daß Mutter ausnahmsweise nicht übertrieben hatte.

- Der Keller müßte ausgemistet werden. Warum bestellt ihr nicht einfach mal einen Müllkübel?

- Sag das deinem Vater.

Mein Erzeuger gehörte der Generation der Sammler an, das heißt jenen Leuten, denen der letzte Krieg und die Nachkriegszeit noch deutlich in Erinnerung standen, und die deshalb alles, und sei es auch noch so unnütz oder kaputt, aufhoben für den Fall, daß es wieder einmal schlechte Zeiten geben würde. Es war nicht einfach, ihm klarzumachen, daß meine Bücher sehr viel wichtiger waren als sein Krimskrams, und es erforderte eine Menge Whiskey und Überzeugungskraft, um ihn letztendlich doch gefügig zu machen.

Nach den zwei Tagen in meinem Zimmer verschwendete ich also zwei weitere im Keller meiner Eltern. Zu meiner Freude tauchte Pierre am zweiten dieser Tage auf. Er war ohne Vorankündigung aus München gekommen, hatte mich überall gesucht, und als er nun sah, daß ich nicht nur arbeitete, sondern es mir auch noch gutgehen ließ (Im Keller stand ein Kasten Bier.), fragte er, ob er helfen könne.

Es war unglaublich, was sich im Laufe der Jahre in diesen Räumen angesammelt hatte. Mein Vater war nie in der Lage, mir zu erklären, warum er den ganzen Mist eigentlich aufgehoben hatte, denn einzig und allein die Angst vor schlechten Zeiten konnte nicht alles erklären. Vier kaputte Staubsauger, zwei Kaffeemaschinen, davon eine komplett zertrümmert, ein geplatzter Winterreifen, siebzehn vollständige Jahrgänge unserer Tageszeitung, ein alter Balken aus einem Bergwerk des siebzehnten Jahrhunderts, eine Couch, mehrere vermoderte Schubladenschränkchen, verbogene

Schrauben, verstaubte Flaschen, ein vollkommen entnadelter Weihnachtsbaum, an dem schon das Lametta schimmelte, die Überreste einer halbmumifizierten Katze, Steine von jeder Farbe und Größe, ein Kühlschrank ohne Tür, eine Sammlung leerer Lebkuchendosen, eine zerschlitzte Gartenliege, ein Tisch mit zwei Beinen, drei verbogene Fahrräder und nicht zuletzt eine unidentifizierbare Maschine von der Größe eines Mikrowellenherdes wanderten in den ersten der bestellten Müllkübel.

- Und wenn es nun ein Perpetuum Mobile war? fragte Pierre, nachdem zuletzt genanntes, bleischweres Gerät mit einem dumpfen Krachen von uns versenkt worden war.

- Sollen wir es wieder herausholen?

Pierre legte den Kopf schief, überlegte einen langen Moment und entschied dann, schulterzuckend:

- Laß uns lieber noch ein Bier trinken!

Während wir das taten, fuhr draußen der Wagen des Kübeldienstes vor und wechselte den vollen gegen einen leeren Behälter aus. So verschwand das einzig, jemals konstruierte Perpetuum Mobile (Oder war es doch ein Tachionen-Konverter?) und wurde nie wieder gesehen.

Was für Schätze wir wohl auf den nächsten Kübel werfen würden?

Wir machten uns an den nächsten Kellerraum, von dem uns unsere Nasen schon vorankündigten, daß darin mehr als nur eine Katze vor sich hinfaulte. Der kleine batteriebetriebene Recorder, den wir gefunden hatten, schmetterte uns, in Mono natürlich, den oft hoffnungslos übersteuerten Inhalt von Kassetten entgegen, die Pierre aufgenommen hatte.

- Wenn man die Kassetten im roten Bereich aufnimmt, spart man auch Batterien, weil man dann die Lautstärke nicht so weit aufdrehen muß. betonte er mit fassungslos naivem aber unerschütterlichem Fachwissen, wenn man ihn auf seine Aufnahmetechnik ansprach.

Die Biermenge war genau richtig berechnet gewesen. Der Keller war fast leer, als wir die letzten beiden Flaschen köpften. Wir schleppten noch meine Bücherkisten nach unten, dann ließ sich jeder von uns in sein Auto fallen und Pierre fuhr zu seinen Eltern, ich nach Hause.

Bei mir angekommen, baute ich noch das Regal ab, verputzte die Löcher in der Wand und stellte die Bretter vor die Tür in der Hoffnung, daß sie jemand klauen würde. Mein Fahrrad kettete ich in dieser Nacht sicherheitshalber ans Geländer der Treppe.

Die Bretter hatte niemand angerührt, als Pierre am Morgen zum Frühstücken kam. Wir fuhren zusammen zum Schweden (dem mit den billigen Möbeln) und kauften ein kleines Regal, in dem gerade noch Platz für meine Schallplatten und die hundert vom Ausmisten verschonten Bücher war. Dann nahmen wir noch einen Flickenteppich mit, den ich auf den unansehnlich kackbraunen Teppichboden in meinem Zimmer warf, und plötzlich fühlte ich mich tierisch wohl.

- Sehr viel besser. meinte Pierre
- Das hätte ich schon viel früher tun sollen.

Wir schoben noch den Kleiderschrank, den Schreibtisch und das Bett ein wenig hin und her, dummerweise fand Pierre dabei heraus, wo ich meine Whiskeys versteckte.

- Genehmigen wir uns einen?

Pierre gehörte zu jenen Leuten, die es fertigbrachten, einen guten Schluck flüssigen Goldes mit Cola zu mischen, aber er war auch der einzige, dem ich das nachsehen konnte. Schließlich hatte er noch viel schlimmere Angewohnheiten, wie zum Beispiel sich im Drei-Sterne-Restaurant zu seinem Filet Ketchup zu bestellen oder sich, wenn ihm die Butter ausgegangen war, Schmelzkäse unter Nutella oder Marmelade zu streichen. Ausnahmsweise nahm er an diesem Tag einmal Rücksicht auf mich und warf nur ein paar Eiswürfel in sein halbvolles Glas.

Wir schauten aus dem Fenster in die beginnende Nacht. Schwarze Schatten warfen sich ringsum in die Straße und auf die Bäume. Mir war nach philosophieren zumute, nach spazieren gehen, nach Britta. Aber Pierre war weder jemand zum Philosophieren, noch zum Spazierengehen und mit Britta hatte er nur die Haarfarbe gemeinsam.

- Was machen die Frauen? fragte er plötzlich in die, von der leise aus den Boxen quellenden Musik nur noch unterstrichene Stille.

Ich seufzte mir die Atemwege frei, ohne überrascht zu sein, daß Pierre meine Gedanken erkannt hatte.

- Willst du das wirklich wissen?

Ich blickte ihn starr an, um zu erfahren, ob er wirklich über meine Probleme reden wollte oder einfach nur Lust hatte, auf ein sinnloses Ablästern mit Sprüchen, bei denen selbst der Autor von 'Mann, bist du gut!' rot geworden wäre. Ich entschied, daß er tatsächlich an einem ernsthaften Gespräch interessiert war.

Nur mit anfänglichem Zögern erzählte ich ihm von Britta, und ich sah, wie er sich zuerst für mich freute, dann aber langsam die Hände verkrampfte, das Gesicht zu einer Fratze verzog und sich mehrfach ans Herz griff, während er die Augen verrollte, im ganzen also den Eindruck einer alten Dampflok mit versagendem Überdruckventil machte.

- Mein Gott, polterte er los, wie kann man nur so blöd sein? Da wird ja den Sardinen in der Büchse schlecht, wenn sie jemanden sehen, der so viel dümmer ist als sie. Du mußt doch diese Corinna endlich einmal los werden. Du bescheuerter Romantiker. Schau dir mich an. Ich habe mich nie um eine Frau bemüht, und jetzt...

- Das steht hier nicht zur Diskussion.

Eines Tages hatte Pierre, den wir alle in Beziehung auf Frauen für mehr als ein wenig zurückgeblieben gehalten hatten, uns völlig überrascht.

Er war in Begleitung von Andrea aufgetaucht, nach der wir uns dann alle die Finger geleckt hatten, und die sofort den Spitznamen 'der Keil' von uns erhalten hatte, weil sie mühelos in der Lage gewesen wäre, einen ebensolchen in unsere Freundschaften zu treiben. Und nachdem jeder von uns klargemacht hatte, warum er die primären Anrechte hätte, Andrea anzugraben, und die anderen zurückstehen mussten, stellten wir völlig verblüfft fest, daß sie mit Pierre zusammen war. Für dieses Phänomen gab es nur eine Erklärung, nämlich: 'Die dümmsten Bauern ernten die dicksten Kartoffeln!' und nicht, wie Pierre es immer gerne darstellte, daß jedem die gebratenen Täubchen in den Mund fliegen, wenn er nur ein paar Stunden darauf wartet.

- Na gut, aber du mußt doch einmal einsehen, daß diese Corinna zwar das faszinierendste Lächeln der Welt hat, aber ansonsten auch nur ein ganz normaler Mensch ist. Vielleicht kannst du sie noch nicht einmal leiden, wenn du sie näher kennenlernst. Sprich sie endlich an! Dann wirst du feststellen, daß du dich für nichts und wieder nichts fertiggemacht hast, daß du diese Britta umsonst verlierst. Gott, bist du ein Idiot!

Er schenkte sich Whiskey nach und kippte ihn in einem Zug hinunter, aber seine Erregung ließ nicht nach.

- Was glaubst du eigentlich, wer diese Corinna ist? Die Offenbarung?

- Nein...

- Laß mich ausreden! Du lernst ein Mädel kennen, das mit dir zusammen sein möchte. Sie scheint hübsch und intelligent zu sein. Du hast mehrfach mit ihr geschlafen, also habt ihr offensichtlich auch in dieser Hinsicht keinerlei Probleme. Sie hat 'nen Hund, du liebst Hunde. Sie liest gerne, du liest gerne. Vielleicht habt ihr ja nicht den gleichen Musikgeschmack. Das wäre natürlich schon ein Grund, es sich genau zu überlegen...

- Spar dir deinen Sarkasmus.

- Ahh, du verstehst, worauf ich hinaus will.

- Ich...

- Ich bin immer noch nicht fertig. Seit drei Jahren hast du keine feste Beziehung mehr gehabt.

- Seit...

- Ist doch scheißegal, ob zwei oder drei Jahre. Sei still! Du hast mir wie oft die Ohren vollgeheult, daß du dich alleine fühlst. Mag ja sein, daß Maria eine Fehlentscheidung war, aber deshalb muß doch Britta nicht auch eine sein. Es ist gequirlte Scheiße, wenn du behauptest, ihr könnt es nicht zusammen aushalten, ohne es überhaupt probiert zu haben. Sei still! Corinna ist keine Ausrede. Also, entweder du gehst heute abend in die Stadt, sprichst mit dieser Corinna und triffst dann eine Entscheidung, oder ich will nie wieder ein Wort des Jammerns aus deinem Mund hören und werde mir nie wieder Zeit für dich nehmen, wenn du dich vereinsamt fühlst.

- Das ist für mich alles nicht so einfach.

- Halts Maul!

Er kippte noch einen Whiskey. Seine Hände zitterten, als er nachschenkte.

- Da drüben liegt dein Autoschlüssel. Du fährst jetzt! Und wenn du sie heute nicht triffst, dann gehst du morgen wieder in die Stadt! So lange, bis du sie getroffen hast. Sei still! Ich bleibe noch eine Weile hier. Ich bin viel zu nervös, um jetzt zu fahren. So viel Dummheit macht mich ganz zittrig.

- Sollte ich nicht...

- Sei still und fahr, bevor ich anfange zu flennen, weil du so bekloppt bist!

Ich blickte ihm in die zuckenden Augen und begriff, daß er es ernst meinte. Ich zog meine Jacke über und wollte gehen.

- Ben.

Ich drehte mich in der Tür noch einmal um. Pierre knirschte mit den Zähnen und ballte die Fäuste.

- Komm bloß nicht und erzähl mir, daß sie dagewesen wäre, du dich aber wieder nicht getraut hast!

Ich nickte nur.

Es bleibt nicht viel zu erzählen von dem, was im Transamerica geschah. Oder soll ich viele Worte um nichts machen?

Sie war da! Ich trank ein Bier. Sie lächelte mich an! Ich trank noch ein Bier. Sie ging!

Ich zitterte nicht nur vor Wut, als ich in den Käfer stieg, es war auch schweinekalt. Es sollte die letzte kalte Nacht dieses Frühlings sein. Wahrscheinlich gab es in der ganzen Stadt nur eine einzige Stelle, wo der leichter Nieselregen, der klamme kalte Feuchtigkeit verbreitete, gefror. Diese mußte ich natürlich passieren.

(Natürlich hatte ich auch ein wenig zuviel getrunken.)

Eine rote Ampel zwang mich, kurz vor einer Kurve zu stoppen, und als ich dann wieder Gas gab, nach links lenkte und weiter beschleunigte, merkte ich mit geringfügiger

Verwunderung, daß die Lenkung sich zwar spielend einfach bewegen ließ, der Käfer sich aber einen Scheißdreck darum kümmerte. Jeder, der mal mit so einem Gefährt auf Eis geraten ist, weiß, daß dies nicht zu vergleichen ist mit dem Gefühl, das man in einem normalen Auto hat, wenn es ins Schlingern gerät. Es ist unvergleichlich lustiger! Aber das Lachen blieb mir dann doch im Halse stecken, als ich diesen dunklen Turm von einem Brückenpfeiler bemerkte, der mir entgegeneilte, sich von rechts mit solcher Heftigkeit gegen das Vorderteil des armen Käfers warf, daß dieser sich drehte und dem Biest auch noch das schutzlose Heck darbot. Noch ein Schlag und ich war wieder auf der Straße, während der Pfeiler sich ins Dunkel zurückzog.

Der Motor lief noch, und mit schrecklichem Knirschen und Kreischen schob der tapfere Käfer sich weiter, bis ich nach einigen Metern mir meiner Umgebung wieder bewußt wurde und anhielt, um den Schaden näher zu begutachten. Jeder andere, der wie ich nicht angeschnallt gewesen wäre, hätte sich alle Rippen gebrochen und sicher noch dazu den Schädel eingeschlagen, aber ich...

Wahrscheinlich hatte mein lieber Schutzengel wieder eine Menge Federn gelassen und saß, während ich versuchte, die Stoßstange ein Stück vom Rad wegzubiegen, auf dem Beifahrersitz und tupfte sich die Stirn, von der ein kleines Blutrinnsal über sein erhaben weißes Gesicht direkt in sein ewig liebendes Lächeln herabsickerte.

Ich dankte meinem Glück, daß keine Bullen vorbeikamen, während ich mit dem halbzerschmetterten Auto am Straßenrand stand. Als ich einsehen mußte, daß ich mit den bloßen Händen nicht viel ausrichten konnte, stieg ich wieder ein. Der Motor sprang ohne zu Mucken an und ich steuerte meinen armen Käfer so vorsichtig wie nur möglich zur nächsten Tankstelle, die noch offen hatte.

Der Tankwart schaute etwas perplex, als ich ihn nach einer Eisenstange fragte und schüttelte dann den Kopf. Ich zuckte die Schultern und kramte dann aus dem Heckkabuff des Käfers einen Hammer mit kurzem Stiel hervor, denn ich dann mit aller Macht von unten gegen den Kotflügel und die Stoßstange hieb. Natürlich hatte das nur wenig Wirkung, aber es machte einen Höllenlärm. Sofort kam der Tankwart herausgestürzt.

- Bist du bekloppt? Bei dem Lärm haben wir in ein paar Minuten die Polizei hier, weil sich'n Anwohner beschwert.

Das wollte ich natürlich auf keinen Fall. Mit meiner Fahne wäre ich zuerst einmal bei der Blutprobe gelandet.

Der Tankstellentyp erwies sich dann doch noch als hilfsbereit. Er holte ein Abschleppseil, daß wir an der Stoßstange festbanden, dann knüpfte er das andere Ende an eine Laterne, und durch vorsichtiges Anfahren schafften wir es gemeinsam, die Stoßstange in ihre ursprüngliche Lage zurückzubiegen. Das Blech des Kotflügels ließ sich dann von Hand zur Seite schieben.

- Zumindest wirst du beim TÜV keine Schwierigkeiten wegen der Profiltiefe deiner Reifen bekommen. grinste der Tankwart, nachdem er sich den rechten Vorderreifen angesehen hatte. Eine spitze Kante des Kotflügels hatte einen Riß in den Mantel gesäbelt, in dem man Markstücke hätte verlieren können.

Wir wechselten noch das Rad, dann drückte ich dem Mann ein fettes Trinkgeld in die Hand, bedankte mich für seine Hilfe und wollte fahren.

- Warte!

Er rannte in seinen kleinen Laden und kam mit einem Flachmann wieder heraus.

- Das kannst du zu Hause sicher brauchen. Auf den Schock hin. Aber bitte trink es nicht schon jetzt.

Das hätte er mir wirklich nicht sagen müssen.

Pierre saß vor dem Fernseher. Eigentlich befand er sich im 'Weltraum: Unendliche Weiten. Dies sind die Abenteuer des Raumschiffs Enterprise, das sich mit seiner...'

- Und...?
- Frag nichts! Sag nichts! Halts Maul und guck fern!

Er verstand, daß ich es mindestens so ernst meinte, wie er seine Drohungen vor ein paar Stunden. Ich holte das Schnapsfläschchen aus der Jacke und trank es in zwei Zügen leer. Dann setzte ich mich aufs Bett und starrte auch auf den Bildschirm.

Die Folge handelte von ein paar Hippies des einundzwanzigsten Jahrhunderts, die unbedingt den sagenhaften Planeten Eden finden wollten, um dort in ewigem Frieden und Einklang mit der Natur zu leben. Der Anführer der Freaks hatte noch größere Ohren als Mr. Spock, und ein anderer lief ständig mit einer futuremäßigen Gitarre herum und sang Lieder, deren Synchronisierung ins Deutsche ein Redakteur mit reinem Herzen verhindert hatte.

Nach einer Weile konnte ich lachen. Pierre holte mir ein Bier aus dem Kühlschrank. Er fragte immer noch nicht.

Die Hippies, die auf ihrem Weg nach Eden von der Enterprise abgefangen worden waren, versuchten nun diese in ihre Gewalt zu bekommen, indem sie die Mannschaft durch eine 'Session' ablenkten, zu der auch Spock auf einer vulkanischen Zitter seinen Teil beitrug.

- Irgendwoher kenne ich den Hippie mit der Gitarre. Der ist bestimmt bekannt.

- Du hast recht. stimmte ich zu. Von dem gibt es bestimmt eine Platte. Die muß ich haben.

- Woher kenne ich den nur?

Wir bekamen den Schluß der Folge nicht mehr richtig mit, da wir versuchten, uns gegenseitig in Erinnerung zu rufen, wo wir dieses Gesicht schon einmal gesehen haben könnten.

Wenig später, ohne zu einem Ergebnis gelangt zu sein, schmiß ich Pierre raus. Er fragte immer noch nicht.

- Ich ruf dich morgen mal an. meinte er noch zum Abschied. Er war wirklich rücksichtsvoll.

Ich warf mich aufs Bett und versuchte zu schlafen, aber obwohl ich nicht über mein hochverschuldetes Konto nachdachte, Britta in irgendeinen entfernten Winkel meines Hirns verdrängt hatte und der Gedanke an Corinna ohnehin schon Gewohnheit geworden war, konnte ich nur sehr schwer einschlafen.

Wer war nur dieser Weltraumhippie gewesen?

Wenn man nur will, findet man immer etwas, das einem den Schlaf raubt.

15

Am Morgen hatte ich noch mit Britta telefoniert und ihr gesagt, daß ich sie eine Weile nicht sehen wollte. Weder sie noch Corinna. Ich war mir vorgekommen wie so ein rückgratloses Arschloch, das es nicht schafft, ein einziges Mal auf eigenen Beinen zu stehen. Ein Kompaß besaß mehr eigene Entschlußkraft als ich. Deshalb erschien es mir auch das beste, einer Entscheidung zu entgehen, indem ich keine der beiden wiedersah.

Und jetzt... Jetzt lag ich mit einer dritten im Bett, mit einer Frau, die sich an mich kuschelte, und die ich gut genug kannte, um genau zu wissen, daß sie ohne Ende verliebt war. Wie konnte man nur so schnell von einem Schlamassel ins nächste rutschen? Gab es denn für Trottel keine Schonzeit?

Jasmine murrte ein wenig, als ich, hellwach, mit der Faust in die Luft schlug. Ein angemessener Gegner, man kann sich nicht wehtun und wird garantiert nicht zurückgeschlagen. Eigentlich wäre es eine normale Reaktion gewesen, mich zu freuen. Endlich schien sich die Frau, um die ich fast ein halbes Jahr geworben hatte, doch noch in mich verliebt zu haben. Aber es wollte sich nicht das geringste Glücksgefühl einstellen. Ich fühlte mich eher wie in Edgar Allan Poes Kammer, in der die Wände immer näher aufeinander zurücken. Ganz offensichtlich wollte man mir keinen leichten Ausweg gönnen. Das Schicksal hatte beschlossen, mich diesmal nicht so einfach davonkommen zu lassen, und verdammt noch mal, es hatte ja auch recht, mich zu zwingen, eine eigenverantwortliche Entscheidung zu treffen mit jener Selbstsicherheit, von der ich immer behauptet hatte, sie zu besitzen. Aber, es hätte sich doch ruhig einen günstigeren Zeitpunkt aussuchen können! So mit sechzig, oder siebzig, da hätte ich bestimmt Zeit, mich solchen Problemen zu stellen, aber doch nicht im ersten Vierteljahrhundert meines Lebens.

- Jasmine?
- Hmmmm.

Ihre Arme griffen um meine Brust, dann schob sie mir ihre Nase gegen die Schulter und schlief weiter.

Dabei hatte der Tag so gut begonnen.

Nun ja, genaugenommen hatte er mit dem Telefongespräch begonnen, und ob das gut war? Britta hätte sicher ihre eigene Meinung dazu gehabt. Ich hatte das leicht gereizte Vibrieren in ihrer Stimme sehr wohl wahrgenommen, auch wenn sie sich sehr bemüht hatte, es zu verbergen. Aber Wut war mir immer noch lieber als Tränen.

Tränen? Meinetwegen? Pahh! Wer würde schon so blöde sein, um mich zu weinen, außer mir selbst?

Nachdem ich den Hörer wieder aufgelegt hatte, fühlte ich mich ein wenig besser. Ein dämlicher Stolz, weil ich auf den Dreh gekommen war, wie man zwei schwere Entscheidungen durch eine leichte überflüssig machen konnte.

Wenn ich die beiden nicht mehr wiedersah, so mein Gedanke, dann würde ich sie nach einer Weile beide weit genug aus meinem hirnlosen Kopf und feigen Herz vertrieben haben, um eine neue Frau ganz vorbehaltlos kennen- und liebenzulernen. Und wenn ich diese Dritte erst einmal richtig lieben würde, konnte ich Britta und Corinna auch wieder ohne jede Hemmung gegenübertreten.

Keine zwanzig Stunden war dieser ach so tapfere Entschluß alt.

Ich lag in einem fremden Bett, neben mir eine Frau, die ich schon seit Jahr und Tag kannte, von der ich wußte, daß ich sie nicht mehr liebte und der ich nur allzu genau anmerkte, daß sie selbst ohne Ende verliebt war. Sie roch förmlich nach den aus ihr herausströmenden Gefühlen. (Nicht daß das schlecht gerochen hätte, nein...) Dabei hatte ich nur ein wenig Trost in mir vertrauten Armen gesucht, jemanden der mich davor bewahrte, in der Einsamkeit meiner Bude doch noch dem Bedürfnis nachzugeben, Britta anzurufen, um mich zu entschuldigen oder gar ins Transamerica zu fahren.

Schon mittags, als ich Jasmine in der Uni-Cafeteria getroffen hatte, hätte ich bemerken sollen, daß irgendetwas anders war an ihr. Ihre Augen hatten so geleuchtet, ihr Lachen war so befreit gewesen, wie ich es von den beiden Malen kannte, in denen sie sich verliebt hatte, und zu mir gestürzt war, um es mir zu erzählen, sorgsam darauf bedacht, keine Geheimnisse vor mir zu haben, nie verstehend, wieviel Schmerz sie mir damit bereitete. Aber diesmal war er ausgeblieben, der Keil, der mit einem fröhlichen 'Hallo, hier bin ich!' jedesmal in mein Herz getrieben worden war, wenn ich erkannt hatte, daß ihre Gefühle nicht mich betrafen.

Und jetzt?

Ich muß wohl nicht noch einmal den Vergleich mit den Chips heranziehen.

Hätte ich doch bloß danach nicht auch noch diesen neuen Irland-Reiseführer in der Uni-Buchhandlung gekauft. Dann wäre ich sicher nicht auf die Idee gekommen, abends, nach einem erschöpfenden Uni-Tag, Jasmine aufzusuchen, um mit ihr über unseren, für die Semesterferien geplanten, Urlaub auf der grünen Insel zu reden und nebenbei ein wenig Schutz vor mir selbst zu finden. Hätte nur nicht diese unverständlich gute Laune, die am Vormittag von mir Besitz ergriffen hatte, meinen Blick getrübt!

Wie oft hatte ich mich schon in ihre Arme geflüchtet, weil ich dort alles vergessen konnte, was außerhalb von deren Reichweite lag?

Ich schlug noch einmal die Luft und wünschte mir, ich wäre vor ihren Armen geflohen, anstatt in sie hinein-zurennen.

Der Abend hatte dann begonnen, wie der Mittag in der Cafeteria aufgehört hatte. Jasmines leuchtende Augen, ihr schwärmerischen Erzählen, das sich nur um mich zu drehen schien. Wie hätte ich dem begegnen sollen?

Schließlich hatten wir uns aus der Küche, in der wir zusammen mit Sebastian, ihrem Mitbewohner, gesessen hatten, zurückgezogen in ihr Zimmer, in ihr Bett, in rastlose Umarmungen. Wie hätte ich dem widerstehen sollen?

Bedingungslose, liebevolle Zärtlichkeit.

Wie bedingungslos war sie wirklich gewesen?

Wann hatte ich das letzte mal nicht geschlafen?

Ach ja, als ich über den Weltraumhippie mit der Gitarre nachdachte.

So ein Scheiß. Jetzt ging mir dieser Typ auch wieder nicht aus dem Kopf. Wer war das nur? Was sollte ich jetzt mit Jasmine machen?

Ganz klar, alle diese Fragen kannten nur eine Antwort. Ich war ein Fall für den Psychiater.

Ich drehte mich auf die Seite. Jasmine brummelte etwas im Schlaf, dann rückte sie wieder näher und festigte ihren Griff.

- Schlaf gut, liebe Nacht. flüsterte ich, während die ersten Sonnenstrahlen durch das Fenster auf meiner Stirn prickelten und sich langsam im Zimmer ausbreiteten.

Ich setzte mich auf, richtete den Blick auf den Spiegel, der dem Bett gegenüber hing und in dem ich einen Fremden entdeckte. Wie oft hatte ich, besoffen oder nüchtern, traurig oder fröhlich, in den Spiegel geschaut, und von dem Kerl, der mich so dämlich anglotzte, gesagt bekommen: 'Du schaffst das schon!'

Seit Corinna war alles anders. Meine innere Ruhe, meine Selbstsicherheit, so spurlos verschwunden, daß ich annehmen mußte, daß ich sie mir immer nur eingebildet hatte. Und anstatt mich von diesen bedrückenden, bedrängenden Gefühlen zu befreien, wich ich der Konfrontation immer wieder aus, stürzte ich mich immer tiefer in den Schlamassel hinein und zog mit, wen ich konnte. Britta, Maria, vielleicht auch noch Jasmine.

- Aaaaaah.

Jasmines gellender Schrei ließ mich zusammenzucken. Als hätte sie es vorausgeahnt, begann im gleichen Moment der Wecker zu piepsen, und ihre Hand schlug ziellos nach dem kleinen, schwarzen Ding. Ich langte hin und beendete das fürchterliche Lärmen.

Aus engen Augenschlitzen starrte sie mich eine Weile an, dann stahl sich ein Lächeln um ihre Lippen.

- Hast du gut geschlafen?

- Es ging. log ich, und sie kannte mich zu gut, um es nicht sofort zu erkennen.

Sie strich mir tröstend über den Kopf, ordnete meine zerzausten Haare ein wenig, betrachtete sich ihr Werk und begann zu lachen.

- Kaffee oder Tee?

Es wurde langsam heiß im Zimmer. Selbst die Golfkriegs-Schlechtwetter-Propheten konnten es nicht leugnen. Der kalte Frühling war direkt in einen heißen Sommer übergegangen.

- Kaffee, oder noch besser, kalten Kakao.

- Mal sehen, was da ist. Ich werde erst einmal Sebastian wecken. Er muß auch gleich los, und er überhört seinen Wecker geflissentlich.

In Gesellschaft zu frühstücken ist eine meiner Lieblingsbeschäftigungen; der Grund, warum ich viel öfter morgens Besuch bekomme als abends. Zumindest dieser Morgen begann also gut.

Ich bemühte mich, nicht auf Jasmines Verliebtheit zu achten, ignorierte jeden Gedanken an Schlaf, den ich so dringend gebraucht hätte, wie ein kühles Bier an einem warmen Sommerabend. Sebastian plapperte ein wenig über seine Hausarbeit, die er bis zum nächsten ersten abgeben mußte, Jasmine gähnte die Nacht aus ihrem Hirn und ich erschrak vor der Schwärze des Kaffees, den man in finsterster Tiefsee noch als dunklen Flecken hätte erkennen können. Er war heiß und angenehm bitter, tötete zwischen Lippe und Speiseröhre jeden schlechten Geschmack ab. Nach jedem Schluck schüttelte ich mich und fühlte mich einen Zentimeter höher auf der nach oben offenen Wohlbefindlichkeitsskala.

Die Brötchen, die Sebastian schnell beim Bäcker geholt hatte, waren groß wie Boxhandschuhe und noch heiß. Die Butter zerlief auf ihnen, wie auf getoastetem Weißbrot. Die ganze Küche roch nach Frischgebackenem.

Ich überflog die Zeitung. Nichts neues. Bürgerkrieg in Jugoslawien, Rajiv Gandhi ermordet, Demonstrationen in den neuen Bundesländern. Ich mußte ein glucksendes Lachen runterschlucken. Schnell blickte ich Sebastian an, dann Jasmine, aber die frühstückten in aller Ruhe weiter, schienen nichts von meinem völlig deplazierten Heiterkeitsausbruch bemerkt zu haben.

Was fand ich nur so verdammt lustig?

Ich schluckte noch ein Lachen unter, dann verging dieses Gefühl so schnell, wie es gekommen war.

Ich radelte bei mir vorbei, ehe ich zur Uni fuhr. Im Briefkasten lag ein Umschlag, auf den mit blauer Tinte nur mein Name geschrieben stand. Ich war mir sicher, Brittas Schrift zu erkennen und legte den Brief ungeöffnet auf den Schreibtisch. Dann stopfte ich meinen Ordner, einen Kugelschreiber und Hawkins Buch, das ich immer noch nicht zu

Ende gelesen hatte, in den Rucksack, drehte den Brief noch zweimal unsicher in den Händen, ließ ihn dann aber doch liegen, damit das Tageslicht mit ihm spielen konnte, während ich mich in der Uni befand.

Das Semester hatte erst vor wenigen Wochen begonnen, und schon haßte ich diesen Kerl namens Siebling, der uns jeden Mittwoch unsere Übungen in Funktionalanalysis erklären sollte. Nick saß neben mir, und auch seiner Mimik war deutlichste Ablehnung zu entnehmen.
  - Warum sitzen wir eigentlich bei diesem Morchel?
Es genügte nicht, daß dieser Typ so hyperintelligent war, daß er sich nicht vorstellen konnte, daß es Menschen gab, die zehn Semester weniger auf dem Buckel hatten als er und deshalb ein paar mehr Erklärungen benötigten. Es reichte nicht aus, daß er zusätzlich noch eine so schauderhafte Schrift hatte, daß man weder Buchstaben noch Symbole entziffern konnte. Nein, der Kerl mußte auch noch die ungepflegteste Sau sein, die ich jemals an der Uni traf.
Gerüchte besagten, daß er so um die dreißig Jahre alt sei, aber sein Gesicht, umrahmt von einem grauen, ungepflegten Vollbart und entstellt durch Linien, die sowohl Falten als auch Schmutzstreifen hätten sein können, ließ einen eher auf fünfzig tippen. Seine Haare lichteten sich langsam, so daß für Generationen zukünftiger Mathestudenten die Hoffnung bestand, nur noch seine glänzende Glatze und nicht mehr die fett-triefenden Locken ertragen zu müssen. Dieses Medusenhaupt saß auf einem Stiernacken, der wiederum einen birnenförmigen Rumpf krönte. Der Bauch von Siebling hatte in gewisser Art und Weise ein Eigenleben entwickelt. Störrisch hinderte er seinen Besitzer daran, seine Fußzehen zu sehen und er sprengte jedes Hemd in Bauchnabelhöhe auf, um lausbübisch, kalkweiß und schweißbedeckt hervorzulugen. Wenn Siebling an die Tafel schrieb, waren seine Arme zu kurz, als daß er sie erreicht hätte, ohne mit der Bauchspitze anzustoßen. Die Tafel entlanggehend, einen unleserlichen Satz kritzelnd, hinterließ sein Bauch einen feuchten Streifen, und die weiße Kreide, die dabei abgewischt wurde, stach nicht im mindesten von seiner Körperfarbe ab.

Nun, das wäre jetzt eigentlich genug gewesen, selbst für die Jungs aus Marlboro-Country und den Camel-Mann (Natürlich den alten, schnauzbärtigen, nicht den neuen, glattrasierten Softie.), aber Mathematikstudenten sollen offensichtlich ein noch härteres Überlebenstraining durchstehen: Festzustellen, wann Siebling das letzte Mal mit Wasser Kontakt gehabt hatte, wäre sicher eine interessante Aufgabe für auf die C-14-Methode vertrauende Altertumsforscher gewesen. 'Seife' war für ihn ein Fremdwort simbabwesischer Herkunft und Waschbecken kannte er allerhöchstens aus dem Fernsehen.

Um es kurz zu machen: Dieser Mann stank wie verkohlte Fußmatte. Eher wäre ich einem Fußballspieler nach einem anderthalbstündigen Spiel unter die Achselhöhle gekrochen, als daß ich mich von Siebling hätte berühren lassen.

Zu allem Überfluß hatte er die Angewohnheit, wenn er nicht gerade hyroglyphierend seinen Bauch über die Tafel rieb, wie ein Löwe im Zoo hin- und herzulaufen und so seinen wunderbaren Duft gleichmäßig im Raum zu verteilen.

Nick rümpfte die Nase, als Siebling wieder an uns vorbeilief, ich hielt die Hände vors Gesicht, um bloß nicht mit seinen Körpersekreten bespritzt zu werden.

- Das ist unmenschlich. stöhnte Nick.

Die Sommerhitze brachte Sieblings Aroma erst zur vollen Entfaltung.

Wir beteten die Pause herbei, unsere Blicke hingen beständig an der großen Uhr über der Tür, und als es endlich so weit war, hatte man eher das Gefühl in eine Stampede wildgewordener Büffel geraten zu sein als zwischen zwei Dutzend Studenten, die ihren Übungsraum für eine Viertelstunde verlassen wollten.

Draußen, nach Luft ringend, fragte Nick:

- Du siehst ja so fröhlich aus, als würde dir Siebling heute gar nichts ausmachen. Ist irgendetwas passiert? Eine neue Frau?

Ich fragte mich einen Augenblick, was er wohl meinen könnte, dann erst wurde mir klar, daß ein untilgbares, vollkommen verkrampftes Lächeln meine Mundwinkel nach oben zog.

- Ich weiß es nicht. Nein, ehrlich nicht. Eigentlich ist das Leben ganz schrecklich, weil ich so dumm wie ein Pflasterstein bin, aber seit ein, zwei Stunden geht es mir plötzlich richtig gut.

- Was war denn vor zwei Stunden?

- Ich habe keine Ahnung.

Warum hätte ich ihm von Jasmine erzählen sollen, zumal das alles andere als eine Erklärung für meine gute Laune abgegeben hätte?

Ich versuchte das Lächeln aus meinem Gesicht zu verdrängen, aber es hatte sich festgefressen wie ein lästiger Mitesser.

- Ahh, Nick, Ben. Ihr in der Uni. Ich hab wohl Halluzinationen. Thomas kam mit weit von sich gestreckten Armen auf uns zu.

- Und, habt ihr gerade den Siebling?

Betretenes Nicken.

- Ha, das ist doch immer wieder ein Erlebnis.

- Ich hasse ihn.

- Wieso denn? Der ist genial, der Mann.

- Der stinkt, der Mann.

- Er ist einfach ein dufte Typ. Aber, bevor ich vergesse, warum ich eigentlich vorbeigekommen bin: Ben, rate mal, wer nächste Woche zusammen mit dir bei der Telefonauskunft anfangen wird?

- Keine Ahnung.

Ich zuckte uninteressiert die Schultern, dann erst kroch langsam die Erkenntnis in mein Lächeln, wen Thomas meinen könnte.

- Doch nicht etwa Corinna?

Ich hätte diese Frage nicht stellen müssen. Der Verlauf der letzten vierundzwanzig Stunden schrieb die Antwort vor:

- Bingo.

Thomas freute sich wie ein kleines Kind.

- Aber wieso...?

- Na, sie hat jetzt angefangen zu studieren und braucht ein wenig Geld, um ihr Leben zu finanzieren. So etwa wie du auch. Und wie es der Zufall wollte, habe ich davon Wind bekommen, daß sie einen Job sucht und ihr dann über einen

Freund diesen Tip gegeben. Na, hab ich das nicht toll einge-
fädelt?

Thomas strahlte übers ganze Gesicht.

- Du bist doch bekloppt. Wie soll ich denn mit zittrigen
Knien und verkrampftem Magen vernünftig arbeiten, geschweige denn einen anständigen Satz herausbringen? Ich
falle doch unter den Tisch, wenn diese Frau sich mir gegenüber hinsetzt und in ihren Telefonhörer lächelt. Das kannst
du doch nicht einfach so machen!

Thomas schlug mir aufmunternd auf den Rücken.

- Ach was, du wirst dich schon daran gewöhnen! Aber
jetzt wünsch' ich euch erst noch eine Stunde Spaß mit
Siebling, und, Ben, glaub mir, wer das überlebt, den haut so
schnell nichts mehr um.

Damit verschwand er und ließ mich mit seiner netten
Überraschung und Nick alleine. Dieser blickte mir tief in die
Augen.

- Dich scheint heute wirklich gar nichts zu erschüttern.

Großer Gott, ich lächelte immer noch. War ich vielleicht auf dem besten Wege, ein Schutzengel zu werden?

Wir mußten zurück in unsere Übung. Alle füllten noch
einmal kräftig ihre Lungen, dann begann der zweite Teil des
mittwöchlichen Martyriums. Corinna mit mir zusammen bei
der Telefonauskunft! Wo sollte das hinführen? Jasmine
verliebt? Wie darauf reagieren? Britta nicht mehr wiedersehen? Hatte das jetzt überhaupt noch einen Sinn?

Siebling schrieb irgendeinen Mist an die Tafel, erklärend,
daß wir diese Formel noch nicht verstehen könnten, sie aber
unbedingt bräuchten, um eine der kommenden Aufgaben zu
lösen. Ich gluckste vor mich hin. Nick warf mir unsichere
Blicke zu.

- Alles O.K. bei dir?

Ich biß mir auf die Zunge, aber selbst das tat nicht weh
genug. Ich schlug mit geballten Fäusten auf den Tisch, daß
Siebling zu mir herumfuhr, auf mich deutete, wobei er seine
sagenumwobenen Achselhöhlen der freien Luft aussetzte, und
rief:

- Haben Sie etwas einzuwenden?

Ich konnte nicht antworten. Alles an mir zitterte, und
ich schwebte mindestens zwei Meter über diesem Universum.

Ein fürchterliches Gas blähte mich auf, wollte sich einen Weg nach draußen bahnen, aber ich preßte den Kiefer und die Lippen zusammen. Nick klopfte mir auf den Rücken.
- Er hat sich verschluckt.
- Dann sollte er nicht essen während meiner Übung.
Siebling war ernsthaft böse. Offensichtlich ahnte er schon, woran ich mich verschluckt hatte, und woher sollte er wissen, daß sich dieses Lachen nicht im mindesten auf ihn bezog. Ich gluckste noch einmal, nutzte einen kurzen Moment der scheinbaren Ruhe, um Atem zu schöpfen, da zerstach der wurstige Zeigefinger schon wieder die Luft direkt vor meinem Auge.
- Ich warne Sie.
Ein paar Schweißtropfen spritzten von der zuckenden Hand in meine Haare, einer landete auf meiner Nasenspitze. Das war einfach zuviel. Ich brach in heilloses Gelächter aus. Siebling fluchte, und ich lachte lauter, zuckte vor Schmerzen und Lachen. Nick redete beruhigend auf mich ein, versuchte mich an der Schulter zu halten. Andere stimmten in meine verzückten Laute ein. Siebling brüllte, stank und schwitzte, daß es eine Wonne war. Nick schlug mir links und rechts eine runter, sein Gesicht selbst von Lachtränen entstellt.
- Schafft mir diesen Idioten raus! schrie der geruchsmäßige Schwerpunkt des Raumes.
Ich zerplatzte in brüllendes, animalisches Lachen, kein einziger Muskel meines Körpers war noch kontrollierbar.
Es war Siebling, der den Saal verlassen mußte, um dem allgemeinen Spott zu entgehen.
Erst als Nick mich in die Toilette schleppte, meinen Kopf unter den Wasserhahn drückte und diesen aufdrehte, verging mir das Lachen langsam und die Hysterie wich einer wohligen, befreiten Gleichgültigkeit.
Jasmine, Corinna, Britta.
Was zählte das?
- Ich liebe dich. brüllte ich durch die Toilette, und die auf das Echo folgende Stille war mir Antwort genug. Die Welt liebte mich auch, sonst hätte sie längst Mittel und Wege gefunden, sich meiner Dummheit zu entledigen und mir ein Pinkelbecken auf die Füße fallen zu lassen.

16

Drei Dinge geschahen nicht in den folgenden Wochen.

Zuerst einmal trat ich meinen Job bei der Telefonauskunft nicht an. Zwar hätte ich das Geld dringend benötigt, aber ich hatte einfach nicht den Mut, mit Corinna in einem Raum zu arbeiten. Und da ich auch weiterhin das Transamerica mied wie Siebling die Seife, hatte ich das Gefühl, daß diese Frau langsam aus meinem Denken verdrängt wurde.

Zum zweiten bestand ich meine Prüfung in Funktionalanalysis nicht. Ich glaube, ich brauche nicht zu erwähnen, wer der Prüfer war. Zu seinem Pech war es ihm nicht vergönnt, seinen Triumph auszukosten.

Nachdem er mir mit gelben Zähnen, das Lächeln des weißen Hais imitierend, und schweißglänzender Bauchspitze das Ergebnis mitgeteilt hatte, konnte ich mir ein kurzes Lachen nicht verkneifen. Sein Kalk-Gesicht hatte daraufhin die Farbe geändert, daß ich reflexhaft mit dem rechten Fuß zuckte, einen Moment der Täuschung erliegend, eine auf rot schaltende Ampel vor mir zu haben.

Zuletzt kaufte ich mir ein Buch von George Berkeley. Eine Bemerkung in Hawkings 'Kurze Geschichte der Zeit' (Endlich zu Ende gelesen!) hatte mich auf diesen Bischof und Philosophen des 18. Jahrhunderts aufmerksam gemacht.

Berkeley behauptete in seinem Werk, daß alle Materie nur ein Produkt unseres Geistes sei und deshalb nicht real existiere. Ich las seine 'Abhandlung über die Prinzipien der menschlichen Erkenntnis' in wenigen Stunden, danach stellte ich mich vor meine geliebte Schallplattensammlung, schloß die Augen und zischte:

- Ihr existiert nicht. Weg mit euch Trugbildern.

Als ich die Augen wieder öffnete, war keine einzige Platte verschwunden. Von den drei erwähnten Nicht-Geschehnissen war dies das einzige, das ich uneingeschränkt positiv empfand.

Ach ja, und dann kam noch Jasmine zum Frühstücken, vorgeblich um unseren Irland-Urlaub zu planen.

Ich gehörte nicht zu den Leuten, die in der vorhergehenden Nacht ruhig geschlafen hatten, aber als mir nach ständigem Hin- und Herwälzen und kurzen, heftigen Träumen der Wecker verkündete, daß es an der Zeit sei, den neuen Tag zu begrüßen, wußte ich, daß ich auch diesen überstehen würde. Ich griff mir einen Apfel und ging auf den Balkon hinaus. Es herrschte noch jene angenehme Morgenkühle, die einen schönen, sonnigen Tag ankündigt. Ich kratzte mich am Kinn, und das Knirschen der Haare unter den Fingernägeln ließ eine Rasur angeraten erscheinen.

Ich begrüßte mein Spiegelbild, seifte mich dann gründlich ein und nutzte die Zeit, die der Rasierschaum brauchte um die Poren zu weiten, zum Zähnebürsten.

- Eine Dusche würde dir auch nicht schlecht stehen! sagte mein Freund im Spiegel zu mir, nachdem er naserümpfend unter seinen Achselhöhlen geschnuppert hatte. (Ob Siebling das auch manchmal tat?)

Ich hörte auf den Rat meines linkshändigen Ichs, und als ich gerade richtig naß war, klingelte wie gewohnt das Telefon. Ich tappste aus der Dusche, versuchte den Apparat nach dem Klingeln zu orten und fand ihn unter ein paar T-Shirts.

- Ja?

- Hey, ich bin's. Ich fahre jetzt gleich los. Soll ich noch irgendetwas mitbringen?

- Hmm. Nein, eigentlich nicht. Oder doch, ein paar Eier, wenn du welche hast.

- In Ordnung. Bis gleich.

- Bis gleich.

Zitternd kehrte ich in die Dusche zurück, empfing das warme Wasser wie eine göttliche Gabe, dann nieste ich ein paarmal kräftig.

Na klasse, eine Erkältung hatte ich mir für diesen Sommer gerade noch gewünscht.

Trockengerieben und angezogen stand ich wenig später vor meinem CD-Player und fragte mich, ob Dogs D'Amour oder Havalinas besser dazu geeignet waren, die Stimmung dieses Morgens auszudrücken. Schließlich entschied ich mich für

Jellyfish, deren Musik fast so fröhlich war, wie das Cover ihrer Platte bunt.

Ich tanzte ein wenig in meinem Zimmer, schlug ungeschickt den Takt mit und sang. Jawohl, ich freute mich auf Jasmine. Verliebt in mich oder nicht, was spielte das für eine Rolle, ich mochte sie in jedem Fall.

Als sie kam, war sie fast so fröhlich wie die Musik, und bei unserer stürmischen Umarmung stießen wir die Köpfe zusammen, daß es nur so krachte. Sie drückte mir alle Luft aus den Lungen, und ich küßte sie ein paarmal auf Schläfe und Stirn.

Die Kaffeemaschine brodelte und das Eierwasser blubberte, während wir schwatzend den kleinen Tisch auf dem Balkon deckten. Jasmine hatte meinen Irland-Reiseführer dabei, den sie mir alle zwei Minuten unter die Nase rieb, dabei jedesmal seufzend:

- Ist das nicht unglaublich schön.

Ja, das war es, allerdings dachte ich damals noch, daß Wiesen und Wälder gar nicht so grün sein können und war mir sicher, daß die Fotos alle mit einem Farbfilter aufgenommen worden waren. Ich war eben doch ein Stadtmensch.

Ich erzählte ihr von George Berkeley und von Siebling, von meinen hysterischen Lachanfällen (Nur einen der Gründe für diese nannte ich ihr nicht.) und zeigte ihr Brittas Brief, der noch immer auf dem Schreibtisch vor sich hinschwitzte.

- Warum öffnest du ihn nicht? Wenn es dir wirklich besser geht, gibt es doch keinen Grund mehr, ihn nicht zu lesen.

- Ich weiß es ehrlich gesagt nicht so genau. Ein bißchen habe ich Angst, daß das was darin steht mich wieder fertig macht. Aber, ganz ehrlich gesagt, bin ich im Moment nicht im Geringsten neugierig auf seinen Inhalt. Wenn er eine schnelle Antwort erfordert hätte, dann ist es jetzt ohnehin zu spät.

Die Sonne brachte Butter und Käse zum Schmelzen.

- Und was willst du Corinna betreffend tun?

- Nichts. Ich will sie so lange wie möglich nicht sehen, und dann, so hoffe ich, werde ich mir bei unserer nächsten Begegnung nicht mehr in die Hosen machen.

Wir öffneten eine Flasche Sekt und tranken auf meine baldige geistige Genesung. Der Alkohol wirkte schnell in unseren sonnenbeschienenen, schwarzbeschopften Köpfen. Wir lachten über die dämlichsten Sachen, umarmten uns unwillkürlich, raspelten Süßholz, daß die Kastanienbäume im Garten zu schwanken begannen.

Mit der bitteren Neige in der Sektflasche näherten wir uns auch dem Moment der Wahrheit.

- Ben, ich muß dir etwas sagen.

Ich versuchte mir meine Furcht nicht anmerken zu lassen und setzte ein Lächeln auf, mit dem jede Zitrone zu Zuckerwatte geworden wäre.

- Was ist denn?
- Ich...

Ihre fröhlichen Augen suchten den Boden nach Worten ab, die dort nicht liegen konnten.

- Du...
- Ich...

Ich ergriff ihre Hand, um ihr einerseits Mut zu machen, andererseits, weil ich selbst dringend einen Halt benötigte.

- Ich habe mich...
- Du hast dich was?

Sie lachte. Sie schwieg. Dann:

- Es ist unglaublich.
- Na los, sag schon.
- Ich hab mich...
- Na komm. Du hast dich verliebt! Oder?
- Woher weißt du.
- Wir kennen uns nun wirklich gut genug.
- Ja. Ich hab mich in den...

'...in den...'? Wer war 'den'? Hatte ich mich etwa doch getäuscht?

- ...in den Sebastian verliebt. stolperte der Name endlich über ihre Lippen.

Mein Angst- und Sorgen-Kartenhaus stürzte zusammen. Ich lachte.

- Mein Gott, ist das schön. Ich freu' mich für dich.
- Du findest das nicht komisch?
- Quatsch. Wieso denn?

- Schließlich ist Sebastian sieben Jahre älter als ich, und ich kenne ihn schon seit zehn Jahren, und dann habe ich doch auch mal irgendwann behauptet, niemals mit einem Freund von mir zusammenzuziehen zu wollen.

- Das konntest du schließlich nicht vorhersehen, als du in diese WG gezogen bist. Also ich finde es klasse. Sebastian ist total nett. Ich gönne ihn dir. Ich freue mich wirklich. Allerdings auch, weil du mir gerade einen Stein vom Herzen genommen hast. Ich dachte, du hättest dich nun doch noch in mich verliebt.

- In dich. Aber wie kamst du auf diesen Gedanken.

Ich schloß sie in die Arme. Ich konnte spüren, wie glücklich sie darüber war, daß ich mich freute.

- Zu merken, daß du verliebt bist, war kein Problem, und immer wenn du verliebt bist, erzählst du ganz viel und ganz euphorisch von dem Menschen, der deine Gefühle auslöst. Diesmal warst du aber ganz normal, du hast immer nur von mir und Sebastian geschwärmt, und ich war natürlich so blöde und eingebildet, daß ich im Leben nicht darauf gekommen wäre, daß Sebastian das große Los gezogen hat. Du glaubst gar nicht, wie fertig ich war.

Daraufhin erzählte ich ihr noch einmal die Geschichte meiner Lachanfälle, nur diesmal in ungekürzter Fassung.

- Ben, ich hab dich lieb, du Trottel.

- Ich dich auch.

Und wir vergossen zusammen ein paar Tränen der Erleichterung.

- Weiß Sebastian denn schon Bescheid?

- Wir sind seit drei Wochen zusammen.

Das war natürlich noch eine Flasche Sekt wert, und als es Mittag wurde, waren wir schon leicht angetrunken.

Ich lauschte mit einem Ohr Jasmines Stimme, das andere stürzte vom Balkon, fiel hinein in den wunderbaren Sonnentag und genoß das Knistern der Sonnenstrahlen und das Sirren der Windstille und das Gemurmel des Glücks.

17

Ich war mit einer Freundin in Irland gewesen. Als wir zurückkamen, war ich so abgebrannt, daß meine Bank mir die EC-Karte sperrte. Nur mit Händeringen, Kniefällen und einer Unmenge an Arsch-kriecherei konnte ich meinen Filial-leiter davon überzeugen, daß er mir weiteren Überziehungskredit geben mußte. So blieb mir noch etwas zum Leben, bis ich wieder zu Geld kam.

Den nächsten Job, der mir über den Weg lief, hatte ich angenommen. Lohn-steuerkarten für die Region Mainz kuvertieren

Sicher, mir war klar gewesen, was da auf mich zukam, drei Wochen, sieben Tage die Woche an einer Kuvertiermaschine, aber ich hätte trotzdem nicht damit gerechnet, daß ich mir hier das Rauchen angewöhnen würde. Ich hatte früher schon ab und zu geraucht, aber höchstens auf Parties. Nun hatte ich gelernt, wie angenehm so eine Zigarettenpause war.

Wir waren sechs Aushilfen. Jeweils drei Mann an einer Maschine. Aber meistens benötigte man nur zwei Leute, um so ein Teil zu bedienen. Deshalb die Pausen, und natürlich hatten Raucher die größere Berechtigung, Pause zu machen. Außerdem war es gemütlich, wenn man zu zweit Pause machte, gemeinsam eine zu rauchen, dabei Kaffee zu trinken. Ich liebte den Geschmack von Kaffee noch viel mehr, wenn er sich mit dem von frischem, verbrennendem Tabak auf der Zunge mischte.

Ich ließ die Zigarette fallen und trat sie aus. Um in das Gebäude wieder hereinzukommen, mußte man in ein Zahlen-schloß eine vierstellige Ziffer eingeben. Leider war dieses Schloß mir gegenüber genauso mies eingestellt, wie normale Schlüssel. Sie verstecken sich immer vor mir. Oder sie sind so weit verbogen, daß sie nicht mehr ins Schloß passen wollen. Und dieses Zahlenschloß weigerte sich hartnäckig, auf die richtige Kombination zu reagieren.

Schließlich drückte ich doch die Klingel, in der Hoffnung, daß mich drinnen trotz des Geratters der Maschine jemand hörte.

Nachdem ich mich zwei Minuten gegen den Knopf gelehnt hatte, ging das Licht im Gang an. Ausgerechnet Rudi kam an die Tür.

"Wo hängste denn rum. Die annern warde schon die ganz Zeit, von wesche weil de Asylant uffs Klo muß."

Als ich hinter Uwe den Arbeitsraum betrat, waren zwei Mechaniker in Blaumänteln tief in das Innere der zweiten Maschine versunken. Sie war am Mittag schon ausgefallen. Dem Fluchen der Arbeiter war zu entnehmen, daß sie diese Kiste mindestens ebenso liebten wie wir. Manutscher und Kai grinsten mich an, während die anderen drei, die normalerweise an der defekten Maschine arbeiteten nur leise seufzten: Rudi hatte sie dazu verdonnert, die Lohnsteuerkarten von Hand zu kuvertieren.

"Uff uff, mir sin hier nit zu unserm Vergnüsche. Abdullah, du kannst jetzt uffs Klo."

Manutscher unterließ es, Rudi zum x-ten Mal seinen Namen vorzubuchstabieren. Es lag offensichtlich nicht an mangelnder Fähigkeit zur Aussprache fremdländischer Laute, noch an dem geringen geistigen Potential, mit dem der Herr Rudi ausgestattet hatte, sondern daran, daß für ihn jeder nahöstliche Flüchtling

```
Abdullah oder Muhammed hieß. Er kam sich
dabei äußerst lustig vor, und hatte wohl
nicht die geringste Ahnung, wie gerne
jeder einzelne von uns ihm dafür ein
paar gescheuert hätte.
```

Nein! Nein! Das war es nicht.

Es war mein fünfter Ansatz gewesen, die letzten Wochen zu Papier zu bringen. Und noch nicht einmal der schlechteste. Aber doch immer noch zu schlecht und das Schlimmste war, ich hatte nicht den Funken einer Idee, wie es weitergehen sollte.

Ich konnte einfach nicht mehr schreiben. Die Jahre, in denen ich es nicht getan hatte, waren alles andere als spurlos an mir vorübergegangen.

Oder lag es vielleicht an der Art von Geschichte, die ich zu Papier bringen wollte? Science-Fiction war einfach zu schreiben, wenn man ein klein wenig Gespür für Action hatte. Aber eine Alltagsgeschichte. Das konnte nicht spannend sein. Hier konnte man Probleme wie Uwe nicht mit einem Phaser aus dem Weg räumen oder das Kuvertieren von Lohnsteuerkarten durch Robo-ter ausführen lassen, während man sich selbst auf Reisen durch die entferntesten Galaxien befand.

Science-Fiction hätte ich bestimmt noch schreiben können. Zu dumm, daß ich dazu nicht einmal den geringsten Ansatz von Lust verspürte.

Ich nahm die letzte Seite aus der Schreibmaschine und legte sie sorgfältig auf die anderen. Man konnte nie wissen, ob man sie nicht doch noch einmal brauchen würde, und sei es auch nur, um einem Arschloch wie Benjamin zu zeigen, daß man im Gegensatz zu ihm schon ein paar Worte zu Papier gebracht hatte.

Blödsinnige Idee, überhaupt wieder mit dem Schreiben anzufangen. Sie war mir in Irland gekommen. Wo auch sonst? Immer nach einem Urlaub hatte ich kleine Anläufe unter-nommen, eine in meinem Kopf schon bis ins Detail ausgear-beitete Geschichte so in die Schreibmaschine hineinzuhauen, daß auch jemand anspruchsvolleres als ich sich würde daran erfreuen können. Wie 'Lissabon', eine kurze Erzählung, die ich mir nach dem Portugalaufenthalt vor drei Jahren ausgedacht hatte, um sie meiner damaligen Freundin zu schenken. 'Lissabon' war sogar noch nicht einmal schlecht gewesen, die Beziehung hingegen...

Aber das lasse ich besser, sonst schweife ich wieder zu weit ab, und komme nie zu einem Ende mit Britta, Corinna, Verena (...Verena? – Ja! Aller guten Dinge sind drei!) und der dummen Geschichte, die mich ins Krankenhaus brachte.

Die beiden zuerst genannten Frauen hatten, spätestens seit ich aus dem Urlaub mit Jasmine zurückgekommen war, ein wenig in den Hintergrund treten müssen. Es gab wichtigeres. Zum Beispiel Essen und Trinken. Durch meine Weigerung, den Job bei der Telefonauskunft anzunehmen, war mein Kontostand in unergründliche Tiefen gerutscht. Deshalb hatte ich auch diesen unsagbar langweiligen Job angenommen, der gestern endlich sein Ende gefunden hatte. Nun, und Verena... Aber, dazu gleich mehr.

Ich blickte auf die Uhr. Acht. Noch ein wenig Zeit, bevor ich mich auf den Weg zu der Party machen würde. Ich stellte die Schreibmaschine unter den Schreibtisch und knipste den Fernseher ein. Tagesschau.

Unglaubliche Bilder, von der Ankunft eines albanischen Flüchtlingsschiffes in Bari. Was kann Menschen dazu treiben, sich solchen Widrigkeiten und Strapazen auszusetzen, um ihr Land zu verlassen? Und wie kann der Mensch ein so widerwärtiges Vieh sein, sich selbst unter Flüchtigen noch gegenseitig zu erstechen und zu erschlagen? Und warum bin ich als Europäer, der sein Abitur hat und studiert, noch nicht einmal in der Lage zu sagen, wo Albanien liegt, ohne vorher im Atlas nachzuschlagen? (Wieder einmal wird klar, wie nützlich es ist, in der Schule die Flüsse der ehemaligen Sowjetunion von Ost nach West aufsagen zu können.)

Das größte Paradoxon war natürlich, welche Gedanken ich mir über unser Bildungssystem machte, während ich das Leid Tausender von Menschen über den Bildschirm in mein kühles Zimmer gebeamt bekam.

Am Ende der Tagesschau, das Wetter: Es war heiß, es ist heiß, es bleibt heiß. Nach den Temperaturvoraussagen für morgen mußte ich mir erst einmal das T-Shirt ausziehen. So sehr, wie ich mich in Irland über den Dauerregen geärgert hatte, sehnte ich mir jetzt ein Gewitter herbei, aber Meteosat zeigte seine erbarmungslos wolkenlosen Bilder und ließ meinen Wünschen keinen Raum.

Eine wüste Ballerei und hysterische Schreie von typisch amerikanischen Klischeefrauen leiteten einen Spielfilm ein, aber ich war überhaupt nicht in Fernsehlaune, zumal ich den Film wahrscheinlich noch nicht einmal bis zum Ende hätte schauen können.

Die neue Mano Negra-Platte war vor wenigen Tagen erschienen, und ich hatte sie bisher nur ein paarmal zum Einschlafen hören können. Jetzt nutzte ich die Stunde, die mir noch blieb, bis ich aufbrechen mußte.

Ich knabberte ein paar Aldi-Erdnüsse und las in 'Der dritte Polizist', während ich mir die Zeit mit dieser Platte versüßte.

Es war fast neun, und die mittägliche Hitze unseres Jahrhundertsommers war zum Glück schon gewichen, als ich in den backofenwarmen Käfer einstieg. Das Tape-Deck weigerte sich mehrere Male, die eingeschobene Kassette ordnungsgemäß abzuspielen. Als es schließlich doch seinen Dienst verrichtete, wären die Klänge, die es produzierte, nicht jedermanns Geschmack gewesen (was nichts mit der Musik an sich zu tun hatte), aber ich erkannte, um welchen Song es sich handeln sollte, und konnte laut und falsch mitsingen, ohne daß das die Kunstästhetik irgendeines Beifahrers gestört hätte.

Ich hatte das Pech, der einzige mit verfügbarem Auto zu sein, und so mußte ich Nick und Mark abholen.

Ich kurbelte die Seitenfenster runter, klappte die Dreiecksfenster so, daß mir der Fahrtwind direkt ins Gesicht blies, und der Käfer tuckerte gemütlich vor sich hin. So ließ sich der Abend gut an. Vielleicht wünschte ich mir doch kein Gewitter?!

Ich fuchtelte eine Zigarette aus dem halbzerknäulten Päckchen im Handschuhfach, überlegte einen Moment, und steckte sie dann zurück. Die Lohnsteuerkarten waren verschickt, es gab keinen Grund mehr, Zigarettenpäuschen zu machen. Mark würde sicherlich für die restlichen Kippen Verwendung haben.

18

Es war zehn Uhr und noch lange nicht dunkel, aber die tiefstehende Sonne zauberte verwirrende Schatten in den großen, verwilderten Garten des ehemaligen Klosterhofes. Der Alkohol, der in Strömen floß, tat sein eigenes, um diese geheimnisvolle Atmosphäre zu umnebeln. Die schwarzbelederten Kerle auf der Bühne hatten für eine kurze Trinkpause ihr wütendes Lärmen eingestellt, und die sommerliche Stille ließ sich nicht stören von dem hundertstimmigen Murmeln, das aus den Kehlen der ungezählten Gäste hervorschwappte.

Sie mußte diesen Moment abgepaßt haben. Alles an ihr war zu perfekt, als daß sie nicht auch dieses kleine Detail, den richtigen Augenblick für ihr Erscheinen, genau bedacht hätte.

Das Verstummen der Gespräche nahm seinen Anfang am Tor zum Innenhof, durch das sie eintrat, um ohne eine andere Waffe als sich selbst einzusetzen, die Herrschaft über einen Großteil der Anwesenden zu erlangen. Es waren natürlich wir, die Angehörigen des von Schwänzen kontrollierten Geschlechts, die verstummten, den Gesprächen, die wir gerade führten, nicht mehr die nötige Aufmerksamkeit schenkten.

Sie trug weiß; leuchtendes Weiß, das noch nie befleckt worden war.

Das kurzärmlige Oberteil lag eng genug an, und der lange Rock war weit genug nach oben geschlitzt, daß man mehr von der Schönheit ihres Körpers erahnen konnte als man je gesehen hätte, wäre sie nackt gewesen.

Sie bewegte sich so sicher wie ein Filmstar, der sich des ganzen Rummels, der um ihn gemacht wird, bewußt ist und die lauernden Blicke der Voyeure und Autogrammjäger zwar genießt, aber nie im Leben auf die ausgestreckten Hände reagieren würde.

- Mein Gott. Siehst du das auch? fragte Nick mit erstickender Stimme.

Ich bekam keine Antwort hervor. Ich fühlte mich in mein zehntes oder elftes Lebensjahr zurückversetzt, als ich meine damals geringfügigen sexuellen Gelüste dadurch befriedigte, mir die in meinen Phantasien Aphrodite zum Trotz schönste Göttin des Olymp vorzustellen, Athena, die in eine weiße Toga gehüllt auf mich zukam, wobei ein kleinen Jungs freundlich gesonnener Wind ihre Brust entblößte.

Selbst den hartgesottenen Mitgliedern der Band blieb die Spucke weg. Der langhaarige, hagere Sänger, der vor kurzem noch die Bühne mit der Frage betreten hatte, ob Groupies anwesend wären, die Lust hätten, ihm einen zu blasen, verschluckte sich an seinem Bier, und der Schaum, den er ausspuckte, blieb in seinen Haaren hängen.

Ich vergaß Athena und hatte kurzzeitig die Illusion, daß jedem anwesenden männlichen Wesen, einschließlich Hunden und Katzen, ein langer weißer Speichelfaden aus den Mundwinkeln troff vor Gier nach dieser Frau. Eine riesige Ansammlung von gabernden Typen, die sich in diesem Moment nur eines wünschten und am liebsten losschreien würden, um auf sich aufmerksam zu machen.

Das Lächeln, zu dem sich meine Mundwinkel bei dieser Vorstellung verzogen, war vielleicht die einzige nicht von ihr erwartete Bewegung in der gebannten Menge. Das kurze Aufblitzen ihrer Zähne zwischen diesen unbeschreiblichen Lippen, als sie mich im Vorbeigehen fast streifte, traf mich wie ein Blitz, und ich fühlte das Blut so stark und schnell in meinen Kopf schießen, daß dessen rotes Leuchten auf ihrem Rock, ihren Brüsten reflektiert hätte, wäre sie nicht unbeirrt ihrem Weg gefolgt und dabei zwischen breiten Schultern und hohen Köpfen verschwunden.

- Hast du's gesehen? Sie hat mich angelächelt. rüttelte Nick mich an den Schultern.

Ich wollte ihn gerade korrigieren, als mir bewußt wurde, daß vielleicht ich es war, der einem Irrtum erlag. Jedem, der neben oder hinter mir stand, hätte ihr Lächeln gelten können.

Die allgemeine Erstarrung löste sich, die Band turnte wieder auf die Bühne und begann eine düstere Coverversion von Danzigs 'Her Black Wings' zu spielen.

Um einen Teil der Lächerlichkeit wieder zu verlieren, der wir uns durch unsere Reaktion preisgegeben hatten, beschlossen Nick und ich, daß eine so schöne Frau abgrundtief dumm sein mußte, aller Wahrscheinlichkeit nach eine Stimme wie Kermit oder Miss Piggy hatte und sich nur mit porschefahrenden Fitnesstudio-Typen rumtreiben würde. (Oh, es fällt nicht schwer, einer erlittenen Blamage noch die Krone aufzusetzen, wenn auch die Sache mit dem Porsche nicht hundertprozentig an den Haaren herbeigezogen war.)

'Athena' selbst blieb fürs erste verschwunden, was den Abend wieder belebte, denn durch ihre bloße Abwesenheit gewannen die anderen Frauen an Attraktivität zurück.

Das jährliche Sommerfest im Klosterhof wurde von den vier Bewohnern des ehemaligen Klosters veranstaltet und das offizielle Datum nur durch Mundpropaganda weitergegeben, trotzdem waren es immer um die tausend Leute, die sich über den betreffenden Tag verteilt im Hof einfanden und eine kleine oder große Spende, mit der die nächste Party finanziert werden konnte, in das Sparschwein neben dem Bier klimpern ließen, bevor sie sich über das Chili, die Salate oder die undefinierbaren Fleischmassen auf dem Grill hermachten. Das ganze hatte einen Hauch von Jahrmarkt, aber mit dem unschätzbaren Vorteil, daß selten Leute anwesend waren, vor denen man sich in acht nehmen mußte, um nicht auf eine unbedachte Bemerkung hin, oder vielleicht sogar grundlos, den einen oder anderen Zahn zu verlieren, und es gab keine lächerlichen Schießbuden, kein Kebab zu überteuerten Preisen, kein Gedränge und Gequetsche und, Gott sei dank, keine schlachtruf-gröhlenden Fußballfans und trillerpfeifenden Bundeswehrabgänger.

Es war ein wenig verwunderlich, daß Corinna und Britta nicht auf diesem Fest erschienen. Selbst Dim, der vor nicht ganz einem halben Jahr noch ein völlig Fremder gewesen war, hatte irgendwie Wind von der Feier bekommen und war gekommen. Ich stellte ihm Mark und Nick vor, und wir schwatzten eine ganze Weile. Er hatte eine große Plastiktüte dabei, die er mir plötzlich reichte und meinte:

- Schau mal, kleiner Mann.

Ich öffnete die Tüte und blickte verwundert auf den Großbildband 'Die Chagall-Fenster in St. Stephan zu Mainz'.

- Hast du den geklaut oder doch gekauft?

- Ich habe geschenkt bekommen. Von die Postkartenhexe.

- Das kann ich nicht glauben.

- Doch. Ich bin zurückgegangen ein paar Tag später und habe mich entschuldigt. Dann habe ich gefragt, ob ich und Freund von mir sollen die Leitern abbauen.

- Das Gerüst, meinst du?

- Genau! Gerüst! Sie war sehr erfreut, und wir haben mit Priester gesprochen, Lohn ausgemacht und dann habe ich mit Kollege von Teerfabrik abgebaut. Dann war die Postkartenhexe plötzlich sehr nett. Heute war ich noch mal in die Kirche, und da hat sie mir das Buch geschenkt.
- Das glaub ich nicht.

Ich musste es schließlich doch glauben, und dann sagte ich Dim, daß ich gerne bei dem Job dabei gewesen wäre, da ich ja dringend Geld gebraucht hätte, worauf er sich so oft entschuldigte, daß es mir schon peinlich war, und er versprach mir, daß er sich das nächste Mal auf jeden Fall bei mir melden würde.
- Ich weiß jetzt schließlich, wie wir können die Fenster klauen. Alles vorbereitet! flüsterte er, stieß mich in die Seite und lachte wieder sein greulichstes Lachen.

Ein paar Freunde von Jasmine, die mich auch kannten, liefen an uns vorbei, entdeckten mich und fragten nach unserem Irland-Urlaub. Ich gab Dim das Buch zurück und ließ ihn mit Nick und Mark stehen, um diverse Gerüchte zu dementieren, die über mich und Jasmine in Umlauf gekommen waren. Wir hatten drei Wochen in Irland verbracht, und obwohl wir (so sagt man) eine tolerante und weltoffene Generation sind, kann sich niemand aus dieser hochwohlselbstgelobten Altersklasse vorstellen, daß ein Mann und eine Frau zwanzig Nächte auf engstem Raum zusammen verbringen, ohne gleich übereinander herzufallen.

Nachdem ich eine Weile sinnloses, mehr der Verwirrung als der Klärung dienendes Zeug gequatscht hatte, waren Dim und die anderen im Gedränge verschwunden, und ich fühlte mich vom Reden durstig. Also bewegte ich mich in Richtung Bierfaß, zapfte mir mein Glas wieder voll und wagte mich dann das Chili zu kosten, das in einem Topf, von der Sorte, in der normalerweise gallische Druiden ihre Zaubertränke zubereiten, über einem kleinen offenen Feuer köchelte. Es war phantastisch. So mußte ein Chili schmecken. Für einen Moment, während ich mir die Bohnen auf der Zunge zergehen ließ, bemerkte ich, daß man nichts auf der Welt braucht, außer Chili und kühlem Bier. Zum Glück ging dieser Zustand schnell vorüber, wer weiß, was mir sonst alles entgangen wäre.

Aber so mischte ich mich wieder unter die Menge, gleich einem Hund links und rechts schnüffelnd, ob es nicht irgendetwas gab, was mich noch mehr reizen würde als Essen und Trinken. Ich führte hier ein belangloses Gespräch, dort stieß ich mit ein paar mehr oder weniger bekannten Gesichtern an, und, Gott verdamm mich, da trieben sich so viele unverschämt hübsche Frauen herum, daß ich mich beim besten Willen nicht entscheiden konnte, mit welcher ich mich zuerst unterhalten sollte.

Schließlich landete ich mehr oder weniger zufällig in einer Gruppe von vier Frauen, die sich halb hysterisch über die 'chauvinistischen' und 'sexistischen' Showeinlagen des vor Eitelkeit aus seinen Jeans platzenden Sängers lustig machten. Ich stimmte ihnen ohne Einschränkung zu, denn schließlich muß man erst einmal die Lage sondieren, bevor man etwas Falsches sagt, und außerdem schien der Typ wirklich ein Arschloch zu sein. Nachdem er schon seinen Oberkörper entblättert hatte, brachte er es nun fertig, eine Flasche Sekt kopfüber in seine Hose zu stülpen, so daß die Brühe ihm in seine stahlbekappten Springerstiefel laufen mußte. Die Mädchen neben mir konnten sich kaum etwas Erotischeres vorstellen als einen Kerl, der aussah, als hätte er sich in die Hosen gepißt. Ihr Lachen war toll. Ich nippte an meinem Bier und betrachtete nacheinander alle vier mit augenzwinkerndem Lächeln von oben bis unten. Es gibt Entscheidungen, die werden einem nicht leicht gemacht, aber ich hatte es auch nicht eilig damit.

Vielleicht war das ein wenig leichtfertig. Als ich nach einem kurzen Rundgang, der die Biertheke einschloß, zurückkam, waren zwei der Frauen verschwunden, und die beiden anderen hatten männliche Begleitung bekommen, die sie offensichtlich schon etwas länger und intensiver kannten als mich. Unter anderen Umständen und mit etwas gutem Willen hätte ich die zwei Kerle ganz nett gefunden, aber so gehörten sie nur zur unbeliebten Sorte von falschen Leuten am falschen Platz. Ich plauderte noch ein paar überflüssige, unbedeutend höfliche Worte, dann blies ich mir die Nase frei und nahm Witterung auf, um ein neues Ziel in dem großen Hof zu finden.

Offensichtlich hatte mein Schutzengel mich sitzengelassen, als ich das Eissorbet entdeckte. Er war wohl bei dem von Götterhand gemachten Chili hängengeblieben. Oder interessierte er sich etwa für Frauen? Nicht die geringste Vorahnung, noch nicht einmal ein eiskalter Hauch streifte mich, als ich mir ein kleines

Glas füllte, und dabei den gutmütig grinsenden Dämon freisetzte, der sich unter der gefrorenen Oberfläche versteckt hatte und sich nun, während ich trank, vom Rest des Gebräus trennte, die der Speiseröhre entgegengesetzte Richtung einschlug und sich in der geräumigen Nische einnistete, in der ich mein Hirn vermutet hätte.

Es waren sicher nur wenige Zentimeter, vielleicht noch nicht mal einer, aber auf jeden Fall schwebte ich ein Stückchen über dem Boden, als ich mit meinem, gegen das kleine eingetauschten großen Glas zwischen Mark und Dim auftauchte, die sich offensichtlich hervorragend verstanden. Ich lehnte mich an den Riesen, und schon spürte ich wieder festen Grund unter meinen Füßen.

- Hier, das müßt ihr probieren.

Die beiden grinsten ein wenig, wohl in Erwiderung meines schon leicht trunkenen Lächelns und probierten nacheinander von dem magischen Gesöff.

- Hmm, himmlisch. Wo hast du diese Quelle aufgetan?

Ich bedeutete den beiden mir zu folgen und schwebte voran.

Leider hatten inzwischen, so schien es, noch andere Wind von dem Sorbett bekommen und Geschmack daran gefunden. Eine regelrechte Menschentraube trennte uns von unserem Ziel. Mit etwas sanfter Gewalt drückte ich mich durch diese Barriere. Ich konnte die zum Glück noch gut gefüllte Schale schon sehen und schob einen Jungen in einer kurzen Lederjacke beiseite, der es augenscheinlich nicht gewohnt war, ohne gebührenden Respekt behandelt zu werden: Anstatt dem Druck meiner Hand nachzugeben, versteifte er sich, und ich hatte keine Lust 'bitte, bitte' zu sagen, deshalb schubste ich ihn ein wenig mit der Schulter aus dem Weg. Der Blick, den ich von dem Dead-Kennedys-T-Shirt tragenden Typ daraufhin zugeworfen bekam, war erst furchteinflößend, dann verblüfft und jäh schrecklich freundlich, als er seine Augen von meinem Kopf zu der Hand auf meiner Schulter und letztendlich zu deren Ursprung, Dims gewaltigem Körper, wandern ließ. Ich erstarrte ebenfalls, als ich entdeckte, warum mein neuer Herzensbruder sich so angestrengt hatte, seinen Platz zu behalten. Nicht um das Sorbet war es ihm gegangen, sondern um die weiße Gestalt, die sich gerade ein Glas davon schöpfte. Welche Grimasse ich schnitt, als mir bewußt wurde, daß diese Männer-Ansammlung von ihr verursacht worden war, wage ich nur zu mutmaßen, zumindest entlockte es ihr ein tiefes Lachen, als ich ihr, etwas ungalant, mein leeres Glas hinstreckte.

- Voll? fragte Athena.

Ich nickte und beschloß, die Unverschämtheit auf die Spitze zu treiben.

- Die zwei Gläser für meine Freunde auch noch? Dim und Mark. stellte ich vor.

Die Blicke all der Platzhirsche und Truthähne, die sich hier versammelt hatten, um gegeneinander anzubuhlen und zu balzen, richteten sich auf mich.

Das Lächeln meiner griechischen Göttin erstarb für eine Sekunde, um dann in einem breiten Schmunzeln wiedergeboren zu werden.

Der nette Dämon hüpfte ein wenig in meinem Schädel auf und ab, ich glaube, auch er fand Gefallen an einer hübschen Frau, und mit Gewißheit war er nicht unschuldig an den Problemen meiner Augen, die anstatt Athenas Blick fest zu begegnen immer wieder die Konturen ihres gekonnt verpackten Körpers nach-fahren wollten.

- Sehr höflich bist du nicht. bemerkte sie, während sie die Schöpfkelle wie eine Keule schwang, was, genauso wie ihre rau-chige Stimme, in krassem Gegensatz zu ihrem weiblichen Äußeren stand

- Du kommst nicht von hier, oder? mischte sich Mark ein, wofür er einen Tritt gegen's Schienbein kassierte.

- Hört man das? Ich komme aus München und wohne hier bei meinem Exfreund. Oder, mit anderen Worten: I bin a bayrisch's Deandl und bin wieder zum ham. lachte sie.

Na, wenn sich das nicht gut anhörte?

Als sich das inzwischen als schwer tequila-haltig klassifizierte Sorbet seiner bitteren Neige näherte, war nicht mehr heraus-zufinden, wer von uns sich an den anderen gelehnt hatte, aber soviel war sicher: Bei jeder vorschnellen Bewegung würden wir gemeinsam zu Boden gehen.

Verena, wie Athenas richtiger Name lautete, schlenkerte, während sie mich mit großen Augen betrachtete, ihren geschlitz-ten Rock, so daß der Anblick ihrer Beine gleich einem Pflock in ein Vampirherz immer wieder in den Mittelpunkt meines Interesses gerammt wurden.

- Komm, jetzt zeig mir endlich deinen Käfer! bettelte sie zum dritten Mal, seit ich erwähnt hatte, welch baufälliges Gefährt mich schon mehrfach nach München und zurück getragen hatte.

- Er ist wirklich keine Schönheit, aber wenn du unbedingt willst...

Ein Vorteil den Tequila gegenüber Bier hat ist, daß einem die Zunge nicht schwer wird, sondern eher beflügelt, und ein klein wenig schneller als die Worte, die man hervorbringen will. Man verquasselt sich vielleicht mal, aber verliert wenigstens nicht mitten im Satz den Überblick über das, was man erzählt.

So befanden wir uns trotz einiger Meinungsverschiedenheiten mit der Schwerkraft mitten in einem angeregten Gespräch auf dem Weg zum Käfer, als Verena stehenblieb und sich aus meinem Arm löste.

- Einen Augenblick. Geh nicht weg!

Sie schwankte drei Schritte von der Straße weg ins Feld, blieb da aufrecht stehen, beugte nur ein wenig den Kopf, und ohne jedes Würgen, ohne die geringste Anstrengung, entledigte sie sich des kompletten Sorbetts und einiger anderer Kleinigkeiten, die sie wohl schon ein wenig früher am Abend zu sich genommen hatte. Das ging so schnell und geräuschlos vor sich, daß es nicht einmal im Ansatz eklig wirkte. Es war begeisternd zu sehen, daß sich soviel Anmut in einer Frau vereinte, daß ich sie sogar kotzend noch erotisch finden konnte. (Auch Mark wäre vor Begeisterung sicher ganz aus dem Häuschen gewesen, hätte er dies beobachtet.)

Verena kam zurück, griff meinen Arm wieder, murmelte eine Entschuldigung und fuhr mit unserem Gespräch da fort, wo sie es unterbrochen hatte. Ich hätte sie küssen können. (Nun, vielleicht hätte ich ihr doch zuerst ein Pfefferminzbonbon oder einen Kaugummi gegeben. – Aber dann!)

- Ist er das? fragte sie.

- Nein, der grüne dahinter.

Ich hatte den Käfer direkt hinter einen anderen gestellt, daß er sich nicht einsam fühlte. Sympathischerweise schien noch jemand die gleiche Idee gehabt zu haben, so daß sie inzwischen zu dritt waren.

- Der gefällt mir. Wieso hat er denn einen andersfarbigen Kotflügel?

- Och das, das rührt von einem kleinen Zusammenprall her, den ich mal mit einer Brücke hatte.

- Mit einer Brücke?

Wir setzten uns auf die Kofferraumhaube, die sich unter unserem Gewicht ein klein wenig mehr als gut sein konnte nach unten beulte, dann erzählte ich ihr über jedes Teil des Käfers eine Geschichte und sie hörte zu, mal lachend, mal ungläubig, das Kinn auf die Knie gestützt und massierte dabei mit einer Hand meine Beine.

- Stimmt das eigentlich alles, was du mir da erzählst? fragte sie einmal zwischendurch.

- Bis auf ein paar Nebensätze.

- Ich glaub dir kein Wort, aber erzähl weiter!

Wer hätte zu einem solchen Rock schon 'Nein' gesagt? Mir blieb nur zu hoffen, daß sie nicht merkte, daß ich mich mehr mit ihren Waden unterhielt und weniger mit ihren Ohren.

- Du solltest das verfilmen lassen. Oder ein Buch schreiben.

Ein Buch! Wie konnte sie nur gerade jetzt auf Buch kommen. Hatte der kleine Dämon mich etwa veranlaßt, irgendetwas über meine Schriftsteller-Phantastereien fallen zu lassen?

An manchen Tagen muß man sich den Frust von der Seele reden: Sie lagen verflucht schwer auf meinem Gemüt, diese fünf, sechs Seiten, die ich heute verbrochen hatte. Ich setzte an, ihr davon zu erzählen... Aber ich glaube, ich muß nicht erklären, warum mir das alles so wichtig war wie Regenmäntel für Hunde, als ihr Mund nur noch zwei Handbreit von meinem entfernt war und näherkam.

Unsere Lippen glitten aneinander vorüber, ich durchstreifte ihr Gesicht, berührte ihre Augen, ihre Wangen, ihre Haare mit meinem Mund und ich sog ihren Duft, den wundervollsten Duft, den eine Frau haben kann, mit vollen Nüstern in mich ein. Meine Hände schlichen sich an ihren Beinen nach oben, zerteilten diesen Rock, der mich schon seit Stunden wahnsinnig machte, und ich fand ihren Slip und spürte was darunterlag und sich meinen ängstlichen Fingern entgegenbäumte.

Verena biß sich an meinem Hals fest, schnaufte mir heiß in den Nacken, scheinbar ein Tier, keine Frau, aber ich hielt den Beweis für ihre Weiblichkeit in meinen Händen. Mein Hemd löste sich unter ihren Fingern in seine Bestandteile auf, und ich weiß nicht, warum ich so vorsichtig war, als ich ihr Höschen herunterzog. Dann lag sie vor mir, die Beine weit geöffnet, ausgebreitet auf ihrem weißen (War er noch weiß?) Rock, und ich ließ meine Hand über ihrer Scheide kreisen, und glitt dann vorsichtig mit einem Finger in ihre Spalte – sie zuckte und lockerte für einen Moment ihren Biß an meinem Hals, um dann, fester noch als zuvor, wieder zuzupacken. Sie verbrannte unter mir, und ich zog meinen Finger wieder zwischen ihren Schamlippen hervor, um zu kosten, worin ich ihn versenkt hatte. Ihr Saft prickelte auf meiner Zunge, und ich hätte so gerne ihre Zähne von meinem Fleisch entfernt, um mit meinem ganzen Mund ihre Offenheit zu erkunden, doch sie ließ nicht locker. Ihre Hände, die meinen Rücken schon zerkratzt hatten, schwebten über meine Brust, rieben über meinen Bauchnabel und bohrten sich dann in meine Hose, die für mich und alles was so zu mir gehörte schon viel zu eng geworden war. Jetzt war die Zeit an mir zu zucken. Wir kippten vom Käfer, landeten in einem zertretenen Kornfeld, und ich konnte meinen Kopf endlich bewegen, da sie sich entschieden hatte, ihren Mund mit kleinen Bissen denselben Weg nach unten zu hangeln, den ihre Hände schon vorher genommen hatten.

Ich hielt einen Augenblick inne, um ihre noch immer von nicht mehr ganz so unschuldig weißem Stoff bedeckten Brüste zu betrachten. Ich hätte so liegenbleiben können, eine kleine Ewigkeit, mir nur diese beiden schändlich schönen Monde betrachtend, um mir ihr Bild auf immer ins Gedächtnis zu brennen. Ich hätte..., wenn ich ein Eunuch gewesen wäre.

So aber senkte ich meinen Mund auf ihre Brust, schlang das weiche Fleisch in mich hinein, knabberte an ihrer unter dem Top deutlich hervorgehobenen Brustwarze. Stroh knisterte protestierend unter uns, stach ein wenig wie zur Selbstverteidigung, und ich verschwendete einen kurzen Gedanken an meinen Heuschnupfen, bis sie es schaffte, meine Hose zu öffnen und dem darunter eingeklemmten Tierchen freien Ausblick zu gewähren. Sie fraß mich halb auf, während ich mich zwischen ihre Beine drängte, doch ehe ich dazu kam, mit einem bohrenden Kuß ihre Scham zu öffnen, krabbelte ihr Mund wieder an mir aufwärts, und ihre Hände zogen mich von ihrer Scheide weg.

Ihre Haare waren durchsäat von Spreu, als sie mir den Blick ihrer dunklen Augen von unten ins Hirn bohrte und keuchend fragte:

- Hast du welche?

Natürlich wußte ich, was sie meinte, aber auf Sex bereitete ich mich genausogut vor wie auf eine Zukunft ohne Pizza und Bier. Hier wird klar und deutlich, wieviel ich aus der Begegnung mit Britta gelernt hatte.

- Du hast keinen?! das klang vorwurfsvoll.

Ich schüttelte den Kopf.

- Scheiße, wieso hast du keinen? Ich bin so geil auf dich.

Sie krallte ihre Fingernägel in meine Schultern und biß mir noch einmal in den Hals, aber diesmal so fest, daß ich danach leicht blutete.

Mein Penis überlegte sich, daß er für den Moment lieber einen Rückzieher machen sollte und verkrümelte sich.

- Ohh Mann, ich könnte Typen wie dich ohrfeigen. fluchte Verena. Wie kommst du eigentlich darauf, ohne Gummi wegzugehen und dann auch noch über mich herzufallen.

Ich kam nicht zu Wort, was hätte ich auch sagen sollen. Ich schnappte sie mir, grub ihr meine Fingernägel mit derselben Sanftheit in den Rücken, mit der auch sie vorgegangen war und zerrte ihr dann den schmutzigen Fetzen vom Leib, der noch immer ihren Oberkörper bedeckt hatte.

- Was soll denn das jetzt?

- Wenn du Angst hast, ohne Gummi mit mir zu schlafen, dann schlafen wir halt nicht zusammen.

- Was denn sonst? Glaubst du vielleicht, ich blas dir einen ohne?

Jetzt wurde ich sauer.

- Ach, sei doch endlich still; beiß, kratz, drück oder küß mich, mach mit mir was du willst, aber mach's nur, wenn du Lust dazu hast! Wenn du allerdings unbedingt bumsen mußt, dann such dir irgend einen Typen, der 'nen Gummi dabei hat! Schließlich kannst du hier jeden haben.

Sie stieß zischend Luft zwischen ihren zusammengepreßten Zähnen hervor, und ich verkrampfte jeden Muskel, weil ich mir sicher war, jetzt ein paar gelangt zu bekommen, aber sie blieb nur so sitzen, und starrte mich böse an. Ich fixierte und erwiderte ihren Blick.

Das Schweigen dauerte an, während sich die uns umgebende Nacht mit Geräuschen füllte, die wir vorher nicht wahrgenommen hatten. Das halbe Tierreich schien auf den Beinen zu sein, fröhlichst durch Zirpen, Gurren, Quaken und andere Geräusche bekundend, daß alle in bester Laune für eine gute Runde Geschlechtsverkehr waren, und all diese Arschlöcher brauchten keinen Gedanken an Kondome zu verschwenden.

- Mir ist kalt. meinte Verena schließlich.
- Ich hab eine Decke im Käfer.

Ich holte sie heraus, und wir wickelten uns gemeinsam ein. Als ich ihre Haut wieder spürte, wurde mir auch wieder heiß, und der Teil von mir, der sich vor kurzem enttäuscht verkleinert hatte, fing wieder an die Nase zu recken, als wittere er eine neue Chance. Meine Rechte lag auf ihrer Hüfte, und ich streichelte sie vorsichtig.

- Weshalb bist du hier mit mir? unterbrach sie das Knirschen der Grashüpfer.
- Weil ich dir dein Kleid ausziehen wollte. antwortete ich wahrheitsgemäß, was ihr ein leichtes Lachen abrang.
- Nur wegen meinem Kleid?
- Nein. Wir haben uns gut unterhalten. Du hast mir zugehört. Was willst du mehr? Möchtest du eine Analyse, warum wir jetzt hier sitzen?
- Würdest du mich ganz lieb halten und streicheln? Ich meine einfach so. Ohne, daß du dann über mich herfällst und doch mit mir schläfst?
- Warum nicht?!
- Würdest du mit auf mein Zimmer kommen und bei mir schlafen?

Ihre Hände waren plötzlich wieder überall. Aber diesmal kratzte sie nicht. Sie glitt mit ihren Fingern über meine Haut und ich zappelte in dem Netz, das diese Linien beschrieben. Selbst wenn ich nur ihren Venushügel und den darunterliegenden Spalt im Sinne gehabt hätte, ich wäre zu jedem Meineid bereit gewesen.

- Ich kann aber nicht mehr fahren.
- Mußt du auch nicht. Mein Ex ist einer der Bewohner hier. Vielleicht kennst du ihn sogar. Manuel?
- Ehrlich gesagt kenne ich keinen der Bewohner, ich bekomme immer nur über sechs Ecken mit, wenn hier eine Party

steigt. Aber glaubst du, es ist eine gute Idee, sich in das Zimmer deines Ex zurückzuziehen? Wird er nicht eifersüchtig sein? hakte ich trotz meiner Lust nach, denn der Gedanke an diesen Manuel behagte mir ganz und gar nicht.

- Da mußt du dir keine Sorgen machen. Er war zwar beziehungsmäßig ein Arschloch, aber wir sind schon eine ganze Weile getrennt und er hat auch schon seit einer Weile eine Neue. Außerdem schlafe ich im Gästezimmer und nicht in seinem.

Wir zogen uns an, soweit das möglich war (Ihren Slip fanden wir trotz angestrengter Suche nicht wieder.) und wankten zum Kloster zurück. Mit geradezu kindlichem Entzücken registrierte ich, daß Verenas Gästezimmer sich in einem der Klostertürme befand.

19

- Großer Gott, wie siehst du denn aus?

Die Stimme tönte direkt aus dem Licht, in das Verena getreten war, und ich mußte zugeben, daß ihr Kleid vollkommen hinüber war, nebensätzlich bemerkt wirkte der Rock allerdings noch viel mehr, wenn sie keinen Slip darunter trug.

- Ich hatte nur einen kleinen Unfall. Nicht weiter schlimm. Aber was machst du denn hier?

Ich trat ein, und konnte jetzt den Mann erkennen, der hinter der Stimme steckte. Wie in unserer Kleinstadt kaum anders zu erwarten, kannte ich sein Gesicht, und ein kleines ironisches Lachen gurgelte in meiner Kehle, weil ich mir sicher war, ihn schon mehr als einmal am Steuer eines Porsche gesehen zu haben. Das Zucken in seinem Don Johnson-Gesicht verriet mir, daß auch er mich kannte, und mich wohl ebenso wenig schätzte.

- Hallo! begrüßte ich ihn mit meinem freundlichsten 'Du weißt sicher, daß du ein Arschloch bist?'-Grinsen.

Verena stellte uns vor, und Manuel schüttelte mir die Hand, verdammt schwammig, verdammt feucht.

- Wir haben uns hierher zurückgezogen, weil es der einzige Ort ist, an dem man ein wenig Ruhe hat.

Er deutete auf einen Türbogen, der auf eine Art Balkon hinausführte und dort nahm ich im Halbdunkel noch mehrere andere Gestalten war, die auffällig große und verdächtig geformte Zigaretten rundreichten.

- Ich wollte jetzt schlafen gehen? Könnt ihr wo anders hingehen? fragte Verena.

- Klar, und sollen wir ihn mitnehmen? Manuel deutete dabei auf mich, und hätte es sich dieser kleine Tequila-Dämon unter meiner Schädeldecke nicht allzu gemütlich gemacht, wär' mir der hohe Grad an Eifersucht in seinem Unterton bestimmt sofort unangenehm aufgefallen. So aber blieben meine Alarmglocken still, als Verena antwortet:

- Nein, Ben bleibt heute hier. Ich gehe noch duschen, bis dahin könnt ihr ja noch in Ruhe zu Ende rauchen. Kommst du mit, Ben?

So ganz weiß ich nicht, was in diesem Moment in mich fuhr, wahrscheinlich wollte meine freundliche Seite es mal wieder jedem recht machen. Ich dachte, wenn ich schon die Nacht mit Manuels Exfreundin verbringe, könnte ich wenigstens ein paar (wenn auch gezwungen) freundliche Worte mit ihm wechseln und vielleicht sogar noch einen kleinen Zug von einem der Joints abbekommen.

- Ich bleibe hier und warte auf dich.

Verena lachte erfreut, sie sah es wohl als Beweis meines guten Willens an, daß ich nicht mit ihr unter die Dusche wollte; und irgendwie war es das ja auch ein klein wenig. Sie schnappte sich ein Handtuch und ein T-Shirt von einem der Stühle in dem Raum und ließ mich mit Manuel und den Gestalten auf dem Balkon alleine.

- Komm mit raus, wir haben ein verdammt gutes Kraut!

Manuel schien meine Gedanken gelesen zu haben, und ich folgte ihm bereitwillig. Das Turmzimmer befand sich im zweiten Stock, was allerdings bei solch alten Gemäuern eine ganz ordentliche Höhe bedeuten kann, und ich vermied es, ängstlich über die Brüstung des Balkons nach unten zu schauen. Manuel schien doch kein so übler Kerl zu sein. Er achtete darauf, daß ich sofort einen Joint gereicht bekam, und verdammt, das Kraut war wirklich klasse.

Wir standen eine Weile schweigend und rauchend da, lauschten den Geräuschen der Feier unter uns und plötzlich kam mir der Gedanke an Mark und Nick, die ja mit mir gekommen waren und sich darauf verließen, daß ich sie zurückfahren würde. Ich mußte ihnen noch irgendwie Bescheid geben, notfalls den Käferschlüssel bringen. Aber im gleichen Moment war dieser Gedanke schon wieder verloren irgendwo in der rotierenden Waschmaschine, die sich inzwischen meines Kopfes bemächtigt hatte.

- Hast du das schon mal probiert? fragte Manuel, legte mir ein wenig zu vertraulich eine Hand auf die Schulter und präsentierte mir einen Teller, auf dem fein säuberlich fünf parallele Linien weißen Pulvers verliefen.

- Öhh, nein. antwortete ich ziemlich blöde.

Manuel zückte eine Rasierklinge, entfernte von jeder der Pulverlinien das hintere Viertel und schuf mit bewundernswert geschickten Bewegungen eine sechste Linie.

- Die ist für dich. bemerkte er und hielt mir sowohl den Teller als auch einen Strohhalm hin. Ich war vom Alkohol und Gras schon zu hinüber, um der Versuchung wirklich zu widerstehen, aber erstens war ich noch ein klein wenig mißtrauisch und zweitens hatte ich keinerlei Erfahrung mit Kokain, und war mir unsicher, wie ich mit dem Strohhalm hantieren sollte.

Manuel bemerkte mein Zögern, stellte den Teller auf die Brüstung und nahm dann selbst einen Strohhalm, setzte ihn am rechten Nasenloch an und sog mit einem langen Schniefen die erste Linie ein. Seine vier Kumpels taten es ihm nach, und letztendlich kam doch noch die Reihe an mich. Ich nahm einen Strohhalm, und Neugierde und Furcht vor einer Blamage überwanden meine Höhenangst. Ich trat dicht an die Brüstung, zwang mich ruhig zu bleiben, obwohl es tief hinunterging, setzte den Strohhalm an und schniefte. Das Gefühl in der Nase war widerwärtig, und ich schaffte nur die Hälfte der Linie, aber was sich sofort danach in meinem Gehirn abspielte, war unglaublich. Ich starrte noch immer über den schmalen Mauerstreifen nach unten, aber jede Form von Angst wich von mir. Ich hätte hinunterspringen können, ohne mit der Wimper zu zucken. Das konnte doch gar nicht sein. Ich mußte mir beweisen, daß es stimmte. Ich schwang meinen rechten Fuß hoch und noch ehe ich es richtig registrieren konnte, stand ich schon auf der Brüstung, schwankte ein wenig und breitete die Arme aus, um meinen neugewonnenen Mut zu empfangen.

- Ben? Was machst du denn da?

Verena war zurückgekommen. Sie stand vor mir in einem dünnen, leicht feuchten T-Shirt, unter dem ihre Brustwarzen aufragten. Schlagartig hatte ich eine Erektion. Zwei Drittel meines Blutes staute sich in meinem Penis, der allen physikalischen Gesetzen eine lange Nase machte und dem Druck standhielt ohne auseinanderzuplatzen. (Aber wie lange noch?)

Verena entdeckte den Teller mit den Überresten, der zwischen meinen Füßen stand.

- Du Arschloch! wandte sie sich zu Manuel um und schon gab sie ihm eine schallende Ohrfeige.

- Ihr verschwindet jetzt! Sofort.

- Sollen wir ihn jetzt doch mitnehmen? fragte Manuel gehässig, und schon knallte sie ihm noch eine.

- Das werde ich später entscheiden. Ihr haut jetzt ab, und ich will keinen von euch heute nacht noch mal sehen! Das gilt insbesondere für dich, mein lieber Ex!

Manuel waren die Provokationen offensichtlich vergangen. Ohne ein weiteres Wort verschwand er mit seinen Kumpeln. Verena folgte ihnen, um die Tür abzuschließen. Dann kam sie wieder auf den Balkon, auf dessen Rand ich immer noch balancierte.

- Machst du so eine Scheiße öfter?

Ich starrte wieder ihre Brüste an. Mir stand der Sinn danach, Verena einfach an mich zu reißen und mir alles zu holen, wonach mich verlangte, aber ein Funken, vielleicht auch nur ein Fünkchen Verstand behielt die Oberhand über meine Geilheit.

- Nein. Ehrlich gesagt noch nie. Ich weiß auch nicht, wieso ich mich darauf eingelassen... Vielleicht der Tequila. Ich glaub... ich glaub, ich geh besser. Du hättest nicht die geringste Chance, von mir in Ruhe gelassen zu werden, wenn ich jetzt neben dir liegen würde.

- Dieses Arschloch. Er weiß genau, wie sehr ich es gehaßt habe, mit ihm zu schlafen, wenn er Koks genommen hatte. Er wollte damit nur verhindern, daß wir... So ein Arschloch. Als ob man immer gleich bumsen müßte...

Verena blickte mir zwischen die Beine, und das was ihr Sorgen machte, zuckte dort voller Gier herum, beulte meine Hose aus, bereit, sich für jede Teufelei herzugeben, die ihm ein klein wenig seiner Energie rauben würde. Ich kletterte von der Brüstung und wollte mich an ihr vorbeistehlen.

- Halt, bleib hier!

Verena legte mir ihre Hand auf die Schulter, und ich biß mir auf die Zunge, um nicht zu schreien vor Lust und Wahnsinn.

- So einfach gönne ich ihm diesen Triumph nicht. Ich bin sofort wieder da. Du legst dich ins Bett und rührst dich nicht von der Stelle!

Ruhig liegenbleiben! Ha, genausogut hätte sie einen Hai auffordern können, nicht mehr mit den Kiemen zu wackeln. Als sie die Tür hinter sich schloß, sprang ich auf und maß das Zimmer in Schritten aus. Von vorne nach hinten, von rechts nach links und dann das gleiche noch mal.

Verena kam zurück und hielt eine Plastiktüte in der Hand, deren Inhalt sie auf den Boden schüttete.

- Ich habe sie Manuel abgenommen. Wäre ja noch schöner, wenn er mit dieser saublöden Aktion auch noch Erfolg haben würde.

Damit bückte sie sich und hob eines der kleinen Päckchen auf, die aus der Tüte gefallen waren.

- Komm! Zieh dich aus und leg dich wieder hin!

Sie riß die Plastikversiegelung des Kondoms auf, und mir blieb nur noch zu hoffen, daß mein Schwanz nicht schon Dimensionen angenommen hatte, die es nicht mehr erlaubten, ihn einzutüten.

20

Drei. Vier. Fünf. Sechs.

Ob das alle waren?

Ich hatte nicht den Hauch einer Erinnerung an die vergangenen Stunden. Meinem Schädel ging es erstaunlicherweise sehr gut, dabei hätte ich gerne einen Tag Kopfschmerzen in Kauf genommen, wenn ich mich dafür noch daran erinnert hätte, wie Verena sich angefühlt hatte.

Ich zählte noch einmal die aufgerissenen Kondomverpackungen. Es blieb dabei. Sechs Stück. Hatten wir wirklich miteinander geschlafen?War ich wirklich so oft gekommen? Das hätte ja glatt mit meinem pubertären Rekordversuchen als Sechzehnjähriger mithalten können. Nur, selbst davon konnte ich mir mehr Einzelheiten ins Gedächtnis rufen als von vergangener Nacht. Es war zum Heulen.

Verena schlug die Augen auf. Sie rückte an mich heran, und wir umarmten uns. Sie war wunderschön, aber selbst, daß sie ihren nackten Körper an meinen presste, löste keinerlei Regung zwischen meinen Schenkeln aus. Ich hätte gerne nachgeschaut, ob 'Er' überhaupt noch dran war, aber Verenas Umarmung war zu warm und zärtlich, als daß ich mich aus ihr hätte lösen wollen. Sie küßte mein Kinn und stupste mich mit ihrer Nase.

- Wollen wir zu dir gehen, frühstücken? Ich habe ehrlich gesagt keine Lust, länger hierzubleiben.

- Eigentlich gerne, aber ich weiß nicht, was meine Freundin dazu sagen würde.

- Du wohnst mit deiner Freundin zusammen? Verena klang nicht im mindesten überrascht und seltsamerweise enttäuschte mich das, obwohl ich mir sicher war, der Letzte zu sein, der vergangener Nacht besondere Bedeutung zumaß.

- Nee, Quatsch. War nur ein dummer Scherz. Ich hab nicht mal eine feste Beziehung. Von mir aus können wir also gerne zu mir gehen.

Jetzt mußte ich sie doch loslassen, und sie zog die Bettdecke von uns weg, als sie aufstand, so daß ich an mir hinunterschauen konnte. Ich atmete auf. Er war noch da, wo er hingehörte, und abgesehen von seinem jämmerlich zusammengefallenen Zustand schien er auch keine Schäden davongetragen zu haben.

Allerdings wunderte ich mich, wo man überall Knutschflecken bekommen konnte. Hier und da bedeckte auch der rote Abdruck einer oder zweier Zahnreihen meinen Körper. Verena sah ehrlich gesagt nicht viel besser aus. Ihr Rücken war der mehr als eindeutige Beweis, daß es für mich an der Zeit war, meine Fingernägel zu schneiden.

Sie hob ihren Rock von gestern auf, betrachtete den Grad der Zerstörung mit einem Kopfschütteln und knäulte ihn dann zusammen. Aus dem kleinen Rucksack, in den sie dieses weiß-grün-braune Bündel dann stopfte, zog sie einen Slip und eine Jeans, und ich betrachtete genießerisch, wie sie ihre Schönheit wieder verpackte. Nachdem sie auch noch das T-Shirt übergestreift hatte, in dem ich sie schon gestern nacht gesehen hatte, hängte sie sich ein an einem Lederband befestigtes, großes, massiv silbernes Kreuz um den Hals. Das Band war so lange, daß der schwere Anhänger genau zwischen ihren Brüsten zu hängen kam, und das Hemd über diesen straffte.

Oh ja, sie wußte, wie sie jeden Teil von sich zur Geltung bringen konnte.

Während sie ihre Sachen zusammensuchte, zog ich meine Kleider wieder an, nicht ohne deren desolaten Zustand ebenfalls mit einem Kopfschütteln zu quittieren. Ich wankte für einen kurzen Moment auf den Balkon, doch nur ein winziger Blick nach unten verriet mir, daß meine Höhenangst in ihrer vollen Stärke, wenn nicht noch schlimmer, zurückgekehrt war.
Verena verabschiedete sich nicht von Manuel, und ich hielt es auch nicht für nötig, ihn noch zu ärgern, sicher hatte er schon genug darunter gelitten, daß es seine Kondome gewesen waren, die ich heute nacht schmutzig gemacht hatte, und die Verena ihm weggenommen hatte, ohne einen Hehl daraus zu machen, wofür wir sie benötigten.

Logischerweise war ich nicht darauf vorbereitet gewesen, daß eine Frau bei mir frühstücken würde, und meine Wohnung sah entsprechend aus. Ich schob erst einmal auf dem Boden verteilte Bücher, zerknitterte Zettel und Erdnüsse beiseite, um ein klein wenig Platz zu bekommen, auf dem man sitzen und essen konnte.

- Ganz offensichtlich hast du keine Freundin. kommentierte Verena das Chaos. Dann entdeckte sie die Schreibmaschine und die Zettel, die daneben lagen.

- Es wäre mir lieb, wenn du das nicht lesen würdest.

- Was ist das?

Ich erklärte ihr, welch verzweifelte Idee hinter den paar Seiten steckte, aber entgegen meinen Wünschen verstärkte das nur ihr Verlangen, sie zu lesen. Schließlich gab ich ihrem Hundeblick und ihren Küssen nach.

Während ich Kaffee und Eier kochte, las sie und verlangte danach, andere Sachen von mir zu lesen. Ich kramte ein paar Kurzgeschichten hervor, und schließlich brachte sie mich sogar so weit, ihr meine einzige jemals veröffentlichte Geschichte zu zeigen: 'Eher geht ein Kamel durch ein Nadelöhr...', die im Rahmen eines Kurzgeschichten-Wettbewerbs erschienen war.

- Du mußt das weiter probieren. meinte sie, nachdem sie zuletzt auch noch 'Lissabon' gelesen hatte.

Ich versuchte ihr lange und breit darzulegen, warum das keinen Sinn hatte, aber ich biß auf Granit. Ehrlich gesagt sprach sie mir aus dem Herzen, aber das gab ich noch nicht mal vor mir selbst zu, geschweige denn vor ihr.

Sie forderte mich auf, ihr etwas zu erzählen, was ich noch nicht aufgeschrieben hatte.

- So etwas wie letzte Nacht von deinem Käfer.

Ich schaltete den Plattenspieler ein, auf dem von gestern noch die neue Mano Negra lag, kippte die Jalousien, da die Sonne es sich nicht nehmen ließ, wieder lästig zu fallen und zog Verena dann mit auf mein Bett. Sie legte ihren Kopf auf meinen Schoß, während ich kurz nachdachte, und dann erzählte ich von Jasmine und Maria.

Irgendwann war sie eingeschlafen. Also so weit konnte es mit meiner Erzählkunst doch nicht her sein. Ich kraulte ihren Nacken und sonnte mich in dem Gefühl, daß sie sich mehr für mich interessierte als alle anderen Frauen der vergangenen acht Monate dieses Jahres. Ich streifte ihre Brüste mit einer Hand, und mein Beauftragter für Erektion und Ejakulation meldete, daß er sich langsam wieder in der Lage fühlte, ein Rründchen durchzustehen. Aber ich wollte sie nicht wecken. Ihr Atem ging ruhig und regelmäßig und ihr Kopf lag wohltuend schwer auf meinen Schenkeln.

Wie sie sich wohl angefühlt hatte?

Das Telefon zerrte mich mit äußerst gewalttätigem Klingeln aus meinen Erinnerungsversuchen, Verena hob ihren Kopf und ich humpelte mit eingeschlafenen Füßen zum Apparat.

Es war Mark, der sich erst einmal berechtigterweise beschwerte, daß ich Nick und ihn in der letzten Nacht auf dem Klosterhof hatte sitzen lassen und behauptete, daß sie nach Hause hatten laufen müssen, dann aber zugab, daß Dim sie beide nach Mainz zurückgebracht hatte.

- Allerdings ist da ja noch jemand zur selben Zeit wie du verschwunden. Hast du zufällig eine Ahnung, wo unsere weißgekleidete Schönheit abgeblieben ist?

- Ja.

- Na los! Erzähl schon! Wie war's? Ist doch gar nicht dein Typ. Ich meine, die glatten Haare...

- Später vielleicht. Jetzt habe ich nicht die Zeit dazu.

Ich zappelte mit den Füßen und stampfte auf den Boden, um das verfluchte Kribbeln loszuwerden.

- Ahh, verstehe. Sie liegt wohl noch auf deinem Bett?

- Ist das der einzige Grund, aus dem du anrufst? lenkte ich vom Thema ab.

- Ohh, nein. Eigentlich wollte ich nur die Telefonnummer von Dim haben. Er hat sie mir gestern abend gegeben, aber ich habe sie irgendwo verschlampt.

- Dim? Was habt ihr beide denn vor?

- Er ist irgendwie dabei, einen Superjob an Land zu ziehen, aber den kann er nicht alleine machen, hat er gesagt. Und außerdem wollte er mir ein paar Spiele für den PC geben.

- Ich weiß nicht, ob ich dir seine Nummer unter diesen Umständen geben sollte. Wenn du erst mal neue Spiele bekommst, hast du doch gar keine Zeit mehr zu arbeiten.

Langsam floß wieder Blut durch meine Beine und ich konnte mich hinsetzen. Sofort kam Verena angekrabbelt und legte mit einem Murren ihren Kopf wieder in meinen Schoß. Vielleicht hätte ich sonst noch ein wenig weitergebohrt, um zu erfahren, um was für einen Job es sich handelte, so gab ich ihm nur schnell die Telefonnummer und legte auf. Eine weitere Weiche auf dem

Weg ins Krankenhaus war gestellt... Aber noch lag Verena bei mir, und ich kostete das Innere ihres Mundes.

Am späten Nachmittag, wir hatten noch ein zweites Mal gefrühstückt und dann einige Stunden auf dem Balkon in der Sonne gesessen, packte Verena ihre Sachen. Sie hatte bei der Mitfahrzentrale angerufen und sich für die nächstmögliche Fahrt nach München angemeldet. Keine zehn Minuten später war sie zurückgerufen worden, daß noch ein Platz freigeworden sei in einem Auto, das jetzt gleich fahren würde.

Es war grausam zu sehen, wie sie ihre gerade eben erst verteilten Kleider wieder einsammelte, die Zahnbürste aus meinem Bad holte und den Rucksack verschloß.

- Sei nicht böse. Aber ich möchte jetzt so schnell wie möglich nach Hause.

Wir hatten nicht noch einmal miteinander geschlafen. Natürlich hatte ich es versucht, hatte sie immer fester in meine Arme genommen, als sie auf dem Bett einmal unter mir zu liegen kam. Meine Hände waren fordernd und drängend gewesen wie nie zuvor, und ich hätte sogar ein paar Kondome in meiner Schreibtischschublade gehabt. Aber je dichter ich meinem Ziel gekommen war, um so ruhiger war sie geworden, bis sie schließlich meinen Kopf gepackt hatte, mich zwang, ihr in die Augen zu schauen, und...

- Bitte nicht. Du hast mich gestern nacht total wundgerieben. Ich habe keine Lust, es jetzt schon wieder zu machen. Du würdest mir nur wehtun.

Und darauf war ein Kuß gefolgt, für den ich eigentlich alles hätte akzeptieren müssen, aber wie das bei Küssen so ist, auch sie können zwei Seiten haben. Die eine war zu meinem Verstand vorgedrungen und der antwortete: 'Ich hab dich lieb.' Die andere war mehr zwischen die Beine gegangen, und mein Schwanz hatte mit 'Ich will dich! Jetzt!' reagiert.

Daß ich meinem Verstand gehorcht hatte, wurmte mich jetzt, da sie schon fast in der Tür stand, am meisten und war der Hauptgrund, warum ich sie so ungern gehen lassen wollte. Ein, zwei Tage, hätte sie ruhig noch bleiben können.

Ein langer, viel zu kurzer Kuß zum Abschied.

- Wenn du Lust hast, komm doch in zwei Wochen mal nach München. Wir könnten auch zum Konzert von dieser Gruppe gehen, die du so gerne hörst. So weit ich weiß, spielen sie am achtzehnten im Nachtwerk.

    - Welche Gruppe?

    - Diese Platte, die du dauernd wieder anmachst. Wie heißen sie gleich? Mano... Mano Negra.

21

- Ma-Ma-Ma-Mano Negra.

Mit diesen beiden Worten und einer über uns einstürzenden Flut von Trompeten-, Bongo- und Gitarrenklängen stürmte die vielköpfige Gruppe die Bühne.

Das letzte Mal, daß ich auf einem Konzert so richtig ausgeflippt war, lag über sieben Jahre zurück. Damals hatte ich die Ramones das erste Mal gesehen, und mit meinen siebzehn Jahren hatte ich mir noch nicht vorstellen können, bei einer solchen Veranstaltung einfach nur zuzuhören. Ich war vorgestürzt in die ersten Reihen, und hatte, solange mein Atem reichte, mitgepogt.

In den darauffolgenden Jahren hatte ich mich auf Konzerten mehr und mehr damit begnügt, mir einen Platz zu suchen, von dem aus ich etwas sehen und gut hören konnte. Dabei lernte ich zu schätzen, daß man die Halle am Ende nicht vollkommen verschwitzt und mit zerrissenen Klamotten verläßt.

Aber Mano Negra hatten ihr Intro noch nicht zu Ende gebracht, da riß es mich auch schon fort von dem Platz, an dem ich mit Mark, Pierre, Andrea und Verena gestanden hatte, hinein in den Kreis der Tanzenden, der sich sofort bei den ersten Tönen in den vorderen Reihen gebildet hatte. Pierre folgte mir dichtauf, stürzte mehr oder weniger über meine Schultern in die Menge. Wir packten uns gegenseitig an den Jacken und schleuderten uns im Kreis.

Großartig, wieder fünfzehn zu sein.

Wir schubsten und wurden geschubst, zeitweise tauchte Andrea auf, dann irgendwann war Mark bei uns, schüttelte erst mich, dann Pierre und wurde von einer in eine andere Richtung strebenden Menschenwoge wieder weggerissen.

So ging das fast zwei Stunden.

Ich war vollkommen erschöpft, Pierre, der sich an meiner Schulter festhielt, ging es nicht besser. Wir schnauften wie unter Asthmaanfällen. Aber aus wundersamen Gründen reichte unsere Luft noch, um nach Zugabe zu brüllen, und wir wurden erhört.

Einmal. Zweimal.

Ich konnte kaum noch stehen. Die Knie gaben unter mir nach, und ich hatte Durst für zehn. Aber noch mal:

- Zugabe! Zugabe!

Sie kamen wieder auf die Bühne. Eine vierte Zugabe folgte dieser dritten, und obwohl mir vollkommen bewußt war, daß ich eigentlich tot sein mußte, total unfähig, mich noch zu bewegen, geschweige denn, noch irgendwelche Töne von mir zu geben, schrie ich wieder, und rund um mich schrien Gestalten, die genauso kaputt aussahen wie ich mich fühlte.

- Mano Negra! Mano Negra!

Fünfte Zugabe. Sechste Zugabe. Ein Königreich für ein Bett. Ich flehte innerlich, daß sie nicht noch weiterspielen sollten, aber meine Kehle war vollkommen außer Kontrolle, und obwohl die Lichter im Saal schon angegangen waren, brüllte ich im Chor mit ein paar hundert anderen Stimmen.

- Patchanka! Patchanka!

Mano Negra waren gnadenlos und gaben uns, wonach wir so lauthals verlangten. Noch einmal peitschten sie alle auf, mobilisierten unsere letzten Kräfte.

Dann kehrten endlich Stille und Erschöpfung ein.

Ich lehnte an Pierre und schnaufte wie eine alte Dampflok. Meine Kleider klebten feucht und kalt am Körper. Gott sei dank es war vorbei. Trotzdem hätten wir wieder gejubelt, wenn sie noch mal gekommen wären.

- Ben?

Ich keuchte gerade den Boden an und richtete mich mühevoll auf, als ich meinen Namen hörte.

Die Welt ist klein, fast so klein wie Mainz.

- Britta! Was machst du hier?

- Ich wohne jetzt hier. Das hatte ich dir doch geschrieben, bevor ich Mainz verlassen habe.

Oho, der Brief. Weiß der Teufel, wo der letzten Endes hingeraten war, aber gelesen hatte ich ihn nie.

- Wo wohnst du denn?

- In der Adelheidstraße 35, Studentenwohnheim. Bist du länger in München?

- Noch ein paar Tage. Ich wohne bei Pierre. und ich deutete auf das Häufchen Elend, das neben mir zitterte.

- Komm doch mal vorbei. Ich würde mich echt freuen. Vielleicht könnten wir auch noch einiges klären.

Damit beugte sie sich vor, küsste mich auf mein völlig verschwitztes Gesicht und flüsterte mir dann noch ins Ohr:

- Warum hast du dich nie gemeldet? Ich habe es mir so gewünscht.

So ließ sie mich stehen. Verschwitzt, vor Kälte und Erschöpfung zitternd, gänsehäutig und bar jeder Ahnung, womit ich mir soviel Zuneigung verdient haben könnte.

Wir sammelten Andrea, Mark und Verena ein. Verena war als einzige nicht vollständig verschwitzt.

- Ihr solltet euch sehen. Ihr seid so eklig wie der gesamte FC Bayern nach einem Spiel.

Der Käfer stand treu und zuverlässig im Halteverbot, wo ich ihn mangels Parkplätzen hatte stehen lassen. Verena erklärte sich bereit zu fahren, da sich von uns Vieren keiner mehr fit genug fühlte.

Pierre wohnte ein wenig außerhalb, in einem Nobelviertel, wo es die Nachbarn gar nicht gerne sahen, daß eine 'ihrer' Villen an eine Studenten-WG vermietet worden war.

Verena steuerte uns sicher dorthin. Der Kassettenrecorder spuckte einen Mano Negra-Song nach dem anderen von sich. Noch eine Art Zugabe. Obwohl es immer noch warm war, froren wir ganz schön in dem zugigen Auto und unseren vollkommen verschwitzten Klamotten. Ich hatte zwar noch die Wolldecke im Käfer liegen, die eigentlich für den Winter gedacht war, wenn die Heizung mal wieder ausfiel, aber sie reichte nur für zwei Leute, und wir überließen sie Andrea alleine, da sie sich auf der Rückbank zwischen die beiden feuchten Waschlappen namens Mark und Pierre quetschen mußte.

Verena strich beim Schalten ab und zu über mein Knie. Wir hatten die letzten beiden Tage praktisch zusammen gewohnt, und es war sehr angenehm gewesen, sich mal wieder mit einer Frau längere Zeit in einer Wohnung aufzuhalten. So ein weibliches Wesen hat doch von der Welt meist ein ganz anderes Bild als wir Männer und kann einem Horizonte öffnen, die man sonst noch nicht einmal als solche erkennt. Die Welt ist voller Reichtümer, fett von Glück, das sie zu verteilen hofft, und man muß eigentlich nur wissen, wo man zu suchen hat. Verena hatte mir ein paar neue Stellen gezeigt.

Außerdem hatte sie mich nochmals ermutigt, wieder mit dem Schreiben anzufangen, am besten sogar mit einem Science-Fiction, wenn mir das wirklich so sehr lag, und sie hatte mich sogar so weit gebracht, daß, nachdem ich in ihrem Bücherschrank die Edda entdeckt hatte, eine Geschichte, die in der Welt der germanischen Götter spielen sollte, anfing, sich in meiner Phantasie zu manifestieren.

Es war nicht noch einmal so weit gekommen, daß wir uns geküßt hätten oder gar zusammen ins Bett gegangen wären. Ich bedauerte das natürlich von ganzem Herzen, aber es schien, als wäre unsere Bekanntschaft für Verena in dieser Beziehung abgehakt, und ich drängte sie nicht weiter. Um so glücklicher war ich, daß sie mich so oft kraulte und massierte oder sich das gleiche von mir gefallen ließ. Hätte ich keinen Schwanz gehabt, ich hätte mir nicht den geringsten Gedanken darüber gemacht, mit ihr zu schlafen, zu natürlich und erfüllend waren die zwei Tage mit dem, was wir uns gegenseitig gaben. Hätte sie mich gefragt, ob ich zu ihr ziehen wolle, ich hätte ohne Umschweife 'Ja.' gesagt, obwohl ich nicht blauäugig genug war zu glauben, daß unsere Freundschaft es schadlos überstanden hätte, wenn einer von uns beiden wieder eine feste Beziehung eingegangen wäre.

Der Käfer leuchtete die dunkle Landstraße nur spärlich aus, und ich konnte Verenas Gesichtsausdruck nicht erkennen, als ich ihre streichelnde Hand in die meine nahm und einen zarten Kuß daraufdrückte, aber sie war mir inzwischen so vertraut, daß ich ihr freundliches Lächeln spüren konnte.

- Hat es dir wenigstens gefallen?
- Natürlich. Ich habe nur nicht eingesehen, mich wie ihr Kinder ins Gewühl zu stürzen. Pogo tanzen! Das hat mich irgendwie noch nie begeistert. Außerdem hatte ich keine Lust, mir schon wieder ein Kleid zu ruinieren. An Orten, an denen du dich aufhältst, scheint das ja sehr schnell zu passieren.

Ihre Finger glitten in den Riß, der mein T-Shirt oberhalb der linken Schulter spaltete. Ich lachte und küßte noch mal diese Hand mit den schlanken zärtlichen Fingern.

Bei Pierre hängten wir erst einmal eine Wäscheleine quer durch den Flur des Hauses, über die wir unsere durchgeschwitzten Klamotten warfen. Mark holte den Fotoapparat heraus, und wir machten einige heldenhafte Bilder von uns, der Wäscheleine und den feuchten Lappen.

Dann ging es der Reihe nach unter die Dusche. Irgendwer hatte die Mano Negra-Kassette aus dem Käfer mitgenommen, und als ich nach dem Duschen in Pierres Zimmer kam, lief schon wieder 'Magic Dice'.

Pierres Bett hatte die Ausmaße eines Kleinlasters. Verena kuschelte sich mit mir auf die rechte Seite, Pierre und Andrea teilten sich die linke. Mark war das arme Schwein, das sich mit einem Stofftier begnügen mußte. Wer hat sich nicht schon einmal wie das fünfte Rad am Wagen gefühlt?

22

Womit sollte der Morgen wohl beginnen, wenn nicht mit Mano Negra.

Nach einer Weile, in der verschiedene halb oder nicht bekleidete Gestalten auf den unterschiedlichsten Wegen, scheinbar ziellos und teilweise wirklich vollkommen desorientiert durch das Haus gewankt, geschlurft oder getaumelt waren, versammelten wir fünf uns in der Küche, während Pierres Mitbewohner es vorzogen, in ihre Zimmer zurückzukehren, da wir unverschämt genug waren, allen Platz zu beanspruchen, der sonst ihnen zustand. Vielleicht hatten sie es aber auch einfach nur satt, Mano Negra zu hören.

Die Sonne schien zum Fenster herein, und in dem großen Garten, der zur Villa gehörte, tummelten sich mehrere Meisen, die sich zwitschernd um dicke, fette Würmer stritten. Ich ging mit Pierre zum Bäcker eine Straße weiter, um Brötchen und Brezeln einzukaufen.

- Sag bloß nicht Brötchen beim Bestellen! Sonst merkt jeder, daß du nicht von hier kommst. Das heißt Semmeln. hatte Pierre mich mit einem leicht ironischen Seitenhieb auf bayrische Preussenfeindlichkeit belehrt, bevor wir den Laden betraten.

Aber natürlich hatte das alles nichts geholfen, denn statt einem 'Grüß Gott!' entfleuchte mir dann ein 'Guten Morgen!' und mein 'Tschüs.' entstammte auch gar zu offensichtlich einer anderen Gegend.

- Das war für den Anfang nicht schlecht. Jetzt holen wir noch Weißwürste beim Metzger. Da sagst du am besten gar nichts.

Auf dem Rückweg zeigte mir Pierre noch die kleine Brauerei, die an der Trennlinie des Münchener Vororts in Nobel- und Halbnobel-Wohngegend stand.

Direkt vor den Braukesseln gab es einen kleinen Biergarten, in dem wir es uns am Abend gemütlich machen wollten.

- Ich sollte hierher ziehen. Es gibt kaum etwas Praktischeres als eine eigene Brauerei.

- Wem sagst du das. seufzte Pierre. Es gibt aber Tage, an denen wäre ich froh, wenn es sie nicht geben würde, dann würde mir das Lernen in meinem Zimmer sicher leichter fallen.

Wir setzten die Weißwürste auf, schütteten die Brötchen auf den Tisch, und die Welt schloß einen Ring von Wohlbefinden um das kleine Häuschen.

Bis zu dem Moment, als Mark die Kassette umdrehen wollte und dabei aus Versehen das Radio einschaltete.

Bedrücktes Schweigen machte sich breit. Ein klammheimliches Entsetzen hatte über die Radiowellen seinen Einzug in unser vor Unheil abgeschirmtes Leben gefunden. Wie auf ein Kommando erhoben wir uns und fanden uns alle vor dem Fernseher wieder.

Der Mittag kam, und mit ihm rollten weitere Panzer in Moskau ein, aber auch die ersten Barrikaden wurden errichtet. Boris Jelzin, bisher 'nur' der russische Präsident rief, auf einem Panzer stehend, zu landesweitem Generalstreik auf.

Plötzlich waren wir dankbar, daß es ihn gab, war er doch uns politisch nur oberflächlich Informierten bisher immer nur mißliebig aufgefallen, weil er 'unserem' Gorbatschow ständig Probleme bereitet hatte mit dem Vorwurf, die Reformen kämen nicht schnell genug voran. Radikalreformer! Das klang zu sehr nach Radikalismus. Welche Macht doch in einzelnen Worten stecken kann. Das erinnert daran, wenn streng gläubige Menschen die Kommunistische Partei wählen, weil sie der Überzeugung sind, das hätte etwas mit Kommunion zu tun.

Und jetzt stand er da auf diesem Panzer. Held für einen Tag. Oder vielleicht für länger.

Gegen Abend überwanden wir unser Sehnen, geistig ständig in Rußland zu sein und die Ereignisse mitzuverfolgen.

Aber das Bier in der Brauerei nebenan schien schal zu schmecken. Wie mochte es jetzt den Leuten in Moskau ergehen. Was mochten die Letten, die Litauer und die Esten denken und fühlen, gestern noch in der Hoffnung auf Unabhängigkeit, jetzt wieder von russischen Panzern gegängelt und bedroht. Was bewegte die Bevölkerungen der übrigen ehemaligen Satellitenstaaten?

Nach zwei Bier hatten wir genug. Verena wollte in ihre Wohnung, und ich ging mit ihr. Mark blieb bei Pierre und Andrea. Nach Hause zog uns nichts. Man hätte meinen können, unser aller Leben würde enden, wenn der Putsch in Moskau erfolgreich wäre.

Bei Verena schalteten wir wieder den Fernseher ein. Jelzintreue Soldaten hatten mit ihren Panzern einen Kordon um das russische Parlamentsgebäude gebildet. Andere Panzer stießen gegen brennende Barrikaden vor, die Moskauer Bürger zum Schutze der Putschgegner errichtet hatten.

Widersprüchliche Berichte wurden abgegeben, ob Schußwechsel stattfanden oder nicht.

Verena massierte mir die gleich Drahtseilen verspannten Schultern, während wir vor dem Bildschirm kauerten. Die ganze Situation erinnerte sehr an den Golfkrieg vor ein paar Monaten, doch fühlte ich mich sehr viel mehr berührt, vielleicht weil diesmal niemand da war, der mir sagte: 'Wir müssen jetzt betroffen sein.'

Irgendwann war ich eingeschlafen, und als ich aufwachte, war der Fernseher ausgeschaltet und Verena klammerte sich an mich. Durch das offene Fenster hörte ich die Nacht, die sich friedlich mit dem Mond unterhielt. Alles war ruhig, und die Frau, die neben mir schlief, hatte genug Ausstrahlung, um selbst in der dunkelsten Finsternis wie ein Funken Glück zu wirken. Ich schloß meine Augen und übergab mich wieder ihren Armen, die Morpheus selbst geschaffen haben mußte. Meine Träume wurden nicht von Panzern oder schwer bewaffneten Soldaten heimgesucht. Nur Britta geisterte, durch die Begegnung gestern wieder aus der Vergessenheit hervorgesogen, durch die Hinterstuben meines Unterbewußtseins.

Der nächste Morgen. Die Situation in Rußland ist kaum verändert. Nur die Solidarität der Bevölkerung äußert sich durch einen ungeheuren Aufmarsch vor dem Weißen Haus. Zehntausende versammeln sich. Trotz Ausnahmezustand, trotz drohend ins Stadtinnere gerichteter Geschütze.

Wir halten den Atem an. Zu sehr erinnert das alles an die Studentenproteste auf Pekings Tiananmen-Platz. Die Bilder von den dort zerschossenen Träumen stehen noch klar und deutlich vor unseren Augen.

Irgendwann rufe ich Britta an. Ihr geht es nicht anders. Wir verabreden uns für nächste Woche.

Ich sitze mehrere Stunden an Verenas Schreibtisch. Einen Stift in der Hand, ein paar karierte Blätter vor mir. Ich würde gerne Schreiben, aber alle Ideen ersticken in der Beklemmung.

Ich bin froh, als ein Film mit Walther Matthau und Jack Lemmon läuft.

Wenigstens kann ich noch Lachen. Das erinnerte mich an jenen alten Schwarzweiß-Film, in dem ein Regisseur die Identität eines Tramps annimmt, um so für seinen nächsten Film zu recherchieren. Er landet im Gefängnis, und das einzige, was ihn und die andern dort Einsitzenden am Leben erhält, sind die Mickey Mouse Streifen, die sie ab und zu gezeigt bekommen. Als der Regisseur am Ende in sein richtiges Leben zurückkehren kann, beschließt er, nicht über das Leben der Tramps zu drehen, sondern einen lustigen Film zu machen, einen Film der auch die Menschen zum Lachen bringt, die es sonst nicht mehr können.

Als Verena am frühen Abend zurückkam, saß ich wieder am Tisch. Mehrere zerknüllte Blätter auf dem Fußboden, ein halb beschriebenes vor mir.

Ich erzählte ihr von meinem Tag, und sie erklärte mir ein wenig von ihrem Job in einem Reisebüro.

Die Anspannung lag schwer auf uns, und wir fanden nicht richtig zueinander. Ein weiterer Lemmon-Matthau-Film wäre jetzt sehr von Nutzen gewesen, aber es gab nur Nachrichten und schwermütige Tiefgrundfilme, die ich mir selbst gutgelaunt nicht angesehen hätte.

Ich rief Pierre an, und wir verabredeten uns für später in einer Studentendisco.

- Wollen wir vorher baden? schlug Verena dann vor.

Wer hätte da nein gesagt?

Unsere Laune hatte sich gebessert, nachdem wir das Bad wieder trockengelegt hatten. Wir machten anzügliche Zoten, die alles betrafen, was wir während des Badens leider unterlassen hatten und schubsten uns gegenseitig durch ihre Wohnung. Eine wilde Kissenschlacht baute uns dann noch einmal so richtig auf, bevor wir uns anzogen und mit dem Käfer zur Studentenstadt im Olympiadorf tuckerten, in deren geräumigen Kellern sich ein eigenes, von Münchens Schickeria unabhängiges Nachtleben entwickelt hat.

Mark, Pierre, Andrea und noch ein paar Bekannte von Pierre waren schon da.

Den größten Teil der Nacht, in der die Putschisten einsehen mußten, daß sie in der Bevölkerung keinen Rückhalt hatten, verbrachten wir tanzend.

Erst später, wieder zu Hause, wieder zu fünft vor einem Fernseher liegend, fing ich an zu heulen wie in meinem allerersten Kinofilm, 'Bambi', als das kleine Reh verzweifelt auf seine Mutter wartete, die von Jägern erschossen worden war. Die Tränen flossen einfach so aus meinen Augen, als ich die Menschen sah, die sich vor die Panzer stellten, die mit wahnwitzigem Mut lebende Barrikaden bildeten. Es erging den anderen nicht besser. Unsere Tränen benetzten den Boden, und wir rückten näher zusammen, als ob das auch denjenigen Halt gegeben hätte, die jetzt einige tausend Kilometer entfernt um ihr Leben fürchten mußten.

Der nächste Tag brachte die Entscheidung. Wenige Minuten nachdem Jelzin die Flucht des sogenannten Notstandkommitees verkündete, saßen wir schon vollkommen glücklich und betrunken in einem Biergarten. Mark und ich teilten uns eine Schweinshaxe mit Kraut, ein ansonsten unsäglicher Gedanke für mich, aber irgendwie mußte jetzt gefeiert werden, und war es nur indem ich an Marks Freude teilhatte ob dieses original bayrischen Genusses.

Ein wenig überheblich fühlten wir uns, als hätten wir selbst den Putsch niedergeschlagen, und entsprechend verging dieser Tag.

Als ich spät am Abend ganz vorsichtig in Verena eindrang, zerplatzte jede vorher gespürte Last wie eine Seifenblase.

Leider platzte auch das Kondom.

- Scheißegal. Wenn jetzt was passiert ist, kann man es auch nicht mehr ändern, und ich hab dich viel zu gerne und bin viel zu glücklich, um heute nicht die ganze Nacht mit dir zu schlafen.

Wie fern einem plötzlich alle Sorgen liegen können, wenn man von einer tagelangen Bedrückung erlöst worden ist!?

Am nächsten Tag saß ich an Verenas Schreibtisch und unter meinen Fingern nahm eine kurze Geschichte über einen Wolf und einen Drachen Gestalt an.

23

Schon am frühen Morgen hatte das Schicksal gewußt, wie der Tag verlaufen würde, und da ich so ungern Entscheidungen fälle, beschloß es, mir diese zu erleichtern und dadurch die Chance zu erhalten, mich endgültig niederzustrecken. Pierre und ich waren zur Bank gegangen, und da geschah, was geschehen mußte. Meine EC-Karte verschwand in dem Automaten, und er gab sie nicht wieder her. Der freundliche Mann am Schalter, den wir um Hilfe baten, schaute gar nicht mehr so freundlich drein, nachdem er meinen Kontostand abgerufen hatte.

- Ich würde ihnen raten, diese Schulden schnellstmöglich abzubezahlen. Wir können ihnen kein weiteres Geld geben, so lange ihr Konto nicht wieder ausgeglichen ist.

Offensichtlich hatte ich mich doch um einiges mehr verschuldet, als ich gedacht hatte. Das Geld von der Lohnsteuerkartenstelle hatte nicht annähernd gereicht, um mich aus den Miesen herauszuholen.

Pierre bot mir Geld an, doch ich lehnte zunächst ab, noch unsicher, was ich jetzt tun sollte. Wir kauften dann 'Semmeln' und kehrten zurück.

Wir saßen zusammen beim Frühstück und ich hatte gerade meine mißliche Lage erklärt, als das Telefon klingelte und nach Mark oder mir verlangt wurde:

- Dim? Hallo, warum rufst du in München an? Was? Die Chagall-Fenster? Aber klar bin ich dabei. Ja...ja... OK, ich frag Ben, aber ich bin mir sicher, der macht auch mit.

Damit wandte sich Mark an mich.

- Es ist Dim. Er hat einen Job für uns, wir müssen allerdings heute noch nach Mainz zurück und wir haben...

Ein fürchterlicher Verdacht braute sich in meinem Kopf zusammen. Ich konnte nicht glauben, daß Dim diese Schnapsidee jetzt plötzlich ernst nahm.

- Ihr wollt doch nicht etwa die Chagall-Fenster stehlen?
- Stehlen? Spinnst du? Was hast du denn für Ideen?

Marks absolut ehrliche Verblüffung überzeugte mich, daß das Übermaß an Streß in den letzten Tagen mich schon zu Wahnvorstellungen verleitete. Wie sich schließlich herausstellte, war

'Dims Job' zwar nicht hundert Prozent legal, aber auch kein Kapitalverbrechen.

Irgendwie hatte der Teufelskerl es trotz seiner mangelhaften Deutschkenntnisse fertiggebracht, sich nach dem Abbau des Gerüstes auch noch als Fensterreiniger zu empfehlen. Mit einem unglaublich günstigen Angebot hatte er schließlich die Kirchenbeamten überzeugt, sich seiner Dienste zu versichern. Das einzige Problem für Dim ergab sich dann aus der Tatsache, daß die Kirchenleute unbedingt wollten, daß die gesamte Reinigung an einem Tag und möglichst sofort durchgezogen werden sollte, damit der normale Messe- und Touristenbetrieb nicht schon wieder so viele Beeinträchtigungen erfuhr. Aber da ich Dim vor zwei Wochen schon angepöbelt hatte, als er mich nicht über den Gerüstabbau-Job informiert hatte, war er sich sicher gewesen in mir, Mark und vielleicht auch noch Nick, die nötige Unterstützung für dieses Projekt zu finden.

Es folgten einige umständliche Erklärungen, und nachdem ich den nahezu unglaublichen Betrag der Entlohnung vernommen hatte, stimmte ich sofort zu und wir versicherten Dim, noch heute zurückzukommen. Kaum hatte Mark aufgelegt, da meldete sich Andrea zu Wort.

- Du willst doch nicht wirklich da mitmachen? sprach sie mich direkt an.

- Wieso nicht. Soviel Geld verdiene ich so schnell nie wieder.

- Aber diese Fenster, die sind doch riesig. Da benötigt ihr Leitern. Ich denke, du hast Höhenangst.

- Du hast Höhenangst? fragte Verena ungläubig, meine Vorstellung auf der Brüstung noch gut in Erinnerung.

- Ja, ein bißchen, aber du hast ja schon gesehen, daß das gar nicht so schlimm ist. Das wird schon alles klappen. Ich kann doch die anderen jetzt auch nicht hängen lassen.

- Moment, ich weiß, worauf du anspielst, aber da standst du unter Drogen. Willst du dir etwa auch eine Linie reinziehen, bevor du die Fenster putzt?

- Du standst unter Drogen? Andrea, Mark und Pierre richteten ungläubige Blicke auf mich.

Nachdem wir endlich alles geklärt hatten, ich halbwegs glaubhaft versichert hatte, daß ich nur ein ganz klein wenig Höhenangst hatte und Pierre schließlich gemeint hatte, er käme auch mit, um auf mich aufzupassen, brachen wir sofort auf. Verena verabschiedete mich mit einem liebevollen zärtlichen Kuß, der noch stundenlang nachschmeckte.

Der Käfer fraß die vierhundert Kilometer nach Hause in Rekordgeschwindigkeit.

Es war alles andere als leicht, was wir uns da vorgenommen hatten.

Fast acht Stunden hangelten wir uns jetzt schon diese Leitern rauf und runter, vorsichtig Glasscheibe für Glasscheibe putzend. Bisher war alles gut gegangen. Kaum Besucher und kein neugieriger Priester, der vielleicht erkannt hätte, daß wir doch keine so professionellen Fensterreiniger repräsentierten. Nur die Postkartenverkäuferin war ein paar Mal unter den Leitern durchgerannt und hatte gebeten, nicht so viel von dem Dreckwasser zu verschütten.

Ich zitterte vor innerer Anspannung, aber das Wissen darum, daß wir genau einen Tag für diesen Job hatten und auf einen Schlag soviel Geld verdienen würden wie sonst in einem Vierteljahr, beflügelte meine Hände und besänftigte meine Höhenangst.

Pierre reichte mir einen Eimer mit frischem Wasser. Von außen hatten wir schon alle Fenster geputzt und im Inneren waren es auch nicht mehr allzu viele.

- Wir haben's gleich.

- Gott sei dank.

Zu meinem eigenen Erstaunen hatte ich meine Höhenangst wirklich gut im Griff. Ich hatte von Anfang an immer nur auf die Fenster gestarrt und noch nicht einmal nach unten geblickt. Das funktionierte richtig prima. Aber die Leiter schwankte bedenklich, als ich mich auf die oberste Sprosse stellte, von der aus ich gerade noch in die Höhe reichen konnte, in der die obersten Scheiben des Fensters sich befanden.

- Pierre, bleib bitte hier und halt die Leiter fest. Ich bin viel zu zittrig, als daß sie auch noch wackeln dürfte.

Als ich die obersten Scheiben dieses rein blauen Fensters gewienert hatte, bis ich mich spiegeln konnte, verkündete uns der Himmel seine Zufriedenheit über unser Werk. Die Sonne kam hinter einer Wolkenschicht hervor, und warf einen Strahl durch das Fenster, der Pierre in blaues Leuchten zu tauchen schien. Als ich nach unten schaute, wirkte er wie John Belushi in Blues Brothers. Er fehlte nur noch der Ausruf: '*Die Band! Die Band!*'

Wie ein erleichternder Blitz durchzuckte es mich, und ich mußte richtig dämlich loslachen, daß mir ausgerechnet jetzt, auf einer wackligen Leiter in dieser Kirche stehend, am Ende einer dummen, gefährlichen Zitterpartie, in der beständigen Angst, doch noch zu stürzen, daß mir ausgerechnet in einem solchen Augenblick die Erinnerung an die gemeinsam mit Pierre geschaute Enterprise-Folge wiederkam.

- Was lachst du denn so blöde. Mach endlich weiter, damit wir fertig werden.

- Du wirst es nicht glauben! Mir ist endlich eingefallen, woher ich den einen Star-Trek-Hippie, den mit der Gitarre kenne. Weißt du, welchen ich meine?

- Bist du bescheuert? fragte Pierre aus seinem blauen Licht heraus.

- Nein. Das war derselbe Typ, der in Blues Brothers den Boß der Good Old Boys gespielt hat. Ehrlich, ich versteh nicht, warum mir das jetzt einfällt.

Ich lachte noch einmal über mich, das Licht und alle Dummheit, die sich in mir versammelt hatte, dann begriff ich, daß ich schon die ganze Zeit nach unten blickte anstatt auf die Fenster.

Sofort wurde ich von einem übermächtigen Schwindelgefühl erfaßt, Schweiß strömte aus jeder Pore meines Körpers. Ich verlor den Halt, kippte nach hinten und einen Augenblick schwebte ich durch den blauen Lichtstrahl, der Pierre umhüllt hatte, dann schlug ich ohne im Geringsten zu verstehen, was mit mir passierte, auf den Boden auf.

Mein letzter Blick, bevor ich die Besinnung verlor, ging nach oben, und wahrscheinlich sah ich nur einen Lichtreflex von einem der Fenster, aber es hätte genausogut mein Schutzengel sein können, der mir lächelnd nachschwebte. Die Sau! Hatte sich gedrückt!

24

Das lag jetzt alles zweieinhalb Wochen zurück. Ich hatte meine zwei Wochen im Krankenhaus abgesessen und nun, wieder zu Hause, hatte ich gerade diesen fürchterlichen Traum von einem ausbrechenden Krieg gehabt und hockte nun mit meinem Bier auf dem Balkon und wartete auf Verena.

Streng gesehen war alles gut gegangen: Mein Konto war zumindest ausgeglichen, und ich lebte noch. Was wollte ich mehr?

Allerdings hatte die ganze Sache eines mit dem Koks von Manuel gemeinsam. Einmal und nie wieder. Was letzten Endes herausgekommen war, war das ganze Risiko doch nicht wert gewesen.

Aber, was sollte die ganze Grübelei? Reichte es nicht schon, daß dieser dämliche Traum, den ich eben gehabt hatte, mich belastete?

Ich ohrfeigte mich.

So ein schöner Tag, und ich gab mir alle Mühe, ihn mir mies zu machen. Dieser Sommertag konnte der letzte des Jahres sein, und das war Grund genug, ihn so zu genießen, wie man den letzten Schluck aus einer Flasche Single Malt ganz langsam trinkt, wenn man nicht weiß, wann man sich die nächste leisten kann.

Warum hatte ich eigentlich geträumt, daß ich unbedingt Corinna anrufen müßte? Warum hatte ich in diesem Traum in dem die Welt in Trümmern gefallen war, ausgerechnet mit ihr meine letzten Sekunden verbringen wollen? Seit dem Abend, an dem der arme Käfer den Brückenpfeiler hatte küssen müssen, war sie mir nicht mehr unter die Augen gekommen. Eigentlich wäre zu erwarten gewesen, daß ich mit diesem Kapitel nach so vielen Monaten abgeschlossen hätte. Nun, Irren ist offensichtlich eine meiner Stärken.

Meine Stimmung ließ immer mehr zu wünschen übrig, und als das Telefon klingelte, ahnte ich schon, daß Verena nicht mehr kommen würde.

- Es tut mir leid, aber ich muß noch so viel arbeiten, daß ich eigentlich nur für einen Tag kommen könnte. Und mich deshalb sechs Stunden ins Auto setzen? Darauf habe ich eigentlich keine Lust.

- Ach ich verstehe schon, das bin ich dir nicht wert. Daß ich gerade mal dem Tod von der Schippe gesprungen bin, ist ja auch nicht so wichtig. meckerte ich, hoffend so ironisch zu klingen, daß sie nicht merkte, daß ich schon ein wenig traurig war.

- Nein, das weißt du ganz genau. Ich bin total glücklich, daß dir nichts Schlimmeres passiert. Aber mal ganz ehrlich gesagt: Mach nie wieder so eine Scheiße!

- Ich hätte das bestimmt nie freiwillig getan. Aber du hast doch mitbekommen, wie dringend ich das Geld brauche.

- Du hast es freiwillig gemacht. Und du wärst beinahe umgekommen. War es das wert? Ich hätte dir doch Geld geliehen und Pierre sicher auch.

- Ja. Das mag sein, aber für solche Vorwürfe ist es jetzt zu spät. Hinterher ist man immer klüger. Ja... hinterher!

Ich mußte lachen, weil ich daran dachte, daß ich sicherlich nicht in Geldnot gewesen wäre, wenn ich vor dem Irland-Urlaub den Job bei der Telefonauskunft angenommen hätte.

- Was ist so lustig.

Ich konnte nicht anders. Wenigstens ein paar Dinge mußte ich mir von der Seele reden, und deshalb berichtete ich Verena die ganze Geschichte mit Corinna.

- Das glaub ich nicht. Du bist zu feige mit einer Frau in einem Raum zu arbeiten, deren Lächeln dich zum Schmelzen bringt, aber du steigst auf sechs Meter hohe Leitern obwohl du Höhenangst hast. Tu mir einen Gefallen! Denk nächstes Mal nach, bevor du dich für solche Dummheiten meldest. Ich habe eigentlich wenig Lust, mit einem Bekloppten befreundet zu sein, der sich für unsterblich hält. Bist du inzwischen wenigstens auch der Überzeugung, daß das, obwohl es halbwegs funktioniert hat, eine echte Scheißidee war?

- Ich hab mich gerade mit ähnlichen Gedanken herumgeschlagen, bevor du anriefst.

- Na, das ist doch wenigstens ein gutes Zeichen. Zwar spät, aber immerhin.

- Sag mir eins! Du fandest die Idee schon schlecht, als wir sie in München noch hin- und herdiskutierten. Oder? Warum hast du da nichts gesagt?

- Irgendwie habe ich gedacht, es würde mich nichts angehen. Und außerdem mußte ich dir ja glauben, daß du keine richtige Höhenangst hast. Im Nachhinein würde ich dir am liebsten den Kopf gegen die Wand hauen, weil du dich so dämlich verhalten hast.

- Laß mal gut sein. Das habe ich ja schon selbst besorgt.

Wir erzählten noch ein wenig, während das Bier zwischen meinen Beinen warm wurde, dann abschließend:

- Wann sehen wir uns denn?

- Also ich kann im Moment wirklich nicht. Soviel Arbeit. Vielleicht in ein paar Wochen? Es sei denn, du kommst noch mal nach München.

Ich dachte einen Moment darüber nach. Ich hatte inzwischen wieder genug Geld, daß es auch für einen längeren Urlaub gereicht hätte. Das nächste Semester stand allerdings vor der Tür. Siebling schwitzte sicher schon vor Freude auf meine Wiederholungsprüfung, und die Zeit im Krankenhaus hatte ich nicht gerade zum Lernen genützt.

- Nein, ich glaube eher nicht.

- Na, wenn du meinst. Ach, ehe ich es vergesse. Da hat eine Britta bei mir angerufen, ein paar Tage, nachdem du weggefahren bist...

- Ach du Scheiße. War sie sauer?

- Ziemlich. Ist das eine weitere von deinen Unvollendeten?

- Ich fürchte ja. Ich werde sie gleich anrufen.

- Na, dann bring mal dein Leben ins Reine, und meld' dich mal.

- Aber klar. Machs gut! Ich hab dich lieb.

- Ich dich auch.

Der Hörer senkte sich auf das Telefon, und ich saß noch eine Weile schweigend in der Ruhe des Sommers.

'Bring mal dein Leben in Ordnung!'

Wozu? fragte ich mich. Es ging mir doch recht gut, in meiner zaghaften, unentschlossenen, gleichgültigen Art, die Maria für Härte gehalten hatte. Verena war dicht daran gewesen, mich aufzurütteln, aber als der Augenblick kam, in dem mein innerer Schweinehund überwunden wurde, strahlte die Sonne gerade so schön, und es war so gemütlich, einfach nur dazusitzen und den Tag vorüberziehen zu lassen. Ich erhob mich noch einmal, aber nur um mir ein Buch zu holen. Auf dem Schreibtisch lag 'Ulysses', das mir Jasmine noch im Krankenhaus geschenkt hatte. Jetzt fühlte ich mich fit genug, mit diesem Wälzer anzufangen. Als ich über den Einband strich, in Vorfreude auf dieses Buch, das ich schon so lange hatte lesen wollen, klingelte es.

Ein wenig mürrisch lief ich zur Tür. Der Paketbote stand mit seinem großen, gelben Transporter vor der Einfahrt zum Grundstück und schwenkte ein Päckchen in der Hand.

Es trug keinen Absender aber jemand hatte mit dickem schwarzem Edding: 'Ätsch, du Arschloch' daraufgeschrieben. Ich wußte, was es enthalten würde, noch bevor ich den Knoten der Kordel gelöst hatte. Meine Hände zitterten vor Aufregung, als sie das Päckchen aufklappten und in den Zeitungen wühlten, die einen taschenbuch-großen Gegenstand verhüllten.

Es war tatsächlich ein Buch. Der Titel ist eigentlich unwichtig, auch will ich hier beim besten Willen keine Werbung für dieses Machwerk betreiben, aber der Vorname des Autors soll nicht unerwähnt bleiben. Ich trage den gleichen.

- Dieser Sauhund. Er hat es tatsächlich geschafft.

Sicher, sein Buch war nur bei einem kleinen Verlag veröffentlicht worden, und er konnte dafür nicht allzuviel Geld bekommen haben, aber er hatte es bis zum Druck gebracht. Dieses blöde Teil würde man jetzt im Laden kaufen können.

Und ich?

Ich übersprang den Punkt, an den Verena mich fast getrieben hatte.

Ohne auch nur eine Zeile des Buches zu lesen, warf ich es in den Papierkorb.

Thomas war zu meinem Glück zu Hause. Er mußte einen Augenblick suchen, dann fand er auf einem alten Ordner die Adresse, nach der ich ihn gefragt hatte.

Die Spinnen in meinem Badezimmer waren weitgehend verblüfft, als ich mich zum zweiten Mal an diesem Tag duschte und dann auch noch rasierte. Ich wechselte ein paar Mal die Kleider, bis ich mit meinem Äußeren einigermaßen glücklich war, suchte daraufhin eine Viertelstunde nach meinen Schlüsseln, und als ich die Burschen trotz ihres Widerstrebens unter dem schmutzigen Geschirr auf der Spüle herausgezogen hatte, schritt ich auf die Straße. Die Sonne brannte erbarmungslos, und Clint

Eastwood hätte eine Sonnenbrille wohl kaum cooler aufziehen können als ich in diesem Moment.

Der Käfer wartete in der knisternden Hitze, und ich tätschelte ihm über den ausgetauschten Kotflügel. Weder er noch ich konnten ahnen, wie weit wir heute noch fahren würden.

25

Corinna wohnte etwa eine halbe Käferstunde außerhalb der Stadt. Ohne mich in diesem Ort auch nur geringstens auszukennen, fand ich instinktiv den richtigen Weg. Plötzlich tauchte ihr Auto vor mir auf, und... sie selbst, gerade damit beschäftigt, zusammen mit den Fußmatten diversen Müll auf die Straße zu befördern.

Ich hielt neben ihr an, und sie drehte sich zu mir um. Einen Augenblick schaute sie ein wenig zweifelnd, dann lachte sie los.

Welch wunderschönes Lachen.

- Was machst du denn hier?

Zumindest kannte sie mich noch.

- Ich wollte mich zum verspäteten Frühstück einladen.

Ich deutete hinter mich, auf den Sekt, die Brötchen und die frischen Erdbeeren, die ich noch besorgt hatte.

Der Atem stockte mir nicht einen Moment, nur die Knie waren ein klein wenig zittrig, aber noch saß ich im Käfer, und niemand konnte etwas bemerken.

Selbst als ich ihr in ihre Wohnung folgte, hielt ich mich wacker aufrecht, und wenn auch meine Freunde später abstritten, daß ich Grund gehabt hätte, ich war schon ein wenig stolz auf mich.

Hier war ich nun, der Augenblick, von dem ich so lange geträumt hatte, den ich durch unglaubliche Feigheit immer wieder herausgezögert hatte, lag nun fast zum Greifen nahe (und es war so einfach gewesen). Das ganze Zimmer roch nach ihr. Welche Wohltat. So mußten früher Seeleute den Geruch von Land wahrgenommen haben, wenn sie nach Monaten der trauten Zweisamkeit mit dem Meer endlich wieder in die Nähe von festem Boden kamen.

Corinna kochte einen Tee, während ich mich umschaute und ihre Fragen so harmlos wie möglich beantwortete.

- Woher hast du meine Adresse? - Wie bist du auf die Idee gekommen, hierherzukommen? - Weshalb hast du dich nie im Transamerica mit mir unterhalten?

Ihr Zimmer entsprach nicht ganz dem, was ich erwartet hatte. Haufenweise afrikanische Masken und Stoffe zierten die Wände.

- Warst du mal in Afrika? fragte ich, als sie mit dem Tee kam. Meine Knie hatten sich nun vollkommen beruhigt.

Sie begann von Afrika zu erzählen, und während meine Ohren gespannt lauschten, sezierten meine Augen das weitere Zimmer. Ein paar Schallplatten mit meditativer Musik standen neben einem alten Plattenspieler. Ein kleines Regal. Gefüllt mit Teetassen, aus Holz oder Elfenbein geschnitzten afrikanischen Skulpturen und Räucherstäbchen. Keine Bücher.

Ich fühlte mich ein wenig fehl am Platz, aber wenn ich sie anblickte, fragte ich mich, ob es nicht ganz besonders interessant sein mußte, einen Menschen kennenzulernen, der sich so von all meinen anderen Freunden und Bekannten unterschied. (Nur kennenzulernen? Ausnahmsweise war ich auf alles vorbereitet. Sogar ein Päckchen Kondome wartete etwas ungeduldig in meiner Hosentasche.)

- Wie heißt du eigentlich vollständig? Ich meine, mit Zweitnamen und so.

Es lag nicht daran, daß unser Gespräch gestockt hätte, und einer von uns beiden unbedingt ein neues Thema hätte auf den Tisch werfen müssen, nein, offensichtlich stellte sie diese Frage nicht aus Verlegenheit. Ich buchstabierte ihr meinen vollen Namen, und dann zogen sich ihre Augenbrauen zusammen, und sie schien einen Moment nachzudenken.

- Und wie ist dein Geburtsdatum?

- Weshalb willst du das wissen?

Da ballte sich eine gehörige Befürchtung in mir zusammen. Und alle meine Versuche, diesen bösen Gedanken zu unterdrücken, wurden von Corinnas Antwort zunichte gemacht:

- Ich möchte gerne dein Sternzeichen wissen.

Sie bemerkte mein Zucken und schaute fragend, woraufhin ich ihr erklärte, daß meine letzte Freundin von Astrologie besessen gewesen wäre und ich deshalb ein wenig allergisch darauf reagieren würde.

- Na, ich bin ja kein Astrologie-Fanatiker. Esoterik ist so komplex und vielschichtig, daß ich mich, glaube ich, nie auf ein bestimmtes Gebiet konzentrieren werde. Deswegen brauche ich ja auch deinen vollen Namen. Numerologie. Das kennst du doch bestimmt.

Ich schüttelte unbeholfen und mit langsam entfliehender Fassung den Kopf. Damit begannen meine esoterischen Nachhilfestunden.

Zwei Stunden später verabschiedete ich mich von ihr mit einem flüchtigen Kuß. Von meiner früheren Anspannung in ihrer Gegenwart war nichts übergeblieben. Nur ihr Lächeln, das konnte noch immer die Polkappen zum Schmelzen bringen. Sie schenkte es mir noch einmal zum Abschied, so daß die Enttäuschung, in die mein übermütiger Überfall gemündet hatte, ein wenig gemildert wurde, und wenn ich auch nicht wußte, ob ich noch einmal Lust haben würde sie zu treffen, so war es wenigstens ein kleines bißchen wunderbar, sich endlich mit diesem Lächeln unterhalten zu haben.

Sie schloß die Tür hinter sich.

Der Käfer war von der Sonne so weit aufgeheizt, daß ich erst einmal beide Türen öffnete und die Fenster herunterkurbelte, bevor ich mich hineinsetzte. Ich warf eine Kassette mit wütendem Hardcore von 'Token Entry' und 'Gorilla Biscuits` ein. Das war genau meine Stimmung:

Wütend!

Wie konnte ein einzelner Mensch nur so doof und borniert sein? Ich schlug mir ein paarmal mit der flachen Hand vor die Stirn und gab mir dabei jeden nur erdenklichen Schimpfnamen, der erkenntlich machen konnte, daß ich der dümmste Depp im Land war.

Allein aufgrund der Existenz dieser Frau hatte ich mich vor mir selbst, vor meinen Freunden und weiß Gott wem sonst noch zum absoluten Narren gemacht.

Jetzt gab es nur noch eins zu tun. Der Sänger von Gorilla Biscuits schrie sich gerade die Kehle aus dem Hals, als ich den Motor zündete und den Käfer mit schnellstmöglicher Beschleunigung wendete. Dann wechselte ich die Kassette. 'Suicidal Tendencies' begleiteten mich bis auf die Autobahn, dann endlich spürte ich Lust auf bessere Laune, und wühlte zwischen den Tapes, bis ich eines fand, auf dem meine Favours von 'Mano Negra' und 'The Dogs D'Amour' drauf waren.

Die Kassette lief ein wenig mehr als dreimal durch, ehe ich München erreichte.

Ich hatte natürlich keinen Stadtplan dabei, aber meine häufigen Besuche bei Pierre zahlten sich jetzt aus.

Es war schon dunkel, als ich den Käfer in der Adelheidstraße parkte. Beim Aussteigen mußte ich feststellen, daß in München der Herbst schon begonnen hatte. Es war sehr viel kühler als in Mainz, und ich fror in meinen dünnen Klamotten.

Neben dem Studentenwohnheim fand ich eine Tankstelle, und ich kaufte noch eine Flasche Sekt. Man sollte nie ohne ein Geschenk zu Überraschungsbesuchen erscheinen.

Ich kam an einer Telefonzelle vorbei, und dachte darüber nach, ob ich mich nicht doch lieber ankündigen sollte. Aber dann überlegte ich mir, daß Britta mit Recht sauer sein könnte und vielleicht 'Nein!' sagen würde, bevor ich auch nur den Hauch einer Chance hatte, mich zu entschuldigen.

Die Haupttür des Wohnheims stand offen. Ich las Brittas Namen auf den Klingelschildern (2. Stock) und erklomm die Treppe. Die einzelnen Flure hatten noch einmal eigene Vortüren, und an dieser mußte ich läuten. Die Tür ging auf, und Britta stand vor mir.

- Ben?

Erst Fassungslosigkeit, dann ein wenig Wut.

- Daß du dich traust, hier aufzutauchen!

- Britta. Hör mir doch erst mal zu. Es tut mir wirklich leid, daß ich dich so habe hängen lassen, aber es gab triftige Gründe. Ich hatte einen Unfall...

- Und da war ein Erdbeben, und eine Sintflut...

- Nein, ehrlich.

- Na, wenn du schon mal da bist, dann komm wenigstens rein! Ist ja Blödsinn, dich hier draußen stehen zu lassen. Willst du einen Kaffee?

- Gerne.

Das war immerhin schon mal eine Chance. Ich trat in den Flur, von dem aus sechs oder sieben Türen in die Zimmer der Studenten führten, nur eine von ihnen stand offen. Im Vorbeigehen erhaschte ich einen Blick auf das Poster mit dem sich küssenden Pärchen auf dem Cadillac. Brittas Zimmer, wenn nicht noch jemand auf diesem Flur ihren Geschmack für Kitschposter teilte. Aber wieviel lieber war mir ein solches Poster als jedes Buch über Handlesen, Astrologie oder sonst einen Unsinn.

Am Ende des Flurs befand sich die Küche. Ich folgte Britta bis dorthin.

Als sie Kaffee in den Filter füllte, öffnete sich eine weitere Tür, hinter der sich die Toilette befand. Ein nur mit Unterhose bekleideter schwarzhaariger Typ kam heraus und musterte mich einen Augenblick, bis Britta meinte:

- Bernd, das ist Ben aus Mainz. Er wollte nur mal kurz vorbeischauen.

Er begrüßte mich mit festem Händedruck, lächelte und Britta beschloß, mir mit dem Zaunpfahl zu winken. Sie schnappte Bernd an der Schulter, drehte ihn zu sich um und küßte ihn so lange, bis ich mir ziemlich vergessen vorkam. Schließlich zog sie ihre Zunge mit einem zufriedenen Schnalzen aus seinem Mund zurück und meinte:

- Leg dich ruhig schon mal ins Bett, ich komm gleich nach. Ben wollte wirklich nur mal kurz 'Hallo!' sagen.

- Machs gut, Ben. Vielleicht bringst du das nächste Mal mehr Zeit mit. meinte Bernd und verschwand schnellstmöglich hinter Brittas Zimmertür. Ich konnte ihm noch nicht einmal böse sein, so offensichtlich peinlich war ihm die Situation.

Ich konnte ihm sein Lachen leider nicht verdenken, und dem Schicksal mußte ich auf die Schulter schlagen, daß es mir so geschickte und gemeine Schlingen gelegt hatte.

- Willst du noch immer einen Kaffee? fragte Britta, nachdem sich ihre Zimmertür hinter Bernd geschlossen hatte.

- Ich glaube, ich geh jetzt raus und verdau' ein wenig. Nimm's mir nicht übel. Aber ich war ein ziemlicher Idiot.

- Das mußt du am besten wissen. Ich werde dir nur so böse sein wie du mir. Also sei bitte ein guter Verlierer. Ich würde mich sogar freuen, wenn ich mal etwas von dir höre. So in ein paar Wochen, wenn du verdaut hast.

- Vielleicht.

Ich zuckte die Schultern und lief schnell nach unten auf die Straße.

Der unschuldige Käfer mußte ein paar Tritte gegen die Reifen hinnehmen, dann beruhigte ich mich langsam. Ein paar Minuten später schnaufte ich nur noch, dann bemerkte ich, daß sich ein Lächeln auf mein Gesicht geschmuggelt hatte, und dann lachte ich halt ein wenig, weil ich ohnehin nichts besseres zu tun hatte.

Eine Stunde später. Es war fast Mitternacht. Ich klopfte gegen die Tür. Drinnen rührte sich etwas. Ein paar Flüche, als jemand über etwas stolperte, dann die Frage:

- Ja, wer ist da?
- Ich bin's, Ben.

Die Tür öffnete sich, Verena sprang mir förmlich um den Hals, und noch einmal wurde das Ausmaß meines Idiotendaseins erkennbar.

- Mein Gott ist das schön.

Ich erstickte unter ihren Küssen. Mann, tat das gut.

- Bist du extra wegen mir hergekommen?

Nein, nein. Ich würde nicht so doof sein, ihr die Wahrheit zu sagen. Dafür war ich viel zu egoistisch.

- Ich habe es nicht mehr ausgehalten ohne dich.

Selten hatte ich so gerne gelogen. Und wer hätte schon geglaubt, daß Lügen so gut bezahlt wird. Verenas Hände erdrückten mich fast.

Sie zog mich in ihr Zimmer, und während wir uns gegenseitig unsere Liebe vorstammelten, wußte ich, daß zumindest für heute das Schicksal vor der Tür warten würde, ohne mir eine weitere Lehre zu erteilen.

ENDE